王瑶全集

卷七

竟日居文存

王瑶 著

河北出版传媒集团
河北教育出版社

编 辑 说 明

本卷收《竟日居文存》。此书系王瑶先生去世后,由《王瑶全集》编辑小组从王瑶先生大量未收入集的文章中选录而成;王瑶先生生前曾有将他的文集命名为《竟日居文存》的意愿(见先生致台湾友人书),故将集外集定名为《竟日居文存》。本集共分四辑:第一辑收录王瑶先生1936年5月至1937年1月发表于《清华周刊》《清华副刊》和《清华暑期周刊》上及收入《中国的一日》一书中的文艺论文、书评、散文、杂文、时事评论,共四十八篇(另有《悼鲁迅先生》《盖棺论定》二篇收入《全集》第六卷;这一时期尚有译文六篇及集体创作小说一篇,未收入)。第二辑收王瑶先生有关个人家庭、身世与治学道路的文章三篇,其中《坷坎略记》《守制杂记》根据未刊手稿编入。第三辑选录了王瑶先生五六十年代所写三篇关于现、当代文学的论文，其中《真实的镜子——从几篇新文学作品看中朝人民的友谊》一文，曾收入平明出版社1953年版《中国文学论丛》。第四辑八篇文章，除《"中国新文学史"教学大纲（初稿）》外，均与《中国新文学史稿》一书有关。王瑶先生在《中国新文学史稿》"重版后记"里曾有言："三十年来中国现代文学史这门学科的研究工作也经历了它自己坎坷的道路。……本书出版较早，自难免'始作俑者'之嫌，于是由此而来之'自我批判'以及'检查''交代'之类，也层出不穷"；本辑收入的分别写于1952年思想改造运动、1955年"肃清胡风反革命集团及一切暗藏的反革命分子"运动、1958年"拔白旗"运动，以及1969年史无前例的"无产阶级文化大革命运动"的"检讨"与"自我批判"，可为王瑶先生这一说明的佐证。其中《读〈中国新文学史稿（上册）〉座谈会记录》一文与1952年、1969年的"检查"均未公开发表，今据手稿编入。在上述"检查""自我批判"中，曾涉及《关于现代文学史上几个重要问题的理解——评雪峰〈论民主革命的文艺运动〉及其他》与《根深叶茂——学习毛主席〈在延安文艺座谈会上的讲话〉笔记》二文，也一并收入。这些检查、文章，无不是特定历史时代的产物，无论内容，还是所使用的话语，都必然打上特定历史时代的烙印，却极其真实地反映了在那特定历史时代，中国学术界的特定历史氛围，中国学者的特定处境、心理、思想、行为方式——这一切，凡是那个时代的"过来人"自不难理解；但考虑到若干年代后的读者可能会产生某些隔膜，故特作以上说明。

1991年9月25日

目　　录

竟日居文存

"非常时期与国防文学"座谈会发言 ··················· 3
论文艺界的联合 ····································· 7
论集体创作 ··· 17
当前的文艺论争 ····································· 22
报告文学的成长 ····································· 30
表现在作品中的时代和艺术
　　——评炯之的《作家间需要一种新运动》········· 38
一二·九与中国文化 ································· 45
论作品中的真实 ····································· 61
《多角关系》(书评) ································· 69
《伯林斯基文学批评集》(书评) ······················· 76
二十五周年纪念感言 ································· 86
我的故乡 ··· 89
慰劳大会 ··· 92
航空奖券 ··· 97
从特赦施剑翘说起 ··································· 99
登龙青年 ··· 102
这一天 ··· 104
五色国旗 ··· 106

冷静	108
关于日记	110
丑角	113
所谓亚洲国联	115
沧石铁路的建筑问题	119
奥内阁改组	122
中央和西南	125
华北的汉奸舆论	129
关于二中全会	132
西南事件座谈	136
世界运动会开幕	138
伪军进攻绥东	140
华北经济提携	142
北平学生慰劳灾民	145
绥远局势严重	148
二十九军演习	151
绥远抗战前途	153
一二·九一周年	157
西安事变	160
北平学生示威	163
陕变仍未解决	165
陕变和平解决	167
迎一九三七年	169
陕甘善后办法决定	172
陕甘局势与三中全会	174
山西当局训练民众	177

暑期中的课外团体 ……………………………………………180
从一个角落来看中国文学系 ……………………………………182
清华的出版事业 ……………………………………………………185
关于第四十五卷的周刊 ……………………………………………190
为《清华周刊》的光荣历史敬告师长同学 ……………………193
坷坎略记 ……………………………………………………………201
守制杂记 ……………………………………………………………208
治学经验谈 …………………………………………………………216
真实的镜子
　　——从几篇新文学作品看中朝人民的友谊 ………………220
《新中国短篇小说选》第二集（阿拉伯文译本）序言 ………226
"五四"新文学所受外国文学的影响 …………………………232
《中国新文学史》教学大纲（初稿） …………………………252
在思想改造运动中的自我检讨 …………………………………263
读《〈中国新文学史稿（上册）〉座谈会记录》 ……………275
从错误中汲取教训 …………………………………………………280
关于现代文学史上几个重要问题的理解
　　——评雪峰《论民主革命的文艺运动》及其他 ………286
《中国新文学史稿》的自我批判 ………………………………322
根深叶茂
　　——学习毛主席《在延安文艺座谈会上的讲话》笔记 …338
在"文化大革命"中的检查 ……………………………………358

竟日居文存

"非常时期与国防文学"座谈会发言[1]

昭琛 我对于这个题目的意见是这样：关于非常时期的解释大家已经说得很多了，简单地说来，现阶段我国客观情势的基本特点就是由半殖民地到殖民地之急骤地推移过程，敌人在积极地进行着吞灭整个中国，全民族已经到了生死存亡的最后关头。适应着这种形势，使国内一切求生的人无条件地联合起来发动一个全民族的解放战争，这是中国的唯一出路，也是现实发展的必然路向。因了这样，在整个社会现象上，在人民大众生活上，都起了新的变化，这变化很快地就反映到文艺界来，那就是说这一切特质都要求文学来给一个具体的反映，同时从事文艺工作者自身也要求在文艺的领域内能够进行一点推动救亡的工作，他们要利用文学这一工具尽它在救亡过程中的特殊任务，这是所谓国防文学提出的现实基础，也是目前客观形势的基本特点。因为这个全民族的解放战争是关系着整个民族和一个人的生存和灭亡，每一个社会现象都和它密切地联系着，一个作家是一个社会的人，他自然要和这发生关联；如果是一个进步点的作家，他一定也就是这争取民族解放战线中的一员；这样，在创作实践中，救亡现象就必然地形成了他题材来源的主流。因为只有这才是他最熟悉的东西，也只有这才是读者所要求的东西。这样，这时期的文学主流必定一方面是抗敌情绪和解放斗争的反映，一方面又是暴露和批判反动势力以推动大众觉醒和团结大众的武器，只有这样的文学才是人民大众在现实斗争中所需求的精神食粮。为了加强我们的工作力量，我们要求一切具有生存意志和正义感的作家都团结到救亡的旗帜下来，一致为民族解放而努力，我们要放弃一切小的不同，一切个人间的芥蒂，造成了文艺界的大联合，一致为一个神圣的目标而工作。这种文学不但和被某一部分特权人物所利用的民族主义文学不同，就是和那种以最彻底的反帝社会层为基础的普罗文学也不一样，因为我们认为只有团结一切人发动全民族的解放战争才是救亡的正确道路，所以我们的文学也不应当是为某一部分人服务，他应当是人民大众的。在创作实践上，它所依据的是动的现实主义的方法，用活的具体的形象来表现发展中的客观现实，把存在于现实中的本质来用艺术的手腕再现出来，同时并昭示了它的发展方向。在形式方面，也要尽可能地采取一切为读者大众所接受的直接醒目的形式，如注重报告文学、墙头小说，等等。至于名词方面我倒没有什么成见，只要内容是这样的，叫作国防文学好，叫作民族革命战争的大众文学也未尝不好，并且我觉得这两者并没有冲突。

〔王孙：从政治的观点来解释现阶段文学的背景和内容，我觉得昭琛君已经说得很够了。不过在《文学丛报》第三期胡风的那篇"人民大众向文学要求什么？"里有几句话我有点怀疑，他说"民族革命战争的大众文学所依据的是动的现实主义的方法……然而同时这个口号里面还含有积极的浪漫主义的一面，因为在民族革命战争运动里面蕴藏有无限的英雄的奇迹和宏大的幻想。"我记得关于现实主义的文学，前两年已经讨论得很多了，现实本身就包含着浪漫，只要能够依照现实主义的方法来表现客观现实就已经很够了，不必再强调地来表现浪漫的一面。〕

昭琛 关于现实和浪漫的关系我们可以这样的来解释：文学绝不是社会现象的复写，所以当作体裁的社会现象出现于作品中时，它已经不是原有的社会现象，而是经过作家的提出和整理，通过作者的意识而再现于作品中的。所以在作品里面，无疑的是要流露出作者个人的宇宙观和人生观来，同时在一件好的作品中，它所表现的是事物的过程，它不但要正确地表现了现在，并且还要昭示了未来；它不只消极地指示和暴露出现实社会的矛盾，并且还要更深刻地鼓舞着对于现实的正确态度和从实践上变革现实的途径，所以它的表现方法就不单纯的是从事物中抽出了本质而把它具体化在形象里边，同时还要加上希望的可能的东西以补足这形象；即作家不但只用着现实主义，而且同时也用着浪漫主义。但这种浪漫主义，决不像旧日所理解的代表着没落社会层的幻想那样，那种脱离现实麻醉自己的颓废的空想，它是一种积极的浪漫主义，是在历史向前进展的阶段中，前进的作家群预感到某种有利现象的来临，展望着前途胜利的曙光，自必对于未来怀抱着一种宏大热烈的希望和憧憬，将这种希望和憧憬表现在他们的作品里面，就是所谓积极的浪漫主义。这种浪漫主义虽然也是空想的，但是因为作家自身的主观想象和现实的客观行程是完全一致，客观现实的叙述同时就是主观意识的要求，所以这种空想事实上是根据着科学预测的未来必然，它不但不会阻止客观现实的发展，并且会更有效地帮助它的发展，因而它和现实主义也就是很和谐地统一了。

*　　*　　*

〔1〕这次座谈会是由《清华周刊》召开的部分清华进步文学青年的座谈会，座谈会记录刊于1936年7月25日出版的《清华周刊》第44卷第11、12期合刊，这里仅选录与集主有关的两段。

论文艺界的联合

我是不能相信文明必须立在虚伪的基础之上的,这一种机巧的文明是虚伪的社会状态的必然反映和所产;这一种文明,它在自身里藏着死亡的种子。它现在还生产着的作品和承认它的社会,都正濒于死亡。我们假如不能把这种作品拂拭掉,我们可以说万事皆休了。

我以为今日能使文学,文化,文明——发展,开花的,不是靠了延长这过去的文化,而是靠了必须和它的战斗。

我们还是在斗争的时代。我们倒并不是为了斗争而爱斗争,而要斗争的。是为了斗争的成果,才热爱斗争,才要求斗争。我与其说是战士,倒不如说是拓荒者。

——安特烈·纪德

这是去年六月在巴黎召开的"国际文化保卫作家会议"中纪德演讲辞中的警句。当时参加的共有二十八国,出席会员有二百三十余人,高尔基说:"巴黎的作家大会,是在反对法西斯底迫害,保卫文化的口号之下来开的。"这是一点也不错,正因为适应着法西斯疯狂地摧毁和迫害一切文化事业和文化人的新的形势,对于负有推动文化使命的作家,就必须担负起保卫文化这个新的任务。这是时代赋予的重大课题,是每一个文化人的共同使命。

正因为这样，所以参加这个会议的人并不局限于最进步的作家，这种反对法西斯的迫害和保卫文化的重大任务，仅只是最进步的作家是担负不起的。它需要号召一切具有正义感，为文化自由而努力的作家们团结起来，站在保卫文化这个大的旗帜下，统一了一切纠纷，向一个目标而努力。所以这里面参加的人，固然也有进步的作家如巴比塞，罗曼罗兰，伊凡诺夫，基希等；但是自由主义者，人道主义者和无政府主义者的各种作家同样的很多，例如福斯特（E. W. Foster），安特生（Sherwood Anderson）等。这并不妨碍他们的结合，反而使为人类文化进步而努力的战士增加了，使反战和反法西斯的阵容更其强壮和整齐了。纪德的话是很明白的，这个时代是需要着许多的拓荒者。

在这种法西斯最后的挣扎，竭力摧残一切文化自由的时候，一切社会历史的重大使命都已经不是某一阶级或某一党派所能担负起的了。今日的世界是整个人类的集体，一切渴望文化自由的全民众的联合，来对于极少数的反动败类来作斗争的。在这种正确的路线之下，文艺界的联合在国际文坛中得到了很广泛的展开。这种例子里最显明的是德国流亡作家的团结。国社党执政以后，把一切著名的作家都放逐了。一切的文化书籍都查禁了，认为文艺复兴以后的一切伟大作家都无条件地是文化布尔雪维克。这样，在文学史上实在很难找到国社党的作家，例如他们称杨席勒（J. C Schiller）的戏剧，但在上演董·加罗斯（Don Carlos）的时候，却把"阁下，请给思想的自由吧！"一句删掉了。在这种情形之下，许多流落在荷兰、瑞士、捷克、法国的亡命作家都团结起来了。他们当中有的是很坚固的自由主义者，有的简直带有强烈的悲观倾向，当然也有不少的进步作家，但这些差异并没有妨碍了他们的团结，在他们从现实生活中得到的感觉里，他们更加联合得紧了。亨利曼主持的自由主义杂志《珊姆仑格》和左翼流亡作家主编的《新德国评论》，在许多观点上和态度上都是取着一致的步调。

同样的情形在其他各国都可以看到，这当中法国因了政治上的优越条件，作家同盟领导得最有成绩，里面的分子也最复杂，但他们拥护和平文化的态度却是没有二致的。美国作家协会的主席弗兰克（W. Frank）本身便是一个自由主义者，但这并没有妨碍了他事业的活动。同样地作家们联合的情形，在每一个国家，在每一个地方，都可以看得到的。

这并不是一个偶然的现象，这是新形势之下的新任务。现实逼迫得一切不愿反动不愿作奴隶的人们都加入到促进人类进步的阵营里来，为了和平、文化、自由而奋斗，或至少同情于这奋斗，根据这个前提，一切的文化活动将要被统一在一个目标之下，一切小的差异在这里是不能显其作用的，国际革命作家联盟的自动解散是有着它充分的时代意义。

在文艺界的这种联合上，透出了人类集体的力量，透出了人类新文化的伟大曙光，显明地昭示了优越的未来。

现在说到中国。

中国已经是世界的中国了，但中国毕竟也还有它的特殊性，当作世界的一环说，对于整个世界的新的任务也同样地适用于中国；就中国本身说——当然这也并不是孤立地去考察——它更有它的新的形势和它的特殊任务，而且这只是一件事实的两方面，是相成的，并不是不相容的。

什么是中国的新形势呢？

这是每一个人生活过程中所能够直接地感觉到的，因为敌人已经用了一切的力量侵略到中国的每一个角落，使得所有各种阶层的中国人，甚至是资产者群，都感到了生存的威胁。报纸上满是增军走私的消息，街上堆满了私货，太阳旗在丰台站上飘扬，坦克车在北平街上示威，朝鲜人民带了赌毒等公开营业，友邦的人士在街上一天天地增多了，丰台事件、大沽事件等接连地发生，这一大串事实已经威胁到每一个中国人的生存，使各种生活阶层都一致地感觉到了抗战的迫切需要。正如同鲁迅先生所说："现在中国最大的问题，人人所共的问题，是民族生存的问题。所有一切生活（包括吃饭睡觉）都与这问题相关；例如吃饭可以和恋爱不相干，但目前中国人的吃饭和恋爱却都和日本侵略者多少有点关系，这是看一看满洲和华北的情形都可以明白的。"

简单地说来，中国现在是到了一个民族存亡的最后关头，是处在一个由半殖民地转化为殖民地的过程的交点上，虽然"中国不是从昨天起才被强邻压迫、侵略，我们民族的危机并不是一朝一夕所造成。展开在我们眼前的这大崩溃的威胁是有着它远因和近因，有着它的发展的路径的，"（见《中国文艺工作者宣言》），但今日的情势毕竟和昨日不同，而且不仅只是程度加深的问题。敌人殖民地化中国这一个长的过程虽然早就开始了，但以前的变化仅只是民族危机程度上或数量上的逐渐加深问题，到了近来，这情势显然不同了，量的变化已经产生了新的特质，这特质充分地说明了中国的命运，在这里中国的路只有两条，一条是变成敌人的完全征服了的殖民地，一条便是发动全民族的总抗战以求生存，今后将再没有苟安的余地了，这已经到了决定的最后一关，这就是新的特质的内容。

这种事实是整个民族和每一个人的共同难关，它在各种党派和各种阶层面前都同样地显出这狞狰的面目，它使得绝对多数的人都感觉到彼此间应当暂时放下一切的纷争，来共同对付一个最大的敌人，这是联合战线发生的客观基础，是民族解放的唯一途径。在这里将能团结一切不愿作亡国奴的人们，为一个神圣的目标而努力，他们当中彼此间的一切纠纷，都是以这个目标为前提而解决的，这里面不只有抗敌救国的最基本的力量，而且也有一切可能的同盟者。

新的形势对于文学提供出新的任务。

当然，因了客观情势的变化，一切的特质都需要文学来给一个具体的反映，现实对于文学提供了新的题材，新的美学基础，和新的发展路向，同时从事文艺工作者自身也要求在文学的领域内进行一点推动救亡的工作，要利用文学这一工具尽它在救亡过程中的特殊任务。

正因为民族的危机是关系着每一个人的生存和灭亡，一切的社会现象都和它密切地联系着，作家既也是一个社会的人，他的一切生活就自然地和这发生关联；如果是一个进步点的作家，他一定也就是这争取民族解放战线中的一员。这样，在创作实践中，救亡现象就必然地形成了它题材来源的主流。因为只有这才是他最熟悉最关心的东西，也只有这才是读者所要求的东西。这样，这时期的文学主流必定一方面是抗敌情绪和解放斗争的反映，一方面又是暴露和批判反动势力是推动大众觉醒和团结大众的武器，鲁迅先生说："现在我们中国最需要反映民族危机，鼓励斗争的文学作品。"

因为只有这才是人民大众在现实斗争中所需求的精神食粮。

然而这不仅只是少数前进的作者所能担负得起的。这不但是他们的力量薄弱，而且也并不是所有各种阶层的读者都能马上接受所谓前进的作品的，我们能放弃这些作者和读者吗？

文学上的新的任务是要联合一切非汉奸的作家来共同担负推动的，认识比较落后点的作家，在一定条件之下，是可以担负起这任务的。

所谓落后的作者当然是指作者认识程度的水准低落，作者的世界观犯着错误，这些无疑义地对于作品有着影响；但问题不在这里，问题是在当这些作家在现阶段感受到了生存的威胁，被号召在一个新旗帜之下的时候，他们是不是会担负起一种新的任务，是不是会发生好的效果。

这答案是肯定的，果戈理在他的世界观上是同情于帝俄时代的地主阶层的，但在《死魂灵》中所刻画出来的地主的典型，却被作者所嘲笑了。同样的例子在这文学史上可以找到好多，一个作家创造出来的人物有时是可以和他的世界观发生不同的作用的，西万谛斯眼中的唐吉诃德和我们眼中的唐吉诃德是并不相同的。

这原因在哪里呢？我们不能否认许多的作家，甚至是最伟大的作家，都把现实形象来通过他的世界观歪曲了；但文学史至现在还遗留给我们好些现实的作品，这些作品的伟大并不在于它们的被歪曲上，而在于它们之在某种程度上也反映出了客观的真实。

在今日的中国，作家的世界观尽管有很多的不同，但因了他在生活过程中所接触到的一切，使他一无条件地感到了抗敌求生的必要，使他的民族意识急骤地强烈起来。这样，无论他在主观方面还保持着旧日的错误认识，但在客观的表现上，他已经是一个进步的现实主义者了，这样能不和他们合作吗？

当然这并不是说把这些作者号召起来的时候，他们马上便把旧日的缺点全部克服了，这是事实上不可能的事。并且事实上他们的大部分旧的缺点还依然残留在他们的作品中；但既然联合在一起，就不能让这些缺点再自然生长下去，在这里前进的作者就必须担负起领导、鼓励、和督促的任务（当然并不是极严厉的苛责），使他们多多地反映些客观的真实，而慢慢地把他们的世界观转变过来。联合的意义并不在派别、感情等的基础上，只有以救亡为前提，一切作家才有联合起来的可能，也才有联合起来的必要。所以在文艺界联合之下的新的文艺，应当是以救亡为前提的多样的统一，正如同郭沫若先生说："国防文艺应该是多样的统一而不是一色的涂抹。这儿应该包含着各种各样的文艺作品，由纯粹社会主义的以至于狭义爱国主义的，但只要不是卖国的，不是为帝国主义作伥的东西，因而国防文艺最好定义为非卖国的文艺，或反帝的文艺。"

可喜的是今日中国的文艺界不仅只感到了联合的客观需要，而且也已经有了联合的事实表现。

中国文艺家协会已于上月成立了，加入的已经有一百多人，工作非常紧张，宣言中有下面的话：

> 光明与黑暗正在斗争。世界是在战争与革命的前

夜。中华民族已经到了生死存亡的关头。

文艺作家有他特殊的武器。文艺作家在全民族一致的救国阵线中有他自己的岗位，中国文艺家协会在今日宣告成立，自有它伟大的历史的使命。

中国文艺家协会特别要提议：在全民族一致救国的大目标下，文艺上主张不同的作家们可以是一条战线上的战友，文艺上主张的不同，并不妨碍我们为了民族利益而团结一致；同时，为了民族利益而团结一致，并不拘束了我们各自的文艺主张，向广大民众声诉而听取最后的判词。

把我们的笔集中于民族解放的斗争吧！

由鲁迅等六十余人发表的《中国文艺工作者宣言》中说：

我们，文艺上的工作者，目光从来没有离开过现实，工作从来没有放松过争取民族自由的奋斗。

我们相信各部门的文化工作在任何时期都没有一刻可以中断，我们以后将更加沉着而又勇敢地在这动乱的大时代中担负起我们艰巨的任务，我们愿意接受同意我们的工作的人的督促和指导。我们愿意和站在同一战线的一切争取民族自由的斗士热烈地握手。

这些话当中有哪一点不是我们的客观要求？有哪一点不是针对着中国今日的现实？作家自身在今日已经感到了联合的急需，而且也已经向这个方向去努力。

同样的文艺界联合的组织在北平、东京和其他各地都很广泛地展开。

这不是很可喜的现象吗？

然而我们不得不承认，截至现在止，不但这种联合的工作还做得不够，而且在进行的过程中还发现了许多的错误，因而虽然我们已经建立起一个联合的组织，但并没有广泛地吸收了一切非汉奸的作家；许多的作者都还取着观望的态度，这种组织只是系在少数人的身上。

依现阶段说，使这种文艺界的联合不能进行得很好的主要障碍，是一部分前进作者的关门主义的倾向。这里面有的是依据前进理论来根本反对联合的号召的，例如徐行先生；有的虽然表面也在赞成联合，但仍保持着一贯的宗派观点，对于友人的批评成了谩骂，而这批评本身还是错误的，例如龙贡公、耳耶他们，在客观的表现上，也同样是有害于联合的。

这种事实的主要原因是忽视了现阶段的新的形势，不能把前进的理论来灵活地运用，而把它认为是机械的死板教条；使得理论与实践失去了联系，把理论孤立起来了。在许多场合都还不能放弃了宗派的观点，放弃了个人间的成见，这是对联合的一个致命打击，需来积极克服的。例如中国文艺家协会和中国文艺工作者两个集团的没有融合，不能不说是文艺界联合的一个大裂痕，我们希望双方都能够履行宣言中的诺言，互相联合起来。

其次是许多落后点的作家还保持着犹豫的态度，他们对于文学本身的任务和文艺界的联合组织都有些怀疑和观望，不能够马上地积极起来，这也是需用种种方法来竭力推动的。

　　正如同全世界的作家为了反战和反法西斯，为了保卫文化，都已经很广泛地联合起来一样，在这中华民族已经到了生死存亡的关头时，文艺界的联合是有着它充分的时代意义的。

　　新的文艺是时代的号炮，是民众的传声筒。

　　世界在动了！中国在动了！

　　"把我们的笔集中于民族解放的斗争吧！"

8月1日完稿

（本文原载1936年8月8日出版的
《清华暑期周刊》第11卷第3期，署名昭琛）

论 集 体 创 作

集体创作，一个崭新的名词。

适应着社会生活的进步，人类文化水准的提高，读者大众对于文学要求的加大，新一代的作家们意识地要克服旧日的一切个人主义对作品的坏影响，更有力地实用着动的现实主义的创作方法，表现新社会中的集体生活，提出了并且实践了新的集体创作的方法。

这新的创作方法首先倡导于苏联，这里的社会条件对文学提供出新的要求，新的客观基础，使文学的创作方法到达了一个新的途径，给世界文学史开辟了一个新的道路，今后的文学将不仅只是个人的单独从业了，最伟大的作品将是人类集体地努力的成果。

苏联的作家们不但从生活里发现了这种方法，并且在他们努力的实践中充分的证明了它的可能，正确和伟大，在他们胜任愉快的工作里，使人类文化达到了一个更高的阶段。文学事业和其他一切的事业一样，并不仅只是个人的事件，也同样地需要集体来担负的。

在高尔基领导下的划时代的创作工厂史和内战史，将成为人类社会的转型期和社会主义建设过程这种伟大时期的艰苦斗争之最典型的艺术表现，是人类历史的最高大的纪念碑，最宝贵的文献。因了这种所要表现的题材的异常庞大、复杂和多样性，它在个人的作品中，无论作者的生活经验是如何的丰富，作者的创作手法是如何的高超，所得到的将只是一个侧面的部分事实，决不会得到一个全面的整个表现。在一个新的社会体系之下，人类的集体努力克服了一切的困难，内战史和工厂史不是某一个作家创作的，它是历史活动的扮演者之共同的作品。动员了几千个斗争的参预者，供给出在他们实践过程中所得到的一切材料，包括着所有的各方面，用报告的方式提供出来；担任写作的是几百个有艺术素养的优秀职业作家，用着共同的力量，来处理这庞大的题材，实践着创作的过程。最后经过了集体意见的审查、批判和改正，这里将再看不到某个人的偏见的遗留，也看不到堆凑起来的杂乱，它仍然是一件完整的作品。虽然这两部书都带有科学的性质，并不能算作纯文学的东西，但其意义则是一样的，例如比较规模小点由三十多个作家所写成的《白海运河》，就是和这保有同样优点的文学作品。

　　由高尔基倡导，由全世界保卫文化作家的同人及各地的前进作家所共同执笔的《世界的一日》，是集体创作的另一种方式，去年的9月27日是一个平凡的日子，但因了全世界文学作家的集体努力，这日子在文化史上奠定了它的稳固的地位。每个作家依他所知道的写出这天的一切记闻，不拘关于任何方面，各个的文章是由编者集合编辑起来的，并不混合创作在一块。这样，每人的文章仅只是整个书中的一个节目，他告给你在他那个角落是在发生怎样的事情，就他个人这篇文章说，固然可以独立起来，但就全书说，则仍然是一个完整的体系，它仍然能够很谐和地呈现出这动的世界的一个横断面，从各种复杂不同的现象里表现出这一天世界的全部面目。虽然这里面有我们所爱好的，也有我们所憎恶的，但因为它既同是客观的真实，在"世界的一日"这么个总的题目下，各部分的配合仍然是很谐和很完整的。

最普遍最简便，为通常创作所容易采用的，是另外一种的集体方式。集合几个对艺术信念和创作路向都差不多的作家，取一种集会的形式，来共同口头地具体商讨关于题材、主题、表现形式，以及整个结构和描写手法等问题，这样详细地商讨决定以后，再推举一个作家按照大家的意见去写作；由他写成以后，再经过集体的检讨、批判和改正，然后就成为一篇完整的作品了。这一种集体创作形式，因了它的简便易举，而又可以有很好的效果，最为一般作家所接受，而且在各国文坛上都已经有了相当的收获，并不仅只是在苏联。最近我国《光明》等文艺刊物所倡导的，就是这一种形式，集体创作的种子在中国也已经在逐渐地成长中了。

因了题材和其他情形的不同，集体创作可以采取了不同的方式，但它的根本意义和优点，则是一样的。

在中国，不但在实践中集体创作还没有被很广泛地采用，而且直到现在还有许多人，甚至是前进的作家们，还对它抱有很深的误解和漠视。这并不是没有原因的，根据着我们这古老民族的过去经验，来仅从字面上理解这种崭新的方法，自然是不能摸着了边际。有些人把这认为是如同以前国史馆的编修，而忽略了它提出的生活基础和题材主题对于形式的关系，生活的具体形象的表现和写作手法上的和谐性。也有的人把这认为是和鸳鸯蝴蝶派式的卖关子的小说同类，那是由一个人先开头写，当然不外是艳情侦探之类，写了几段留个难题搁下了，再由一个人继续着写，想尽种种方法来继续下去，随后又留个难关走开了，像这样由好些人连续写成的东西，在中国也曾风行过一时，但自新文学运动以来，早就被扫除了。若仅就字面来说，敏感的人把这解释做集体创作，当然也没有什么不可，不过我们这里所讲的集体创作是有具体的内容的，决不是这种百衲衣式的大杂烩，谈不到什么题材和主题的东西。所以我们要求作家们对于事件要有更进一步的认识，因为只有了解了它的意义，才能够谈到去实践它。

　　一般人对于集体创作的主要怀疑，在于认为各个认识程度和写作手法不能完全相同的作家，在一块共同写作时会混乱了主题的一致性，会使作品变为不相融合的大杂烩。这当然是应当顾忌到的事情，不过并不能成为否定它的理由。各个作家在写作手法上有着差异是无可讳言的事情，但在以上所述的各种情形的任何场合，这都不足以损害了作品的完整和融谐，都仍然能够在集体创作中保持着个人特有的长处，这只要看上面就知道。至于作家认识程度的不齐和处理题材方法的不同是可以经过集体的探讨而得到一致意见的，并且也只有在集体探讨中，才能克服了个人对于题材的不正确的把握和处理。

　　集体创作的主要意义在于用集体的力量来共同地处理整个的创作过程，使文艺作品达到一个更高级的发展。在这里，将充分地克服了个别作家对于主题的不正确的把握和歪曲的表现，这不但对于集体所创作的作品有着好处，并且对于作家自身就是一种集体的教养。在这里作家自然地扩大了他的视野，创作的过程对他就是一种学习的过程，对于写作手法和技巧都可有新的获得。这样，对于作家的特长能使它得到了充分的发展，而很容易地克服了所发现的错误，其结果自然是更进一步地向上，无论是作家或作品。

现实的生活日渐丰富，复杂，而作家并不能够很快利地反映出了它，这充分地说明虽然我们现在有许多的作家在那里努力，但今日的文学事业已不仅只是文人个别地单独用脑力的时候了。

在集体创作的过程中，首先要注意到的是所摄取的题材的积极性。个别作家的空想虚构固然不能应用到这场合，就是普通并没有多大社会意义的题材也很难得到所有参加作家的熟悉和关心。在这里，表现深刻社会意义的积极性的题材不但在客观上是最需要写作的东西，而且也只有这才是所有参加创作的作家所全体熟悉和关心的事情，才可以使作家们的特长充分地施展出来。

其次是参加集体创作的作家必须全体是向着同一个方向走着一致步伐的人们，因为他们的目标既然相同，在客观的认识和题材的把握上才不会有很大的背驰，并且只有基于这种条件，他们的探讨才有着得到一致结论的可能；他们的争论才是对于友人的批判，而不是敌人间的攻击；同时作家也可由这种争论里得到了长足的进步。

新的尝试在中国也已经开始了，我们希望从这里得到新的宝贵收获。

8月6日完稿

（本文原载1936年8月17日出版的《清华暑期周刊》第11卷第4、5期合刊，署名昭琛）

当前的文艺论争

一个基本理解

适应着中华民族已经到了生死存亡关头的客观现实，中国文坛上掀起了极广泛和极热烈的文艺论争，这当中有两个口号的问题，联合问题，文艺批评公式主义的清算，和创作自由，等等。问题的表面虽然复杂，但都是由一个基本理解而出发的。这就是谁都从实生活里感觉到为了求生存，为了集中力量，无论在哪一个阶层或从业的人，都需要一个强固的团结，需要大家联合作一起，为一个目标而努力，当作反映社会现实为职能的文艺工作者，因了他们对现实的敏感性，自然特别地对它感觉到了关切和实践的必要，为了加强和展开文艺这一部门在救亡过程中的特殊机能，自然需要一种理论的建树和创作的实践，所以说当前的文艺论争是有它显明的建设意义的。

这里需要理解的是文艺界的联合也和其他各种社会阶层或从业的联合一样，是以救亡为基础的，离开了救亡就谈不到联合，如果有也仅只是行帮的集合，是有利害关系作条件的，是少数人企图营私的集团，与救亡的联合是不能并论的。在救亡的阵营里，大家的集合是毫无条件，如果有也仅只是为了救亡一点。统一的倡导没有谁利用谁的意思，这种集合仅只是为了一个共同的信念，共同的努力目标。问题不是谁统一了谁，而是大家切实地联合在一起。

统一的救亡阵营中的领导者，不是以什么地位或资格来取得的，这里不应当确定了只有某一群人才是真正彻底的领导者，如果谁对救亡阵线发生了领导的作用，那只是因为他最能够忠实地为民族利益服务的缘故，而不是因为他是某一阶层或某一党派的先天资格。

因而一个人当作联合阵营中的一个积极分子，他不但不应该以个人的利益来代替了民族利益（真正个人的利益当然和民族利益是一致的），同时他也不应该使联合和救亡失掉了联系，联合而不救亡是行帮集团，救亡而不联合是自取失败，都不是一个民族战士所应该采取的。同时需要注意的是我们不仅是在自己主观上有没有妨碍了救亡和联合，同时也需要时刻批判自己是否在客观的表现上发生过不良影响的言论或行动。

中国文艺界的情形就是基于这种对于统一的没有彻底理解而发生的。虽然大家口口声声还是在喊统一、救亡，可是在客观事实的表现上却有意或无意地执行着分裂的运动。在这里友谊的批判变成了对敌人的攻击，宗派行帮仍然高于一切，企图培植自己的特殊地位等现象还仍然存在着，这无疑义地是减少了救亡运动的力量，是在发生着不幸的解体现象，需要积极来克服的。

已得的成果

然而我们仍然不能单纯地把这次论争看做进步作家间的内战，争正统。当然也不是说论争结束就算文艺界的联合完成，论争的结果自然是在求纷乱中的一致，求得一个普遍而正确的结论，现在各种问题虽然还有好多点不能得到一致的结论，但大家所共同同意的原则上的成果是已经产生不少了。这当然是中国文坛的新收获，因为从这里作家可以得到创作活动的真确指标，可以集中力量来共同努力一个新的开始。事实上在这次论争的过程中有许多点大家都还能够客观地就问题本身而言，不至于过分地坚执成见，是一个很进步的现象。希望能够很愉快地结束了这次论争。

　　截止现在，大家都已经同意了"凡是不甘心向帝国主义投降的文艺家，都在国防文艺这个标帜之下一致团结起来，即使暂时不能团结，也不要为着一个小团体或一个小己的利害而作文艺家的内战。"在这里，"国防文学应该是作家关系间的标帜，而不是作品原则上的标帜。"这样就可以在国防的旗帜下，把文艺包含的范围扩大了。同时"国防文学应该是多样的统一而不是一色的涂抹。这儿应该包含着各种各样的文艺作品，由纯粹社会主义的以至于狭义爱国主义的，但只要不是卖国的，不是为帝国主义作伥的东西。因而国防文学最好定义为非卖国文艺，或反帝文艺。"作家在国防的旗帜之下联合起来，是"因为有些作者不写国防为主题的作品，仍可从各方面来参加抗×的联合战线"。

　　这样，参加论战的作家们，对于适合着现实情势的正确原则已经有了一致的理解。简单点说，大家都已经无条件地承认了联合的必要和联合的目标是为了救亡图存。这里不再多考虑唱高调的什么必须每个作家都有进步的世界观和现实主义的创作方法，等等了，这里顾到的只是"此时此地的需要"。

　　关于具体问题的讨论，虽然我们不能说现在已经得到了一致的意见，但事实上论争现在已经达到的阶段对于论争的结束事实上已经有了很大的帮助，这都是论争已得的成果。

况且现在中国文艺界的联合和努力已经不只是一个空洞的原则，而是具有了事实上的客观存在。中国文艺界为言论自由所发出的通电谁都看出是代表着各方面的作家的，这充分的证明了他们在现阶段利害关系的一致和联合的可能性。同样的情形和组织都还在各地继续地开展，这当然也是一种已得的成果，而且是很大的成果。

论争的成果不但能够使作家向着一个正确的路标努力于创作实践，而且也能促进作家直接地参加了救亡运动。但应当切实注意的是在论争的过程中，一切言论和行动都不能在客观上妨害了救亡和统一。

两 个 口 号

关于国防文学和民族革命战争的大众文学两个口号的论争问题，已经延长了很久的时间，这当中两者都出过特辑，互相攻击过，也是使读者最感到模糊的一个问题。然而简单地说起来，这种责任是要两方作家们争正统的宗派态度来负责的。鲁迅先生说："我以为在抗×战线上是任何抗×力量都应当欢迎的，同时在文学上也应当容许各人提出新的意见来讨论，标新立异也并不可怕。"这确乎是很重要的一点见解，我们对于文坛上论争的态度也应当以此为标准，如果我们论争的对方并不是敌人或汉奸，那我们就不应该采取格杀勿论的敌视态度，应当努力发挥其为了同一目标的相辅作用。即或对方认识确是错误而又发生不良影响的时候，也应当保持一种友谊的客观评判态度。其实说起来，在本质上这两个口号是原没有什么大的差别的，一部可以称为国防文学的好作品，在民族革命战争的大众文学者看来，也一定不会错，但这决不是说两者就完全相同，国防文学这一口号因了它本身所包含意义的笼统、含混、很简洁地号召作家群为了一个单纯的目标而努力，建立了作家间彼此关系的标帜，同时因为它的影响已经在各地起了相当的反应，已经普遍地应用到一切的学术领域，如国防科学，国防音乐等，把它来当作统一阵营里的口号，是有其广大的影响和效用的。它不致使一般落后的作家望而生畏，被摈弃于统一的门外，不明晰不确定固然是一个口号的缺点，但作为号召爱国作家的统一阵线里，这种广泛性和更少规范性的特点反而成了实际应用上的优点了。

关于民族革命战争的大众文学，茅盾先生以为这是为了补救适应于现阶段的具体口号——国防文学的未能包涵文艺运动的远景，以及创作方法的主要目标的缘故，因了它所标示的明确具体，在现阶段虽不与国防文学冲突，但在现实更向前推进一步时却仍然可以运用。这样看来，民族革命战争的大众文学这一口号在现阶段的具体效用，实际是在推动一向囿于前进自洁的作家们为了促进民族解放的工作而努力的路标。所以国防文学虽然可以解释做仅只是作家关系，而不是作品原则的标帜，但民族革命战争的大众文学却不但在字面上更明确具体，而且还包蕴着进步的现实主义的创作方法。为了文学作品水准的提高和团结力量的加大，我们可以希望一切的作家们都赞同和实践后一口号，但我们适应着统一阵线中各种作家的现实情势，却主张用更广泛的国防文学来做作家间关系的标帜。但同时我们也不能让已经是很坚固的为民族利益战斗的前进作家还原到一般的群众水准，我们希望他们能够巩固统一，但同时我们又希望他们能够坚强地工作。因为这对于整个救亡都是有利的，而我们的一切都是整个地为了救亡，在这种意义上，我觉得今后应该努力的是树立和发挥两个口号的不同的相辅作用，目标既然相同，便不必为了正统而争执，更重要的是怎样促进作家们的救亡工作和文艺作品的创作实践。

批评和批评家

关于批评家的问题，主要的是近来对于文坛上搬弄经典的公式主义批评的清算，批评本身固然没有可以非难的理由，并且在鼓励作家向上的努力中，在促进新文学的成长中，批评都负着很大的责任，但须注意的是批评本身要严格执行它的职务，批评就不仅只是卖弄名词的无识者。批评需要一个完整的艺术理论，并且要能够具体地应用到现实问题上，东鳞西片地乱说固然不是批评，左一句高尔基右一句吉尔波丁地不顾实地情形地渊博也不能算作批评。批评主要是一个客观认识问题，对于每一个批评对象的正确把握并不是一件很容易的事。当然，这里对于一个批评家自然需要成熟的文学教养和理论经验等，但更重要的是实践过程中怎样得到的丰富认识能力。对于某一件具体事物的把握不够，对于某一件事物的机械了解，都会发生极不好的现象，例如最近的作家和世界观的问题，国防文学和汉奸文学的问题等。这种情形当然都是需要来积极克服的，茅盾先生所强调的"此时此地的需要"，每个批评家都应当深切留意，对于现实文艺的动向不只是应该关心和评价，而且自己也需要负担起推进的任务。同时在批评的态度方面，也应当极力地除去一些不正当的漫骂习气。努力地去了解作家，而不要站在云端里看不起作家，应当趋重于严肃的批判和评价，却不应当过分地苛求和指摘，更重要的是需要不断地给予作家一种向上的鼓励。这些都是每个批评家所应当留意的事情，我们清算了过去错误的批评并不就是不要了批评，反而是需要建立更完整更严密的批评。

更大自由与绝对自由

"我们所希望的是全国任何作家都在抗×的共同目标之下联合起来，但在创作上需要更大的自由"。这是针对着不是国防作家就是汉奸作家的机械看法，和把国防文学的作品当作文艺家进联合之门的入场券而发的，来纠正一些"自以为是天生的领导者要去领导别人的那种过于天真的意念"。我们若把创作自由的目标仅只是集中在批评家或理论家方面，我们若把创作自由理解为1932年所争论过的文艺自由，认为这是将作家的社会活动和他的创作活动分开，或是对于落后作家的活动应当采取一种自然生长的无视态度，放弃了在统一阵营中所包含的彼此批评的教育作用，这当然是有害的幻想，是一种要不得的见解。

但这是说创作上需要绝对的自由，而不是说创作上需要更大的自由。绝对的自由固然是有害的幻想，但更大的自由却不但可以使暂时不能写国防文学作品的人也可以团结到救亡的旗帜之下，而且还有他在现阶段的另一面的意义。

这就是在创作自由这口号下面，可以动员更多的作家来积极争取爱国文学的创作和发表的自由，这是文艺家在现实情势下努力的另一条途径，而且现在已经努力在作了。因为只有这样才能使各种作家都自由地致力于新文学运动，而且使一般的文化运动得到很好的成长。同时这也表示着在团结救亡的作家群中，应当不受任何主义的大帽子的公式主义批评，一切有害于实际情形的呓语。

我想这创作自由的另一面的意义——言论和发表自由，将是创作自由的更主要的意义。

文学上的国防动员诚然是一种作家间的自我要求，是一种共同目标和信念的集合。不正确的批评家或理论家固然会发生不良的效果，但创作自由的倡导决不应当单纯地强调在这一方面，这只是微弱的一种意义。但当作言论和发表的自由而强调时，却与一般的文化运动都给以有力的推动了。

鲁迅先生说："问题不在争口号，而在实做。"我想今后中国文艺的路向应当到了实做的时候了，一切救亡和创作的活动实做。

10月22日完稿
（本文原载1936年11月1日出版的
《清华周刊》第45卷第1期，署名狄恩）

报告文学的成长

像解释一切名词都要溯源到希腊拉丁的语根一样，烦琐的学者们对于每一件事物的存在都要给它找一个历史的根据，我们虽然也并不忽视历史，但我们把它仅只当作一种事物发展过程的开始，更重要的还是在这过程中的一切具体的社会条件，和它在成长中的实地情况。

报告文学是近代产业社会的产物，在资本主义的成长期中，自然主义作家的左拉，反对着当时一般作家的空的理想，重新暴露和表现了事实的世界，一般地是被认为近代报告文学的创始者的。但正如我们前面所说过的，把这认为是近代报告文学发展的萌源固然可以，但若我们拿近代报告文学的特质来考察左拉的作品，则它并不能够称为现代意义的报告文学的。市民阶层的左拉，在他的创作实践中，虽然暴露了和表现了近代资本主义所产生的悲惨景象，但也仅只是暴露和表现而已，这里没有明确的社会意识，没有指示和透露出光明的辉芒。

但我们仍然不能不把这认为是近代报告文学的萌源期，工业发达的社会情况是近代集纳主义产生的历史根源；虽然现在我们所谓的报告文学已经是具有了高级艺术意义的独特表现形式，但它是由报章中发展出来的却是一件不可否认的事实。适应着资本主义社会生产的集中，一般文化水准的相对提高，读者层需求的相当增大，产生了近代高度化的集纳主义，因而又由这里蜕化出一种能够最敏速正确地反映大众日常生活的直接轻便的艺术形式，这传出了大众的感情，也得到了读者的爱护，这就是正在成长中的新的艺术形式——近代报告文学。

在世界进步文学的成长中，我们产生过许多暴露现实情况的伟大作品，贾克伦敦、辛克莱，如何严峻地表现了高度资本主义化的金元帝国的现实情况，但须注意的是这些并不是现在所谓的报告文学，那么为什么把它们相连在一起呢？就因为近代的艺术理论者不明白报告文学所产生的社会根源，他们虽然也替这一艺术形式辩护，也企图给它一种存在的解释，但在他们自己心目中就瞧不起低级的新闻记事，他们企图在过去的文学史中给它找到点存在的根据，于是回到贾克伦敦，回到左拉，回到了十九世纪的自然主义。

这主要的是因为传统的文艺学者不承认这也是一种文学的表现形式，他不懂这一形式，他也惧怕这一形式，这样，他自然要给以狠毒的批评和打击，可惜的是进步的艺术理论者自己也忽视了而且误解了这一形式，他们虽然看到了它和低级新闻记事的不同，但他们不理解这实在是由于近代集纳主义的发展，于是他们企图在历史上找到报告文学的根据和解释，而忽视了它的存在和发展的具体社会根源。

当然，近代报告文学对于自然主义的作品和后来的所谓暴露文学都是有深刻的关系和渊源的，因为这同样是现实社会发展中的产物，但当作报告文学的这一表现的艺术形式说，它并不是由那里发展出来的。

但事实上无论传统的学者们给以如何的嘲笑和攻击，浅见的理论家给以如何的误解和歪曲，近代的报告文学事实上已经扎下了辉煌的基础，已经在艺术的园地中占有了极重要的领域，这是历史中实践的成果，是因为近代报告文学确实提供出了优秀而伟大的作品。这不是一件偶然的事实，是文学对于它的社会机能的当前实践。

约翰李特的《震动世界的十日》、基希的《时代》，爱伦堡、斯皮瓦克，这些伟大的报告文学家提供出的许多作品，将是报告文学这一形式之典型的范例，他们用具体的形象来传达和表现了社会中一面或一事件的客观真实，从实际的观察和参与回到抽象的思维，再由思维转到客观现实的体验，从这里创造了和表现了近代文学之高度的发展和成果。

我想我们现在来论述报告文学这一艺术形式的特质和创作方法等问题将是比较容易的事实，因为这里已经放着许多前进作家的努力成果，许多最典型的范例作品，我们将不是抽象地主观预测了，而是根据已有事实之综合、系统地说明。

近代的复杂的社会关系中所起的一切现象和波纹，社会中诸特定阶层间彼此关系的相互影响和变动，要求作者不但要在更大的规模上去创造综合的典型来显示某一特定群的动态，而且也要用艺术的手腕来表现某一特定的社会面或事件之动的过程，从这里来表现对于社会中各现象的理解和感情。剧激变化的社会生活使作者不得不同时批判地和艺术地来报告和记录各个角落所发生的社会现象，读者需要这些，作者也不能忽视这些，这样，报告文学完成了它的独特艺术形式的任务，它不能代替了一般创作，它却能够补足了一般创作，完成了表现现代社会复杂形态之艰巨的任务。

无疑义的，当作报告文学之主要的特征的是"事实的基础"，它的描写和叙述的对象是现实的事件或生活，而不是虚构的故事和综合的典型。在报告文学里，最成为问题的不是对人物的探求，而是对事物的探求。近代伟大的报告文学者基希在其《报告文学之社会的任务》中说："凡是想要事实而真实地描写各种事件的报告者，不论他是一个作家或者一个新闻记者，在这种经验的工作，不论好歹，终要到达一种终极的归结。这种归结就是一切表面上看来好像不同的事，和因这桩事而引起的一切利害，常常站在共同的基础之上的这种认识，要测度具有睿智和直观的报告者，是否真的洋溢着'真理爱'的尺度，就是这种社会的认识的程度。"这主要地也是说明一个报告文学者对事物的探求所应持的态度，因为纵然是事件的报告也并不单纯地是事件的复述，这我们以后还要讲到，现在我们要强调的仅只是就事实的基础这一点来说明报告文学和一般创作所不同的特点。

　　当然一般创作也是有其事实基础的，如果作品的内容仅只是由于作家头脑中主观的虚构（何况虚构的基础也脱离不了客观现实呢），那是没有什么价值可言的，但不同的是在这里，果戈理虽然创造了帝俄时代的没落的地主典型，但俄国的当时社会中未必就有像乞乞科夫那样突出的现实人物，这就因为乞乞科夫只是通过一个具体阶层的行动特征而被抽象和综合了的人物，并不是就一个现实中的人物而加以艺术地描绘的结果。同样的例子在文学史中可以找到许多说明，哈姆雷特、唐吉诃德，这些被大家所已经熟识了的人物，都可以给以同样的解释，但在基希底《时代》《动荡的亚洲》和《秘密的中国》等作品中所表现的却全然不是如此，读者虽然也从那里理解了现实中动的一面，许多特殊事件之经常地发生情形，但他并找不到一个圆满的故事结构和综合的典型人物。拿中国的作品说，阿Q虽然代表了辛亥革命前后中国落后农民的典型，但他却"嘴在浙江，脸在北京，衣服在山西，是一个拼凑起来的角色"。而且虽然"所写的事迹，大抵有一点见过或听到过的缘由，但决不全用这事实，只是采取一端，加以改造，或生发开去，到足以几乎完全发表我（作者）的意思为止。"[1]但在夏衍的《包身工》里却完全不同了，因为这确实是在叙述和描绘上海杨树浦福州路东洋纱厂工房里的生活和事实，这只是现实社会中生活的一面和一特定事件的报告，这里不是故事，也没有典型，"有的是二十世纪的烂熟的技术，机械、体制，和对这种体制忠实地服役着的十六世纪封建制下的奴隶"的描绘和报告。

这是报告文学的最主要的特点，他的抒写对象不是自然，不是人物，而是人物在社会中所经过的生活和事件，是现实的时代内容。这说明了报告文学与一般创作的不同，也说明了报告文学在今日之独特的任务，强调报告文学的意义并不是说报告文学能够代替了一般创作，而是说它能够补足了一般创作。

虽然如此，然而报告文学绝不仅只是事实的复录，而且也正如同我们前面说过的一样，也并不同于一般的低级新闻记事，虽然说报告文学的主要特征是事实的基础，虽然说写的技术是存在于事物的发现之中，但这里须慎重地说明，仅有事实的报告是不能算作近代报告文学的。基希说："明显得很，事实只是报告文学者的一个罗盘，在旅行中，他却还需要一架望远镜：逻辑的想象（因为单纯地观看各个地方和现象，只听关系人和证人的不相联络的语言，捕风捉影的猜度，是永远得不到事态的完全的形象的）。报告文学者应该自己创造一种事变的实验主义，设定种种能够找出结果的线索，他应该唯一地执着他那正确地通过所予的事实而进行的描写的路线的轨迹。理想，则是报告文学者所画的虚线，而与联结各种事象的实线相密合的；一致的图形，所遇诸点中可能性最大者的决定，这才是所要达到的目的。"

基希向我们提供出的这严密的创作过程的说明，将是报告文学创作方法之最宝贵的意见，我们不能满足于眼前的烦琐现象，虽然那也是事实，因为我们既然不满意于仅只是事实的复写，而且绝对地不掺杂作者的主观作用也是不可能的事实，惟有使作者的进步的认识能力和客观的行程相一致时，才不但不会对事实有所歪曲，而且作者会从事物的表象看到了本质，会从现在透视了未来。这种认识事物本质的能力才真的是如基希所说的望远镜，才能看到了事态之完整的形象。作家有这种能力才能够放弃了现象中无关重要的虚象细节，而强调地抒写和描绘其带有本质意义的一面。报告文学者当中是也有歪曲现实的可能的，现有的各资本主义国家中新闻事业的通讯记载等不也是自称为报告文学的吗？但那些记载是怎样地曲解了事实的本质呢。所以一个报告文学者不但要能够感触现实，而且要能够理解现实，利用了生活中的丰富经验和近代社会科学的智识，去探询事物表现之内在的本质，然后报告文学才不仅只是一架显微镜，而且是一盏探照灯，它不只暴露了现在，而且也预示了将来。

报告文学的主要价值就在于它的针对现实这一点上，它的实际力量也在于全面地拒绝现实的逃避。在这里作者的主观思想和现实的客观行程是相一致的，所以他不但不会曲解现实，而且还能根据科学的预测来推动现实，报告文学的创作方法是科学方法和艺术方法的综合，在这里作者的社会实践必须是进步的方向。

然而单纯地认识了事物的本质，没有歪曲了报告的意志，还不能称为近代的报告文学。近代报告文学是一种高级的艺术表现形式，绝不只是对于事物的抽象的科学说明。所以作家不但是要能够认识最本质的东西，而且也要能用艺术的手腕来表现最本质的东西。最进步的报告文学作品将也是采取近代动的现实主义的创作方法的。这里不只是事实的申述，而且着重在形象的表现，作者这里也同样地通过了强烈的社会感情，来表现在他的作品里。所以说报告文学的创作是必须利用了科学方法和艺术方法的综合，是近代的一高度的艺术表现形式。

在摄取体裁方面，什么样的事件和生活才是报告文学之最适当的表现对象是没有一定的机械规定的。社会生活中包罗着一切的复杂现象，每一事变，每一断片，都可成为作家观察和抒写的对象，当然对于每一事物都不是采取孤立的考察，而是把它当作全社会的一面并在其关联上去把握的。如果"手触生活"和"描写最熟悉的事物"是一切写作的人所应该知道的话，对于一个报告文学者这就显得更其重要，因为事实的基础对于报告文学是较其他一切的形式都显得重要的。所以夏衍的《包身工》虽然花了几十天工夫的调查访问，但茅盾仍然认为不如宋之的的《一九三六年在太原》，就因为前者仅只是短期的调查，而后者却是在生活周围中自然感到这些为改良主义某要人努力做应声虫的一群，基希说："我们的作家只要能够靠得住他的对象就好。世界上没有比简单的真实更奇异的，没有比我们周围的环境更富于异地风光的，也没有比客观的现象更美丽的事物。"这确实是一个作家所值得注意的地方。

报告文学是近代产业社会中的产物，到今日，它不但已经成了一高度的表现形式，而且也已经是成了表现生活的文艺这一机能的最有力的工具。因为它不但能正确地报告出事实的动态和真理，而且也能够很快地反映出一切行动的情况和步调。所以自去年救亡运动爆发以来，新兴的有力的报告文学作品已经在各地出现了不少，这不只说明了读者需要它和作者爱好它，而且也显示了这将是进步文艺的最有利的表现形式，我们将培植着和期待着，使这颗新的种子在中国荒芜的文艺园地上生出了奇异的葩和美丽的花。

11月14日完稿
（本文原载1936年11月22日出版的
《清华周刊》第45卷第5期，署名狄恩）

*　　*　　*

〔1〕鲁迅：《我怎样做起小说来》。

表现在作品中的时代和艺术

——评炯之的《作家间需要一种新运动》

仅只从隘狭的眼光中看到了社会现象的一角,这一角是存在着,一点也不错,但他并不会从这一角展望到全面,从这一现象透视到本质,而利用了心灵中所崇拜的某种超然观念,头脑中所包含的古老偏见,把这一角来和周围切断了,而且把它来孤立地夸大为他这一理论体系的证明,这是炯之先生在10月25日天津《大公报》"文艺版"《作家间需要一种新运动》一文中所持的观点。它的确是如同该版编者所说,"代表一片焦灼,一股悲哀,一个模糊然而真诚的建议",这种态度也确是"孤单老实",但也仅只如此而已,"老实"也只好和"孤单"连起来,"真诚"伴随着的也只有"模糊",然而隐伏在内心的却是"一片焦灼"和"一股悲哀"。炯之先生虽然死抱住了艺术,然而却被时代遗弃了,而为他所诅咒的"记着时代,忘了艺术"的人,却并没这一种神情,并没有感到什么悲哀或焦灼,这就因为他们虽然没有达到高度的艺术水准,但仍然是在时代中不断地去追求的,而炯之先生却只是企图在现实之外来找寻艺术,来乞求超然的艺术之神。

炯之先生所主张的是什么呢?

近几年来,如果什么人还有勇气和耐心,肯把大多数新出版的文学书籍和流行杂志翻翻看，就必然会得到一个特别印象，觉得大多数青年作家的文章，都"差不多"。文章内容差不多，所表现的观念也差不多，有时看完一册厚厚的刊物，好像毫无所得；有时看过五本书，竟似乎只看过一本书。凡事都缺少系统的中国，到这种非有独创性不能存在的文学作品上，恰恰见出个一元现象，实在不可理解。这个现象说得蕴藉一点，是作者大都关心"时代"，已走上了一条共同必由的大道。说得诚实一点，却是一般作者都不大长进，因为缺少独立识见，只知追逐时髦，所以在作品上把自己完全失去了。一个作品失去了自己的见解，自己的匠心，还成个什么东西，这问题，时代似乎还需作者思索。

就在这第一段文章中，炯之先生已经很坦白地把他所见到的说出来了，而他认为这现象的造成，是因为作家的"记着时代，忘了艺术"，是因为"作者大都关心时代"而"缺少独立识见"。炯之先生说这话是有根据的，他有着他的"时代"和"艺术"的观点。

贯彻在炯之先生文中的艺术的观点，对我们并不是一件新奇的见解，这样的看法我们翻开每一本古老的文学概论之类都可以看得到。文学作品是非有"独创性不能存在"的，作品绝不能"失去了自己的见解，自己的匠心"，"作者为了追求作品的壮大和深入，得自甘寂寞，略与流行观念离远，不亟亟于自见。"

但是不幸得很，时代允许思索的作家，却只有炯之先生。在炯之先生眼中的"时代"是什么样呢？"这个名词是作家制造出来的，一般作者仍被这个名词所迷惑，所恐吓。"作家自己制造了"时代"这么一个名词，又只记着这一名词去创造作品，于是都弄得"差不多"了。而且不但如此，"为了追逐这个名词，中国近十年来至少有三十万二十岁以内的青年腐烂在泥土里。"时代之罪一至于此，结果弄得"作品一堆，意义毫无，锅中煮粥，同归糜烂罢了。""这种引导作者向下坡路走去的风气"，一面是由于三千年来民族的劣根性，一面是"三五个因历史关系先走一步的老作家"支持着这劣根性。而现在"唯一的希望是在作者本身，作者需要有一种觉悟"，"来一个反差不多运动"。

够了，这里把他那"孤单老实""模糊然而真诚的建议"的内容，已经介绍得差不多了。问题是应该先说明一点我们自己的见解，我们对这问题的看法。

首先，我们应该承认，新文学的创作成果虽然不是"作品一堆，意义毫无"，虽然"值得读后再读的新书"也并不是《福楼拜评传》《文艺心理学》，何其芳的散文、芦焚的小说、曹禺的戏剧、长江的游记以及刘西渭的书评，但在某一些青年作家的创作中，部分的所谓"差不多"的现象是存在的，这虽然不是一个全面的现象，虽然并不像炯之先生所举的例和所说的话那样夸大和不确，但文坛中有这一事实的存在，可以作为旁人一种歪曲解释的根据，却是事实。对于这个我们如何理解呢？

原则上"一切伟大作品都有它的特点或个性，作家应努力创造这个特点或个性"是不错的，但努力创造的途径并不在抱住艺术，放开时代，而是应该从表现时代的过程中来寻求艺术，仅只记着时代固然不是文学，但想超越时代去追求艺术，却显然是一个美丽的幻想。

在现在的文坛，"作家大都关心时代"是一件事实，时代既不是几个作者所创造出来的空头名词，作家又是在时代里生活着的社会的人，时代逼迫着作家去关心它，中国这些年的情势又使得作者不得不关心它，则作家去关心时代也并不是一件偶然的事。而且人的生活既不能超脱现实，就连炯之先生也还注意到文坛上的"差不多"现象，而这现象又何尝不是时代的一面。"作家的大都关心时代"是基于生活的需求，并不是提倡一种"觉悟"就可拉回泥坑去的。

我所指的文坛上存在着的"差不多"现象，是指着某一部分作品中的公式主义，这现象是存在着，毫无疑义，而我们之所以没有过分地清算，是因为"在前进意识的文艺作品的产量和非前进的乃至有毒的文艺作品的产量尚是一与二之比的现在，即使是犯了公式主义错误的作品，也比完全没有的好"[1]。所以虽然"取材不外农村贫困，小官僚嘲讽，青年恋爱的小悲剧"等，表现也当然不少流于抽象概念的地方，但因为文坛上尚存在着许多何其芳散文，芦焚小说之类，甚至更有毒的东西，所以觉得即使是没有创造出特点或个性的作品，在"负号的效果"上也是值得存在的。但须注意，我们让标枪存在并没有忘记了制造机关枪，而且许多人类灵魂的技师也正在努力工作着。但在此刻，在一些公式主义的作品事实上还存在的此刻，据此来替八年、十年后担忧，是不必的。

这里需要解释的是这种公式主义存在的原因和社会根据。动荡的社会生活使作家不得不正视现实，关心时代，但因了从事写作的人在中国都还是特定的知识分子，对于社会生活的多样接触得不够，对他所要写的题材不太熟悉，想象的成分超过了事实，而文学教养的学习也并不丰富。这许多的客观条件限制了作家，限制了作品的优秀程度；而现实却急需着富有高度时代意义的作品，作者也企图来尽力这一任务；这样，为了时代的需要而受了生活的限制，在自己不太熟悉的题材里来概念地配合上强烈的主题，是现在作品中公式主义形成的大原因。

但这些条件的限制并不是因为作家关心了时代，许多现存的好的作品并不是因为它脱离了时代，逃避了现实，而是因为它能克服了这些条件的限制，能够更具体更生动地表现了时代，能够在创作中统一了时代和艺术。作品中公式主义的存在，是说明了作家对于时代了解得不够，对于时代之丰富的生活内容接触得太浅，这就是说并不是因为作家"大都关心时代"，而是因为他只是抽象地关心了时代，关心得并不深刻，并不丰富。

只有在丰富的时代内容中才能创造出作品的特点或个性。许多伟大的作品都可提示出美满的范例。注重艺术是必要的，但并不必忘了时代。超然的艺术是不存在的，美妙的象牙之塔早已被近代的进步艺术理论所击破了。统一了时代和艺术才能创造出伟大的作品，这两者表现在作品中是并不对立的。

而且现在中国新文学的作品事实上已经有了许多可观的成果，并不是所有全部都犯了严重的公式主义错误的。把一角的现象夸大为整个的全面，再来和自己错误的理论相配合，企图说明作家应该离开时代，逃避现实，是炯之先生文中的根本命题。

这论点是在科学的艺术理论的建设过程中所早已战斗过来的，对于这种认为艺术就是自我创造，艺术的不变永久性等的说法，是早经批判过了的。文学既是客观现实的反映，这现实当然是历史中某一特定阶段的现实，就是时代的现实，这里的生活当然也是极其复杂多样的，所以真正忠实于时代的作品，所表现的决不会是"差不多"。至于表现得成功与否，是决定于它对于题材的认识程度和艺术表现的手法上，这里包含着生活经验，世界观，文学修养等种种问题，就是说表现在作品中的艺术是和时代的内容密合着的，并没有什么脱离了时代的超然艺术。

理解了时代与艺术的关联，理解了炯之先生的理论体系，然后对于他所提出论证的各点，对于他所近视地估价了的各点，就很容易了然了。事实上我们承认的公式主义的存在并不是他的主要论点，他只是企图读者从这一点的印象基础上，认为一切正视时代的东西都差不多，都不必看。全世界哀悼高尔基，差不多；理论文章，创作小说，新诗，小品文，都差不多；大众语运动，手头字运动，幽默文学，报告文学，集团创作，也差不多；这真是一件差不多可以抹杀一切的论点。然而炯之先生又颇"孤单老实"，觉得"在刊物杂志上热闹是不必须的事"，却希望能够从时代里拉回去几个作家，希望作家"针对本身弱点，好好地各自反省一番，振作自己，改造自己，去庸俗，去虚伪，去人云亦云，去矫揉造作，更重要的是去差不多"。这是作家间的创作基本信条，粗看起来说得也还"差不多"，其实归根到底，无非是要作者脱离时代，逃避现实，去追求一个美丽而空幻的梦想而已。

但可惜这一时代的客观现实不允许作家如此，炯之先生也只好代表着"一片焦灼，一股悲哀"，自己去"孤单老实"了。

（本文原载 1936 年 12 月 6 日出版的《清华周刊》
第 45 卷第 6 期，署名甄奚）

* * *

〔1〕茅盾：《想到什么就写什么》。

一二·九与中国文化

　　一二·九是学生的救亡运动，学生运动会影响到文化上，对我们已经不是一件新奇的事情，我们已经有过"五四"，而且中国今日所具有的脆弱的新文化的基础，谁都知道是从"五四"建立起来的。

　　"五四"的伟大是因为"五四"是进步的运动，是因为由"五四"而使历史显明地向前迈进了一步，说得具体一点，是因为"五四"促进了新文化的建立和成长。

　　"五四"是政治性质的运动，拿文化的成果来衡量"五四"似乎是失实，但正因为它的政治意义会直接地反映在文化上，才真正证明了"五四"是推动历史的运动。三·一八的情势并不比"五四"松懈，但三·一八在中国历史上并没有"五四"的伟大，就因为"五四"是确定地配合了时代和适当地推动了时代的。

　　一二·九的伟大并不仅只在于一二·九当时游行示威的直接影响上，是因了一二·九才使全国一致感觉到抗敌御侮的必要，是因了一二·九才使全国各阶层各党派的关系发生了新的变动，一二·九的伟大是因为一二·九的确能够推动了时代，的确能够促进了历史。

　　一个运动能够推动了历史，是因为这运动确实将具体的社会关系和社会情况变动了和发展了，而文化也就是这种发动和发展的真实反映。

然而1919年的"五四"毕竟是和1935年的一二·九不同的，这不同当然也是由于发生时的社会客观情势的差异。"五四"发生于欧战爆发时期，帝国主义者忙于战争，使得在中国的剥削不得不暂时松手，处于重压下的民族工业遂乘机抬起头来，新兴的资产者群这时有着向前发展的充分企图，因而对反封建的要求也就跟着加大，这样，随着这一历史的进展就产生了进步的"五四"，在政治上的目标是打倒封建军阀，建设资产阶级的民主政治，而在文化上的反映就是所谓强烈地提出了德谟克拉西和赛因斯。

十六年来的情势已经显然不同了，一二·九绝不是"五四"的重复，一二·九另有它自己具体的时代背景。

一二·九的发生显然是由于××帝国主义者的直接无耻的进攻，逼得中国已经到了一个民族存亡的最后关头，到了一个由半殖民地转化为殖民地的过程的交点上。虽然敌人殖民地化中国这一个长的过程是早就开始了，但以前的变化仅只是民族危机在程度上或数量上的逐渐加深，及到一二·九时期，则这量的变化显然已经生了新的特质，这特质充分地说明了中国的命运，除了灭亡就是抗战，没有第三条可以走或可以等待的道路。在这种情势下发生了伟大的一二·九，政治上主张无条件地联合一切势力来对付最大的敌人，主张用全民族的力量来发动总抗战，而在文化上则强烈地提出了各个部门的国防总动员，一致地为抗敌救亡而服务。

具体的客观情势的不同，自然反映到文化任务的差异，一二·九决不是"五四"的重复，一二·九有它自己的丰富时代内容。

在"五四"时代，虽然运动的根本上也带有反帝的爱国主义的意义，但因为那时帝国主义者对于中国人民的侵略还是间接的，还是通过了封建的统治势力，所以特别地强调了的意义还是反封建，这主要是因为那时的客观情势还容许文化人从改造自己入手，但到一二·九，敌人要侵略的是整个中国的全面，不容许再有改造的余地，反封建在这里已经不是主要的任务，主要的是保卫这正在被敌人摧残着的文化，是一致地为抗敌救亡而服务。

当然，一二·九是五四在中国历史中的一发展，在"五四"时代被提出了而未完成的任务和一切中心口号，都将为一二·九所广泛地、批判地继续起来，时代为这些任务增添了新的内容。

在五四所提出了及强调了的德谟克拉西，主要的是推翻旧日的封建礼教，是一种战斗，这在今日仍然有继续下去的必要。但一二·九时代的德谟克拉西已经和"五四"不同，"五四"时代的民主在本质上是资产者群的空头民主，但一二·九却是全国人民大众的真正的民主，是面对着另外的敌人群的。"五四"时代的主要目标仍在对内，但今日却无论文化政治，都不单是广泛的反帝，而且是集中力量的抗×（当然这也并不是根本放弃了反帝和反封建）。

"五四"运动虽然已经是一个比较彻底的新文化运动，它已经不是上级分子所倡导的什么"中学为体，西学为用了"，它有自己的科学方法和哲学根据，它反对一切迷信和独断，"为什么"是这时的中心，当然这对当时的反动壁垒是有着极进步的战斗作用的，而且事实上它也给我们留下了许多宝贵的战绩。虽然因了它的社会基础并不稳固，因而并没有能够完成了它的时代任务，克服了与它对垒的敌人。但一二·九的新文化运动则是一个动员了更多人员的更广泛和更彻底的运动，这不仅只是少数人的事业，它有它广大的社会基础和进步的历史任务，这里有新的哲学基础，新的工作技术，而且正因为这是针对着目前的客观现实，文化方面的总动员和新的路线也是整个全国总动员中的一面，所以这种运动必然是艰苦的，但是彻底的，它决不会中途停顿或妥协，因为在群众参加行动的动机已经和"五四"不同，"五四"的群众想不到参加时的危险，是自发的要求，一二·九时代的群众则多数已经是意识到了自己的任务的，虽然并不能说是很明晰具体。

为"五四"所提出了的赛因斯，在今日也同样有丰富和强调的必要，但一二·九新文化运动所需要的赛因斯，已经不单纯地是"五四"时代的了，它不仅需要"五四"时代的自然科学，而且更需要的是要新兴的社会科学，这不单纯是为了学问，而更重要的是为了生活中战斗的实践，赛因斯并没有落伍，但在这新运动中却必需改换了新装。

如果把"五四"的意义夸大为一切价值的重估，一二·九的文化运动将是一切价值之重估的重估，因为被"五四"所重估了的是少数学者的眼光，是实验主义的方法，这些在今日都已经被时代所遗弃。估价它的正确，而且也要估价它的效果，要估价大众对它接受性的大小。反封建并不是瞧不起封建文化就算了事的，重要的是怎样有力地打击了它的毒素和用什么来代替它。

虽然如此，但运动的主要路向还是在于抗敌救亡，哪一种文化对救亡的帮助愈大，在这运动中自然会被受到欢迎，成为这一文化运动的主流。

这一运动之所以形成洪流的另一根据,在于社会中文化统治和文化提携之具体的事实,一方面是逮捕文化人,禁刊杂志,一方又是敌人所倡导的文化提携,这种反动堡垒的活动客观上使得文化工作者的联合有了极广泛的基础,使它能够扩大而且巩固,从文言白话到大众语新文字,从幽默小品到社会杂文,都可以统一起来为中华民族而努力,虽然这当中有的力量很强固,有的很脆弱,是有程度和耐久的悬殊的,但这些并不会妨碍他们这一刻的救亡联合。

这一种新文化运动的丰富内容,主要地当然是由于目前中国危机的客观现实,但把这种运动能够明确具体地定为目标,把抗敌救亡来作为一切文化人的中心任务,使这种新文化运动具体化而推动到实践的,是开始自一二·九的学生救亡运动。

在一二·九的一周年的时候,我们来重新检讨这一年来新的文化运动的成果和影响,对于中国文化当是一件具有意义的工作。因为经过这一年的时光,我们的文化运动所有的已经不只是上面所说的原则,而且在各部门各方面都有了具体的成绩和活动,虽然结果并不能令我们表示满意。

首先我们看到的一个现象就是通俗的救亡刊物的发达,一个新出版的周刊马上可以销行到二十万份,这在中国出版业上确乎还是空前的事情,但这却并不是一个偶然的现象。注重了真正人民大众的文化程度是时代赋予的使命,但把这一使命促进到更深的实践的却是一二·九运动,一个刊物的内容能够适应着大众的需要,文字能够比较合于大众的程度，它能够得到更多的读者是无足惊异的，一二·九以后的新刊物和改变作风的旧刊物之趋向于通俗化的，都非常之多。这就因为一方是进步的文化人看到了这一需要，一方也当然是客观上存在着这一需要。中国的大众本来已经有百分之八十的文盲，而且多数还处于一种历史的奴性状态中，没有意识到用群众力量来解放自己，这种进步通俗文化在实际上也就是一种大众生活的改造运动，是一种教育大众和组织大众的力量，这种文化界想要竭力扩大读者群，去努力接近大众和了解大众的努力，确乎是受了一二·九的推动。而且在这一年中也表现着，通俗刊物的存在不但只是刊物数量上的增加和销路上的增加，而且在实质上和内容上也大加进步了，作者已经理解到所谓通俗化或大众化并不仅只是单纯的语文修辞问题，而主要的还在和大众生活的关联，所以内容上已经渐超于简明、趣味和注意具体事件了。尽量地克复了抽象名词和公式的搬弄，努力地去了解大众的生活，从而提高了他们的抗敌意识和文化水平，将是这一工作的主要目的。通俗刊物的普遍并不只说明了文化方面的进步，而且也说明了大众生活的进步，虽然在全国人数的比例中，它的读者还并不算很多，虽然它还没有能够把大众的大部从封建麻痹中解脱出来，但它的确是向着这一方向努力的，现在我们不也同样地看到了充着新内容的弹词、小说和连环图画吗？

和通俗化相连的是一年来的中国语文运动，虽然拉丁化是1931年就在海参威的"第一次拉丁化中国话代表大会"决定了，虽然这一方案在第二年就传入了中国，但它所受到的却一直是冷淡和漠视，这当然是因为大家把新文字看作了观念的东西，脱离了大众生活的实践。上海中文拉丁化研究会和北平新文字研究会的成立是在去年八月，但真正的新文字运动的开展，真正地开始施行于民众之前的，却是伴随着一二·九的学生运动，这当然是因为新文字运动一开始就是以文盲大众为对象的，自然它会随着民族解放的高潮而进入了大众的阵营。在今年五月蔡元培、孙科等七百人所签署的《我们对于推行新文字的意见》中，有下述的话："中国已经到了生死关头，我们必须教育大众组织起来解决国难，但是这教育大众的工作，一开始就遇着一个绝大的难关，这个难关就是方块汉字，方块汉字难认难写难学，每一个人必得花费几年工夫，几十几百块钱才能学得一点皮毛，一个每天做十二三点钟苦工的大众是没有这些空闲时间，也花不起这许多钱来玩这套把戏……中国大众所需要的新文字是拼音的新文字，是没有四声符号麻烦的新文字，是解脱一个地方方言的独裁的新文字，这种新文字，现在是已经出现了。"这充分地说明了新文字在这一年中所以能风行而且得到大众拥护的现实条件，到今日，在这短短的一年中，中国新文字不但已经大致地建立了全国各地的拉丁化方案，不但已经编出了许多入门书、课本、检字，等等，而且在实质上也已经的确深入到文盲大众的社会层了。各地的新文字学会都随着学生运动的开展广泛地建立起来，在经常工作中都与各地人民发生了极广泛的通讯关系，同时民众学校、识字班、新文字讲习班等都在各地开展着。直到今日，我们不但已经有了眼看到的一册册新出的课本、杂志、辞典、丛书，等等，而且它的确也已经在社会的各角落中取得了深深的存在，在敌人正在东北迫着三千万同胞学习异国文字的时候，在敌人正在要求着全国各学校设立日文讲座的时候，这一种随着一二·九学生运动的开展而起的语文运动，对于保卫中国语言，教育民众和组织民众，提高抗敌意识和促进民族解放上，都将有很重要的作用与影响的。

在思想的领域，新文化运动所强调地提出了的是新启蒙运动和救亡哲学，本来新哲学的基础在中国已经有了相当的成长，但因为与行动没有能够适当地联系起来，所以一般地形成了理论对于实践的落后。哲学的发展通常总是配合着历史的，一个时代的新哲学都和那时代进步人类的行动密合着，成为他们行动实践的指针。哲学理论只有配合着社会中进步的实践，它本身才会得到发展的。过去中国的思想界是一般地形成了与社会实践的脱离，放弃了哲学的时代任务，一方面对于旧的反动营垒缺乏着深刻系统的批判，不能够有力地打击了这些理论，而另一方也建立不起自己的坚固体系，不能够用理论来经常地解释现实问题，和现实密切地联系起来。一二·九促使中国哲学者认识了自己的任务，重新在理论上武装自己，从武装中开展自己的工作，一方替大众积极了，一切价值之重估将是一二·九新文化运动中的一个主要工作。例如"打倒孔家店"吧，这是"五四"所喊出来的口号，在今日当然也仍然要继续下去，但正因为"五四"并没有给了孔家店以实质上的打倒，在一二·九的新文化运动中对这自有重新估价和继续战斗的必要。

从"五四"到一二·九的十六年间，中国社会已经发生了许许多多的变化，1925—1927的革命，九一八以来国土的丧失，这一件件的事实都促成了一二·九所发生时的时代背景，一二·九的新文化运动绝不单纯是"五四"的重复，它有它自己在现阶段的独特任务。

要确定一二·九对于推动中国文化的意义，对于中国文化的大概情况就有巡视一下的必要。

想要拿一两句话或就一两个现象来说明整个中国文化的情形是不可能的，因为在中国这样半殖民地的社会经济基础上，一切现象都是非常庞杂而又不平衡的，文化当然也不能例外，都市和农村经济上的差别，内地和沿海经济上的差别，都在文化上反映了极深的悬隔，在大型的都市里我们可以看到近代最高度的物质文化，但在偏僻的农村里简直看不到什么文化的现象，大体说来，中国文化仍然是以半封建性为支配的基调的，这当然也是社会经济本质的反映。在这种半封建的基调里，混杂着各种各样的文化要素，而这种混乱现象的由来，主要的是因为我们过去的新文化运动并没有能够完成了反封建的任务，从戊戌政变到辛亥革命，以至于1919年的"五四"运动，我们新文化战斗过来的最好成绩只能是"新旧并存"，并不是旧日的消灭，这当然是由于过去运动的社会基础不大充实，没有能够完成了它的历史任务，因而发生了今日中国文化中的庞杂而不平衡的现象。

如果我们把眼睛仅只集中于上海的几个前进文化人，仅只看到了几本进步的书籍和杂志，那我们也须就近视地把这估价为整个中国的文化了，而许多文化人也不自觉地已经把前进的知识分子和学生作为文化运动的主要对象，当然若仅只从内容的正确和进步上讲，这是占着最高意义的，但不幸这些正确内容所能发生的影响将被读者大众的接受性所大加限制了。在中国今日的情势下，能享受这种权利的读者数目是极其微少的，虽然那内容是进步的，我们在这里并不是否定这种前进书籍刊物的意义，正确理论的介绍和文化水准的提高在今日同样是极有意义的事情，但当作文化运动的一般对象去观察时，我们的目标就不得不注意到另外的各方。

在社会的上层中，现在仍然广泛地宣扬着旧礼教的教义，复古尊孔不但是我们的上层在提倡着，而且也被我们的友邦所宣扬着。我们不但看到了礼义廉耻的新生活，重修了的保定莲池书院、提倡读经、特赦施剑翘等的一大串国有德政，同时也看到了友邦叫东北为"王道乐土"，东京也大建孔庙的事实，我们现在连"五四"时代的"为什么"也不准问了，有的只是拥护权威和服从领袖的道德教条，班禅可以祈祷和平，太虚法师可以赈救灾民，这一大串的事实说明了什么呢？

你也许对它嫉视，但这并不是不值一顾，这是铁的事实，是社会中的客观存在，你能够忽视它吗？敌人正在用上极大的力量来同样地摧残我们这国土中的文化果实，我们这数十年来所辛苦战斗过来的一切，皆将随民族的灾难而濒危了。我们的文化正在遭遇着空前毁灭的危机，敌人和汉奸都在利用着封建的糟粕，企图把我们拉回到中古的时代。

遏止进步的和提倡反动的，利用了一切文化上的麻醉来消灭人民的爱国意识，正在我们这国土中存在着而且发挥着深深的毒素。

在另一方面，社会下层的绝对多数在今日仍然没有脱离了腐旧俗流文化的影响，一些街头的书铺仍然会在不声不息中把几十万册的带毒素的连环图画，武侠小说等送到社会中各个角落的文盲和半文盲的手里，进步的文化运动只是在知识分子里弹圈子，并没有力量能够顾得上大众，而大众的多数也还是存在于封建性的麻痹里。

这些现象的造成当然都有它的客观原因，是中国这一半殖民地社会情况之具体的反映，但我们也不能忽视了文化运动者的主观力量的不够。"五四"没有能完成了它的历史使命，"五四"时代的战士都转变了，夭折了，但新起的人们并没有能够发挥出充分的力量来继续这一伟大的工作，没有明确地认识了和把握了文化的时代任务，却也是这种庞杂而不平衡的现象的一个重要原因。

一二·九的文化运动是清算了这些旧的错误的，是针对了这些缺点的，一二·九以后的文化运动是正确地配合了时代，能够使中国文化的总的活动指标得到了一个新的转换，能够在各部门中提出了新的要求和路向的。因了一二·九而使中国文化推动了一步，也因了一二·九而使中国文化人也迈进了一步。

一二·九文化运动的主要内容是抗敌救亡的爱国主义的文化，这是针对着敌人要吞并整个中国这一事实的运动。它要动员一切有民族观念的文化人，从社会主义的到狭义爱国主义的，都一致在纯粹民主的精神下联合起来，结成极广泛的文化联合阵线，为一个抗敌救亡的大目标而服务。在这里，一切有正义感的文化人，一切爱国主义者、自由主义者、理性主义者、科学家……都需要为新文化而尽力。一致反对屈辱，反对沦亡，反对复古尊礼，反对一切反动的毒素，一方更尽力地宣扬爱国，宣扬抗敌，呼吁言论自由，要求公开出版，这些多方面的具体的活动将是新的文化运动之主要的内容。

在新的阵线里面，友谊间的互相批判仍然是必要的，但这不能超过友谊的限度以上，不能变为像对敌人的攻击，而且也要在具体事体中衡量轻重，例如我们主张新文字，但我们也要联合主张国语罗马字者为保卫白话文而斗争，我们要在一切具体事件中团结一切可能的同伴，"五四"时代一部分蛰伏的战士，是需要现代文化人去拉起来的。

在新文化运动里，并没有放弃了反封建，但主要的是批判地反对，而不是盲目地迎拒，封建文化中有一部分可以利用的时候，仍然需要去设法利用它。因为在我们估价一件事物时，不但要建立自己的思想基础，一方面也努力暴露和批判一切不正确的倾向。这样，哲学者常是针对着现实，从事于思想的战斗和救亡现象之理论的解释。同时在抗敌救亡的原则下，它团结了一切的思想家，来共同进行彻底的和大规模的新启蒙运动，这些团结了的人虽然有些不大彻底，常易陷于历史的错误，但进步的哲学者是以自己的理论为中心，而友谊地促使其向某种积极方向发展的，这种新启蒙运动的主要内容当然发展民智和抗敌救亡，是一种救亡的哲学，在救亡哲学的阵营里是不应该强调地以为只有某种前进理论才可救国的，其他一切不大正确的理论在目前都可暂时趋向于进步的方向。这一方向应当是以抗敌救亡为前提，批判一切反动的理论，而建立人民思想之自己的基础，在这里哲学家本身也应当组织起来，为集中目标而服务。这一年以来，我们虽然已经有了新路向的提出，通俗的新哲学读物的出现，不正确理论的清算，等等，但这方面成绩的表现，一般地仍然是落在客观现实发展的后面的，没有能够适当地尽力了和推动了它的时代任务。

最显明地反映了这一路向的活动的，是文学的部门。这一形象的艺术，这一群热情的文化人，在这一年中最能够具体地展开了理论的斗争和创作的实践。一二·九运动给文学提供了新的美学基础和新的发展路向，使一向囿于自以为前进圈子里的文人也要利用这一特殊工具来尽一点救亡的任务。在一二·九以后，我们不但看见了各地纷纷地成立了许多文艺团体，而且也看到了正有许多的文艺青年在勤苦地做着工作实践。在一二·九以后，文坛上不但有非常时文学和国防文学之理论的提出，而且也产生了不少的报告文学、速写等许多反映救亡现实的作品。以后我们又看到有许多问题之理论的展开，（如两个口号，公式主义批评，创作自由等等）以及要求言论出版自由之救亡的实践。直至今日，全国文艺的活动路向已经大加清算了过去一切宗派关门的错误，已经能够注意到团结一切作家来作救亡的实践，这些当然也都是一二·九所给予了的推动，同时在事实上也的确产生了不少的新作家和新作品，虽然内容还未见得十分成熟，但却都是正在正确的路向上企图走向成熟的。而且在新的作品里边大都能够表现出积极的主题，能够利用了一切新的形式（如报告、速写等）和创作方法（如集体创作），这些当然也都是进步的现象。

在其他的各文化领域里也都表现了同样的情形，戏剧部门要求利用这一形象中之最具象的艺术形式来作初步有力的教育工具；电影艺术要求在这一新兴娱乐里表现出了抗敌救亡的国防产品；音乐要求创作，演唱和传播一切新兴的各方面的救亡歌曲；其他各部门也都一样，适应着这一国防动员的总的路线，都各在其部门中提出了具体的实践目标，而且大都是已经有了事实上的表现了。

然而更重要的还不是对于其所担当的部门的具体工作，而是当作一个中国人对于一般救亡运动之直接而广泛地参加。这一年来在这方面的情形最有成绩，作家不仅只是书桌上的了，同时也是社会中的一个进步的救亡实践者，在一二·九以后，上海、北平等处都有了文化界救国会的建立，而且在各种文化职业部门中还有另外的救国组织，这些组织都还能够团结到各方，共同为救亡而努力。例如上海文化界救国会里有钱基博、马相伯、包天笑、邹韬奋等各种思想的文化人，但因为彼此都能为和都愿为中华民族救亡而服务，所以也能联合在一起，客观上形成了文化界的统一战线。

这一年中，我们看到了上海文化界救国会以及各地、各文化职业部门的其他集会底种种具体的救亡活动。我们看到了上海文化界对于中宣部告国人书之词严义正的驳辩，我们也看到了章乃器等四人提出的团结御侮的最低要求；我们有蔡元培、孙科等的关于推行新文字的意见，也有鲁迅、包天笑等为争取言论自由而发的宣言；文艺界协会宣称要"把笔集中于民族解放的斗争"，文艺工作者也宣称要"担负起时代的艰巨任务"，这种种的事实说明了一二·九已经把中国文化和文化人推向了一个更新的阶段，给它确定了一条更新的路线，而且一年来的情形也正证明着我们的文化运动是在向着这一方向努力迈进的。

这是不是已经够了呢？答案是不够的，因为这仅只是证明了我们企图在向着一个正确的目标去做，并不就是已经做得正确。而且事实上我们在许多部门中做得实在还非常不够，一般的发展情况还是远远地落在现实要求的后面。当然这种情形也是有它的客观原因的，例如文化上的压迫和统治，等等（作者草此文时正传来了上海十四种文化刊物被迫停刊的消息）。但一般的文化人并没有尽了最大的力量去推动，却也是不可否认的事实。要知道虽然文化工作的根本推进是决定于整个政治社会情形的变革，但文化工作本身同时也就是促成这一变革的一种武器。过去我们的文化人对于工作努力很多还是只求目标的正确，而忽视了群众接受性和效力的大小，所以对于社会中某种反动东西的存在，经常是认为不值一顾的，而那东西却的确在那里发挥着毒素的作用。文化工作者无视于现实，而想在抹杀现实中去否定现实，其效果当然可知了。这种情形一年来虽然已经不断地克服了许多，虽然我们已经注意到了大众的需求，但即以最高数目的通俗读物说，二十万读者在全国民众中只是占着一个极微小的比例，何况许多其他的活动至现在还只是停留在知识分子的圈子里呢。这些自然都是有客观上的极大困难的，但在我们却是应该积极地设法去克服它。

其次是各部门和整个文化界的联合工作做得并不太好，许多人把联合都了解成为观念的东西，所以虽然口口声声喊联合，急急忙忙做联合，但结果不是想去征服别人而仍然是自己关起门来，就是放弃了自己的主张去迎合了别人，其实联合只是对一个抗敌救亡的共同目标而言，在这阵线里的各种人的思想信仰问题，和对于文化的主张等，都应当互不干涉（虽然可以有友谊的批判，但并不牵涉到救亡的联合），所以除了汉奸以外，它包含的应该是极其广泛的。

我们承认一二·九给予了中国文化一个新的活动路向，但在检讨这一年的具体情形时，我们觉得上面的毛病虽然在好些地方是已经被理解到，但事实上却还没有能够完全地克服了，这当然也是有其事实上的阻碍的，但如这一工作得不到效果，则对于整个文化运动的进展和救亡前途上都是会有很大影响的。

检讨过去的最大意义是在于能够明确地了解现在，和正确地推动现在，中国今日的文化运动是适应着目前这一急迫的客观情势，而由一二·九所展开了的以抗敌救亡为内容的爱国主义的文化。这种文化运动不同于"五四"，因为它是彻底的，救亡的，但同时也更是较长期的和艰苦的。所以对于这一新的高级文化运动加以适当的推动，使它成为整个救亡阵营中的一支有力军队，即努力地继续和发展了这运动，是当前中国文化和文化人的主要使命。

1936，一二·九夜

（原载 1936 年 12 月 16 日出版的《清华周刊》
第 45 卷第 7 期，署名昭琛）

论作品中的真实

当我们说文学是现实的反映这一句话时，我们究竟说出了多少真实，客观现实反映在文学里究竟发生了多少变化，究竟是怎样地反映在文学的作品里。

我们说《死魂灵》的伟大，是因为果戈理刻画出了十九世纪俄罗斯地主阶层在没落过程中的真实，我们说《阿Q正传》的成功，是因为鲁迅写出了辛亥革命前后中国落后农民中生活的真实，一部作品在文学史上留下了它的重要地位，引动了一个时代的读者，我们通常都从它所反映的社会客观真实上来求解释，"真实"在这里究竟表示着什么意义呢？

这里首先须明白的是文学这一意识形态的特殊性质，一切的学术和真理，无论是文学、科学或哲学，都是客观现实的反映和认识，仅只用这样原则的，笼统的话来说的文学的性质虽不能说错，但却是万分的不够。因为问题不在这里，而在究竟怎样反映现实，和反映了怎样的现实。

文学的反映客观真实，是通过了具体的形象去表现的。如此则存在于作品中的真实，当然也就是存在于现实中的客观真实的表现了，作家在这里追求的是现实之最正确最有力的反映，而不是最大的和最广的反映。

反映并不就是复写，这已经是近代文艺思潮史中很熟悉的事实了，自然主义可以主张摒弃主观，左拉可以说"小说家在他作品中只是一个记实者，他既无权评判，也不应妄为结论；他同科学家一般，应当对于自然作番审慎细密的研究。"但一个现实主义者，一个伟大的现实主义作家，是不能满意于这些的。恩格斯以为巴尔扎克是比较过去，现在，和将来所有的左拉都伟大得多的艺术家，就因为在《人间喜剧》里，他将一部法国社会最值得注目的现实的历史给予了我们，巴尔扎克不得不违背了自己社会阶层的同情和政治的偏见，"用一种隐蔽不了的欢欣去叙述的唯一的人物，却是他最猛烈的敌人，共和主义者的英雄们，而那些人在当时却真正是民众的代表。"

这是存在于自然主义者与现实主义者之间的主要差别。在一个现实主义者看来，镜子式地反映（复写）客观真实不但是"不好"的事情，而且也是不可能的事情。首先客观的真实并不就是现实中的表象，而作品中所表现的真实也并不是不折不扣的客观真实，这样，以认识现实到表现现实，从客观的真实到艺术的真实，是一个作品的创作过程。这个过程是需要作者自己来完成的，最能够忠实地和正确地实践了他的创作过程的人，当然也就最有力地表现了他作品中的真实了。

一个作家对于社会现象的理解和认识，无可避免地将加入他个人的主观作用，因为作家本身也是一个社会的人，当作认识的主体说，他将必然地受着他的社会阶层和生活条件的限制，而且他的认识也是在变动和发展中的，所以要求作家对于社会现象像镜子般地透视着，是决不可能的事实。人类在现实世界中不但是生物学的存在，而且也是在特定社会关系中积极参加的一员，他不但是认识作用的主体，同时也是为现实所决定的客体。这样，每个作家对于现实世界的看法都要受其社会阶层的限制，纯客观在现实中是不存在的。但这并不就说作家无法认识世界，只要作家自己的主观是和客观历史的行程相一致，即作家自己是在抱着社会进步阶层的世界观时，他的主观就并不会歪曲了他对于世界的认识，而且还帮助他透视了现实世界在历史中的进展。进步的现实主义所要求于作家的并不单纯的是对于现在情况的说明，它不要求作家在静止的状态中去描绘事物，它要求在事物的发展过程中去把握和表现。这样，最进步的作品将不仅止于暴露现实，同时也是人类集体活动的指标，它鼓舞着人类对于美满生活的憧憬和企图追求的意欲。但这并不是说就脱离了现实，却是更逼近了现实一步，因为反映现实并不是说要跟在现实后面走，却是要在现实的发展路向中来透视和预感了现象的来临，这一种事实的可能性全是建筑在作家主观和客观发展的一致性上。所以当我们要求作家来表现客观的真实时，当我们拿真实来衡量作品时，首先不能不注意一个作家的世界观，社会中许许多多的现象都在落后作家的笔下被歪曲了，他看不到客观现实的本质，却把社会现象来和他落后的主观认识相印证了。

　　关于作家和世界观的问题，是创作过程中最复杂的一个问题，简言之，世界观对于作品主题的表现上，是极其重要的，但并不是绝对地决定着的，而且往往有相反的事实。例如我们前面所举过的例，巴尔扎克在政治上是正统派的，但在作品的表现上却鲜明地刻画了将来的真正人物；果戈理的主观是拥护帝俄的，但《死魂灵》却成了尼古拉的现实批判武器，他同情着地主阶层，但结果却不得不为他所嘲笑了，这就因为艺术创作是非常复杂的一个过程，并不能还原于单纯的作家世界观上。作家在他的具体创作实践里，如果他是忠于艺术和忠于真实，而不故意地粉饰和歪曲现实的话，现实是可能把作家的世界观削弱，而授予以与他见解不同，甚至相反的东西的。这就因为艺术创作是一个实践的，而非思辨的过程；预先安置下一定的主题再来拟造题材是必然地会失败的，所以只有现实主义才是引向作家到作品的真实的路，也是使转向正确的世界观的一条路。

"手触生活""写他所最熟悉的东西"，差不多已经成为对于一个作家所不能移动的忠告了，因为只有这样他才能够忠实于他所写的东西，才能够表现出客观中的真实，也才能够克服他脑中所怀想着的不正确的主题，作品中真实的表现并不单只是作家的天才和创作手法的问题，这里牵涉着作家的认识能力。

我们在前面曾说过作家追求的应该是现实里最正确和最有力的反映，而不是最大的和最广的反映，因为纵然是自然主义的作家，也不能描绘了复杂的社会现象的全面，而且这也是不必要的事情；从各种不同的角落里来表现出客观世界的真实，才是一个作家所应当努力的方向。当他选定一篇作品的题材时，这题材所表现的将不仅是这事实本身，而是和周围一切的社会现象联系着的；就是说这题材的本身虽然只是现实中的一件事实，但它却是当作整个社会现象的一面来表现着的，所以作家虽然不需要写的范围最大和最广，不需要写每一个社会中的现象，但他却不能不去了解每一个社会现象，去认识客观现实的全体和内在本质。因为只有这样才能使他对于每一事的认识都能够深刻和正确，才能使他可能地避免着写出了歪曲的主题。

因此当作家去看社会事件时，他就不应该只满足于现象，现象既不能全部地拿来描写，也不能由这杂乱的状态来显明地表现出它的存在意义；这样，在现实的复杂性和多样性中，作家就应该选择现象和分析现象，从这里透视到隐藏在现象后面的内在本质。现象本身虽然极其复杂，但若作家不为这混乱的表象所困惑，他更进一层地去正视和分析这现象，他是会了解到事件之内在的意义的。现象和本质只是同一客观存在的两面，是被客观存在所统一着的。

根据这种理解，作品的伟大并不在于它所写的范围最广和最多，而在它的题材是最适合于表现本质意义的现象，作家选择他所最熟悉的和最愿描写的现象来写作，也就因为他最容易从那现象里表现出了合适而正确的主题的缘故。

这样，客观真实对于文学作品之本质意义的反映程度，就是作品中的真实的程度；在估价一部作品的成功时，我们通常都以它所反映的客观真实的程度和有力上着手，也即因此。

但文学作品毕竟不同政治论文，作家认识了客观真实的本质并不就能写出很好的作品，是当然的事实。有个时期我们的文坛上盛行着所谓标语口号的文学，好些作品都有所谓"固定的结构和发展过程"，结束老是革命的尾巴，这都是已经被批判过了的，是文学作品的致命伤。但这并非是由于作家的世界观进步，作家的意识明确，却是因为作家的艺术教养不够，不能了解文学作品之特殊的性质。作家不用具体的形象来表现现实，不能够从现实的发展中抓住最典型的事件，却希图在作品中抽象地说明某种政治概念，作品中的人物变成了作者自己，某种胜利的结局是早就在想象中安置好了的,这样创造出来的作品当然是要失败,但这失败却并非由于作家的认识,而是由于作家的表现。

我们屡次说"表现",是因为表现是作品创作过程中最重要的事情,许多认识进步的作家都因了缺乏艺术的表现能力而破坏了整个作品的完整。从客观的真实到艺术的真实这一长的过程上,作家对于现实的认识和作家的表现能力,构成了创作的两个最主要的因素,而表现能力却占着更重要的地位。

我们所倡导的进步的现实主义,其主要的特质也在要求作家从积极的事像之本身的展开过程上,去制造形象、刻画人物和表现主题。作家开始从事物中经过认识而组织成的主题,是比较单纯的,但经过艺术形象的表现以后,就发展成为多样的统一性的了。

这说明了作品中所存在的真实仅只是艺术的真实,是加工了的客观真实,并不就是客观真实的本身,这两者间是存有差别的。

这差别最好用作品中的典型人物和现实社会中生存着的普通人物的差别来说明。典型人物是由普通实际人物所蜕化和创造出来的,但普通实际人物却并没有典型人物那么突出和完整;他与实际人物相似,但实际人物中却并没有像他那么明显和强调。这就因为典型的创造过程并不就是单纯的模型描绘过程,单纯的描绘虽然比较容易,却不会发生和发挥艺术的伟大效用。高尔基说:"描写一个他所熟知的小店主,官吏,或工人,文学家总可以造成一个多少成功的形象,但这是丧失了社会教育的意义的形象而已。……假使作家在各地从二十个,五十个,一百个小店主、官吏、工人里面,抽出最典型的社会的特征、习惯、趣味、欲望，等等，而将这些抽出来的结合于一个小店主，官吏，工人里面，那么，这作家就可以用这种手法来创造一个典型。——这才是艺术。"从现实里的实际人物加了艺术的概括作用而成就的典型，是能够代表着群体的生活的，但他本身却仍旧是一个具体的活生生的人物，并没有由此失却了个性。这种从多数人物里抽取共同特征的艺术概括作用，其意义在于从生活中现象的多样性里，剔去偶然的因素（对于某一体系之非本质的东西，对这体系就是偶然的）。而把各种社会性的共同特征来加之于一个人物里，使它特别的明显和强调，来代表一个群体的共同生活特征，艺术的效用也就于这里显了出来。但这人物是已经和实际人物不相同了，虽然他还是那么活生生的。这就因为典型人物所代表的真实是艺术的真实，是被作者加工后的客观真实，并不就是客观真实本身。

从这里我们可以了解二者间的关系了，我们衡量作品时所要求的真实，即作品中所表现了的真实，是艺术的真实；虽然艺术的真实也是由客观的真实出发而创造的，但并不与客观真实完全相同，所以拿社会事件的表象来当作衡量作品的准绳时，是并不相合的，虽然我们解释作品也要看它所表现的客观真实。由客观真实到艺术真实是一个复杂的创作过程，这里包含着作家的认识作用和表现能力等种种问题，并不单纯的是客观现实在作品中的再现。在这一个创作过程里，作家加入了他自己的想象和主观，加入了他自己的事物见解，同时也受着事物本身和社会现象之发展的支配，这样，作品中所成就了的真实是被艺术的加工所表现出了的客观真实，其内容已经比较原来的要精粹和明显得多，并不像社会现象那样杂乱和多样了。

而且要发挥艺术的作用,要使作品能够感动人,这也是唯一的方法。客观的真实是极其多样和复杂的,但并不全都可以变成作品的题材。就是说客观的真实并不全都可以表现为艺术的真实;作家在摄取他的题材的时候,当然就需要选择,选择最容易发挥艺术效用的积极性题材,即最可能表现为艺术真实的客观真实,因为这样才会发生艺术的最大力量,才能够感动人。而且客观的真实也只有用艺术的真实才会达到了读者的心灵深处,使他受到深深的感动。

作品中所存在的真实是艺术的真实,艺术的真实是比客观的真实更真实的"真实",因为它不只是本质地表现了现在,而且还在发展过程中鼓舞了人类的将来。所以我们说我们所要求的真实,应当是现实之最正确和最有力的反映,而不是最大的和最广的反映。社会事件表象的多样敷陈,对于读者有什么意义呢。

1936 年 12 月 27 日
(本文原载 1936 年 12 月 30 日出版的《清华周刊》
第 45 卷第 9 期,署名齐肃)

《多角关系》（书评）

茅盾作　生活书店小型文库本　定价四角

　　这一本册子是去年五月出版的，但这一篇小说却早在去年一月的《文学》上发表过了，距现在已经整整的一年，但我们却觉得现在仍然有加以评述的必要，就因为本书能够给一些青年的创作实践提供了最适当的范例。

　　当然，许多文学史上的伟大作品都足供文艺青年去学习，都可给抽象的文艺理论以实例的说明，但很简单地使一个爱好文艺的人懂得怎样摄取题材、表现主题和刻画人物等具体的创作活动，我想最好来拿本书作一个实例的说明，这里指示出一条作家的实践的道路。

　　如果说人类是社会关系的总和这句话同样地可以表现在文学的作品上，如果说作家应该企图从发展中来表现出复杂错综而并不杂乱的故事结构来，应该剔去偶然的因素而创造出活生生的典型人物，应该表现出社会中本质的必然而不是观念的说明，这一切原则的话我们已经说得很久了，现在从这部作品里提供出了最好的解释的实例。

　　这小说完全以债务纠葛作题材，背景是在离上海不远的城市中，这城市的一切当然和上海发生着纠葛，而且又正是一个结账的年关，故事就从这种大家都过不了年的匆急时间中开展出来，关系极其复杂，但结构的确异常巧妙和完整。

　　这小说的中心人物是唐子嘉二老板，一个地主、厂主

(华光织绸厂),和房东等几份职衔的生存在上海的资产者,但在这年关前却不得不避回故乡来暂住几天,这是一个《子夜》中吴荪甫型而规模较小的人物,但出现在《多角关系》中却已经是窘迫之至了。这里有他的专出"待父天年"的借据,而每日混女人也为女人所混的花花公子唐慎卿;也有躺在贵妃床上老喊着胃气痛,时时埋怨上海公馆里的小老婆的唐太太;在这么个家庭里,夹杂着一些账房老胡、丫头阿凤、厨子老包、癞痢小王、花儿匠老冯的人物,故事就开展了来。父亲真在租米收不回来,房租收不回来,自己欠了人又被人欠,现钱变成了地皮市房机器货物,而地皮市房机器货物却又抵押不出现钱,信用紧缩,有产无受主,从上海七分生气,三分尴尬地待在家里的时候,少爷唐慎卿却正在预备和一个女人去上海、逛西湖,过年作乐了。这女人玩弄着唐少爷,因为这是一个把握住唐少爷是"颇为荒唐而并不滑头"的女人,她要求买大衣、去上海,却又那么会迷弄。但另一面却又有一个长睫毛下长着黑眼睛,已经和唐少爷怀了孕的李桂英小姐,这是另一个范畴的女性,是一个想要嫁给唐少爷而被玩弄后遗弃了的人。这些人物和穿插在这小说中不但尽了描绘唐宅家庭和都市中男女关系的作用,而且更深深地和这整个债务关系的题材发生着密切的联系。李桂英是洋货商老板李惠康的女儿,而李惠康就是在这年关中被牺牲了的一员,年关可以使唐子嘉老板僵住,但对于李惠康这样的角色,却无论怎样有点蛮劲,也不得不僵死了。李桂英和唐慎卿的关系在这里也同样地反映了李惠康和唐子嘉二者间阶层的关系,因了李桂英而穿插了失业工人的请愿和公园中会面的场合等,使得整个故事的结构更其密切和联系,主题表现得更其活泼和有力了。

　　李惠康的破产情形是本书中最有力和最重要的一个表现，李惠康是一个带有典型意义的人物，他虽然那么能干、蛮劲，甚至可从唐子嘉处逼出了房契，可以从容地尽可能地应付许多债主，但是锤子吃钉子，钉子吃木头，轮到李惠康这钉子下面的木头，却变为木渣子了。起先他还想尽了种种方法要挽回这厄运，但是仅有的两张期票都临时变成了空头，殷实的钱庄会不约而同地全坍下来，这对于李惠康是再无法维持了；他的债主也只好说坍了有坍了的办法，吊出账来看了，李惠康的破产过程是一个现实的景象，是受着整个市面的影响的，唐子嘉和旁的钱庄的坍台对李惠康是打击，卖出货去收不回钱来也是没有办法。作者所表现的李惠康是一个极其精干的家伙，在他应付债主的一个场面里是写得那样生动和紧张，但末了他也只好精神失常地流浪在街头、公园；在那里逢着他的女儿李桂英和唐慎卿的一段故事，使他恨恨地把唐少爷拖回企图要当作押头。茅盾在《春蚕》的集子里收的一篇《林家铺子》，其中所写的场面就和李惠康有点相像，但到《多角关系》中这破产的情形却更其写得复杂和深化了。

　　本书中所写出的另一个典型是朱润身，这是最难刻画的一个人物，也是作者观察得最深刻的一个人物。普通我们所看到的人类社会关系仅只是最显明的一面，能够把错综复杂的社会关系来认识清楚，能够把这种关系的矛盾来表现在一个人物里，是非常不容易的一件事实。但现实中人类的关系却都是极其复杂多样的，"人类是社会关系的总和"这句话同样地适用于作品中的人物；典型本身应当依然是活生生的个体，不是单纯的死的人物。朱润身出现在这里是兼有好几重身份的，他一面在唐子嘉的华光织绸厂有点小股份，一面又是三家绸缎铺的经理，对于一个人，他一方面是债主，但另一面却又是债户。职务的利益和私人的利益形成了矛盾，对于每一事件的应付自然就得权衡轻重了。所以当唐子嘉要在他的绸缎铺推销存货的时候，他站在股东的地位，当然赞成销出存货，但若这么一来，他那三个铺子赶次年端阳就准得僵死，他不能因了一千五百元的小股东就危害到自己活动的大本营。但同时华光厂是关门了，他不答应销货，唐子嘉就得向他要债，因为他那三家铺子还欠华光厂四万账头呢！这样，他同时是股东、客户，而又是债户，并且那四万元的账头由他手上那三家铺子已付过三成，可是被他作标金所挪用了。这种种的复杂现象在现实社会中都是存在着的，可是我们却很难找到一个实际的人物来有这么多的关系，有这么明显的集于一身的关系，就因为朱润身不是从社会中纸剪下来的人物，却是把许多复杂的社会关系综合概括于一身的人物，他比实际的人物要更其明显和突出，而本身却仍然是活生生的。他的应付事物得用实际利益的天秤来衡量，而这衡量又并不单纯，作家在这里的工作是非常艰巨的，要在事物的矛盾和发展中表现出人物的动态来，才是作家的真正本领。

　　出现在本书中的工人和厂主的纠纷，也是最紧张的一个场面。本书的主题是在表现商业不景气和信用紧缩中的一部分商人的破产和没落的情况，所以对工人运动的现实情形并不像《子夜》那样有正面的描写，但为了表现复杂的债务关系和唐子嘉式的僵住的原因，穿插着工人代表的索薪，原也是有力而必要的手法。而且常作失业工人之一的黄阿祥，与厂主唐子嘉也是有着极错综的债务关系；黄阿祥摆花生摊，欠着房东四个月的房租，但他是失业的工人，厂主还欠他三个月的工钱，而他失业时当作工钱领来的绸子却不能当作房租付给房东。这种穷人穿不起，老爷们不要穿的人造丝的东西，明知再搁一个梅天就要变成烂东西，却仍然无法打发出去；现在房东迫他马上离开房子，他却发现了原来他的房东唐先生就是欠他三个月工钱的绸厂的董事长，他并没欠房东，反是房东欠了他，这里一面表现着剥削者群的手段是多方面的，而黄阿祥这样人物却处处受着人的宰割，当他加入失业工人的代表时，自然是更要愤慨了。这一群代表连同黄阿祥、李桂英在一起，来和唐家将挣扎进攻的一个场面，作者表现得非常紧张。当账房老胡企图用不收房租来收买黄阿祥时，回答却是："哼哼嗨，你不要捣鬼！……哈哈！你不要转错了念头。"《多角关系》中的黄阿祥虽然能干，却不是《子夜》中的屠维岳的人物，他是"眼睛红得发火似的"更坚强勇敢的战士。这一个场面虽然很紧张，但毕竟唐老板从后面逃走了，接着调来的是大批的武装警察；这里没有尾巴，这是一个通常的现实结局。但由后面简单的穿插，我们也知道这群工人是并不会由此干休的。

这里不只有厂主和工人的纠葛，更有地主和佃户的纠葛，像唐子嘉这样的人物，不但是在上海会开工厂，而且还有许多田地来坐收田租，这样的人物原是我们这半殖民地资产者群的特征，而在离上海不远的地方却更其现得明显和具体。虽然这年头使得放租这条路有些不通，唐老板想着"太不成话了，没有一户不欠的！"所以对"这些刁民，非办几个不行！"但账房老胡知道，他们是最刁不过的混蛋，索租米的时候，他们一哄而来，说租米一粒也不交了，老板要田，他们就全伙退租，老板虽然可以抄一张横单来请公安局办几个月刁民的抗租罪，账房却还知道"放租也实在不大容易，多下几天雨，就闹水大；多晴了几天，又怕没有水。"这使得老板不得不感到有田也并不太舒服，米价贱、赋税重、佃户又要欠，结果也只好四成生气，六成尴尬了。佃租如此，房租也照样，商号可以说"叫官厅来封门吧，我们巴不得！"这样世界，真使得二老板不得不尴尬，不得不叹世道大变了。而且作者所表现的一切债务关系在这里都是联系着的，唐子嘉的现钱变成了地皮市房机器货物，而这些东西又转押不成现钱，使得他从上海回到故乡，但这种情形同样又影响着其他的佃户、房客和各商号债户等人们，整个的社会现象是联系着的，而这联系在本书中却表现得非常之巧妙和具体。

　　年关虽然把唐子嘉僵住了，但唐子嘉毕竟不是李惠康似的人物。他虽然有产无受主，虽然这是拿金条押不出现银子的年关，而且被工人包围得那样狼狈，但他却仍然可以在铁路饭店开房间，可以坐晚上的快车回上海。这回去可以逃脱失业工人，也可以逃脱零星的小债权人的什么债权团。他仍然可以暂时安心地坐在那里打牌，就因为这年关对于唐子嘉这样资产的人还只能使"僵住"，却并不是僵死。他还有地皮市房机器货物，他还可以链子吃钉子。但对于李惠康型的人，却非挤得破产不可了，周转不灵，存着几张空头期票，这就使他消化不良了。这书中还有一个更其神通的宝源钱庄经理钱芳行，他虽然也说"要是次年市面没有转机"他也就只好胀死了，但他目前却还是那样地打牌享乐，并不在乎。这些都表现出市面的不景气和信用紧缩虽然是一个通常的现象，虽然这现象使一切人都感到了恐慌，但直接受到损失威胁的并不是钱芳行和唐子嘉一流的人物，而是李惠康之流，同时李惠康的破产的根本原因是卖不进现钞，繦子吃钉子，钉子吃木头，木头要变成木渣子的时候，是会影响到钉子和链子的，但钉子首先就无物可吃了。《多角关系》虽然表现的是多方面的极其复杂的债务关系，但这关系中却表现出一个社会现象的本质意义。

综合地看起来，我们在前面所说的一些原则的话都可以在这里找到有力的例证，这书的题材既是非常地错综复杂，而人物的关系又非常之难于形象的表现；在这样的情形下，作者能够自然而纯熟地表现出一个适当的主题，完成这么一个紧密完整的结构（本书配制得非常适当与和谐），是颇不容易的事实。当然，要硬指出缺点也并不是绝对地没有，如同有些背景的描写不够，有些地方尚多流于概念的说明等。但批评家既不应该脱离了作家的创作实践去在云端里要求伟大的作品，则重要的还给予是一个适当的评价，故意地吹毛求疵和指摘缺点并不是一件太必要的事情。本书出版后笔者还没有见到有什么的批评，我想这多半一方面因为是预先发表在杂志上，一方面大概是人们以为这是和《子夜》同一题材的东西而忽视了它。在我们这国土上批评家不还是常在脱离作家，而和作家在对立着吗？我们不敢以批评自居，但对读者介绍一册值得一读的作品，却是企图能够引起注意的。

1937年1月5日

（本文原载1937年1月10日出版的《清华周刊》
第45卷第10、11合期，署名余列）

《伯林斯基文学批评集》（书评）

王凡西译　二十五年十一月
生活书店版　定价四角

不论俄罗斯文学上发生了什么，不论它是怎样地伟大，伯林斯基将永远是它的骄傲和光荣。
　　　　　　　　　　　　——杜勃洛柳蒲夫

在伯林斯基之前，俄国就没有批评家，而且在全世界的文学里，像他那样天才的批评家，也就不多。
　　　　　　　　　　　　——蒲力汗诺夫

其实单拿对于文艺批评的建树来衡量柏林斯基是不够的，柏林斯基的伟大还有他对于时代的战斗意义，尼古拉一世的专制，俄罗斯一切的落后现象，柏林斯基都是采取着严肃的批评态度的。柏林斯基羡慕着法国，渴望着自由，但在全苏联盛大地纪念这一位伟大卓越的批评家的一百二十五周年诞生纪念的时候，俄罗斯的国土是已经超越过法国而成为世界上最自由的王国了。

在我们这老大的国土里，周围的现实是如何地逼似柏林斯基时代的俄罗斯，而文艺批评的落后又是怎样显著的一个事实，如果苏联研究柏林斯基是对于他历史的估价和遗产的承受的话，那么对于我们，单纯地学习也是有着亲切和必需之感的。

这本书只是一本小册子，在这里收集着只有他的三篇论文，另外有译者的一个小引和《真理报》纪念柏氏时的一个社评，都是介绍性质的。要想从这里来了解柏氏思想和理论的全面当然是不可能的事，因为这只是他整个著作中的一小部分；但当他的名字对于中国一般的读者还是陌生的现在，从这一本小册子来理解和窥视一下他的思想体系和对于文学的贡献，当也是一桩有意义的事情。

第一篇论文是《论文学》，是在他们拟编的《批评的俄国文学史》一书中第一章的导言，从这里可以概括地看到他的文学思想和对于俄罗斯文学的评价，是一篇颇为详尽的"总论"文字。

柏氏在这里首先详释的是"言辞""写作"和"文学"三辞的意义和区别，从而详释文学的范围与概念。这里所谓"言辞"其实只是一种语法和修辞，"凡以言语表示的一切事物，均属于言辞的范围。"这里柏氏是用言辞来解释人类文学发展史中的初期状态的，他所谓"言辞""写作"和"文学"其实是指文学发展史中的三个时期，并不是三个平列的名词。他企图用发展的历史观点来解释俄国，以至世界的文学史，所以说"文学是民族思想在语言文字上最后的与最高的表现。""文学的意义即指那在历史上经过发展的，且能反映出民族意识的那种民族的言辞。"在人类文学活动的初期，是集体的、诗的，不是一种意识的创造，所以"在言辞的范围中，没有显著的人名，因为言辞的作者往往是整个的民族。"做诗只是本能的要求，这些诗与时间的进展俱变着，直至写作时代才有一些人将它珍视而纪录起来。但已经有不知道多少民间的诗歌，完全消灭了。不过我们知道只有些没有坚强的生命种子的,才会在时间的洪流中消失,因此我们也不必为它痛惜。而"写作"则常是由言辞过渡到文学的一个自然的桥梁,不过有时也有言辞刚刚完结而文学就开始的情形。写作不论对于言辞或文学,同样地是一种手段,它给前者保存作品,给后者表现运动,假使能够在写作中表现出时代的精神,那么它就是文学了,文学已经是一种思想上的最高表现,它是历史中的东西,一件文学作品是承继了过去的成果,而也要影响未来的,而近世文学的起源和发达,都开始于印刷术发明的时候,这也是文学之发达的物质条件,因为它可以使得作品公开发表,使社会对之发生兴趣的缘故。

关于柏林斯基对于文学的见解,我们下面还要详细地介绍和讨论,仅就他这对于人类文学发展过程之一般的说明,大体是正确的,而且直到今日的进步艺术理论还都在这样的解释,虽然名词和解释方面都已经比较明确和具体了,能够从发展中来理解文学,从它的社会物质条件来解释文学,虽然还不能说很够,但在十九世纪中叶的俄罗斯,确乎是启发了以后这些年的进步思想体系的。

在本文中所屡次强调说明的是关于希腊人和希腊艺术的赞美,他说希腊艺术的伟大是因为它除了民族底性质以外,还有一种普遍的、人类的、全宇宙的性质。"不论是希腊人的悲剧也罢,或他的那一般的戏剧也罢,都是纯粹艺术的,所谓艺术也者,即指它们是反乎庸俗的与日常生活的实际,不合乎卑鄙的浮世生活的散文;但并不是违反自然而虚伪造作的意思",初看去这些话好像是艺术至上主义者的说教,其实伯林斯基这里正在借着文学批评的箭头,来射当时俄罗斯的现实情况呢。所谓庸俗的日常生活,所谓卑鄙的浮世生活,实质上是指着俄罗斯的,他虽不能正面地攻击尼古拉一世,正面地叙述农奴制度,但他却拿希腊来做论点,希腊艺术的优美是因为"希腊人的教育是社会的,因此也是普遍的,民众的;而不是特殊的,利用一部分人而损于其他一部分人的。""公开性成为希腊人公民生活的基础,所以他们的生活是饱满的,多方面的与完整的。""希腊人的文学完全是他们意识的表现,也就是他们的全部生活。"然而俄罗斯的现实情况如何呢?柏氏深刻地写着:"现代世界中的学者则躲避世界而惧怕火药的气息,军人则以文盲及无知自傲,而艺术家呢,则以生活在现代社会气息之外及躲藏在白云后面看不见大地,算是自己的责任与荣誉;不过他们忘记了白云这东西不是别的,只是遮住太阳光线的空洞的迷雾啊!"他知道现实中这些衰颓堕落的情形如与希腊生活相比,是更使特别地悲惨和忧郁的。但他却不但不悲观,而且也不主张"回到希腊";他能从现在看出了将来,从那时的俄罗斯预感到今日的一切情况,这正是柏林斯基之最伟大而现实的地方,他认为"现世界中各自发展的社会成分离散得愈甚,则将来超出于希腊世界的程度也愈大。并且这种新整体——虽然即使在法兰西(他称为新世界中的希腊)也还是萌芽,但他确信"既有萌芽,总有结果,时间上的快慢虽可不必,但古希腊在新人类中复活的时期总是要到来的,这复活的希腊一定会比她原来的情形更好更美"。我们知道柏氏在当时是所谓西欧派,他主张俄国应当学习法国,他热望着光明和民主,但他却也知道法国也只是在萌芽;他要古希腊复活,但还要比原来的更好更美。这说明他虽然主张俄国学习西欧，但也看到了西欧资本主义本身的不良，他这样主张只是因为资本主义较落后的农奴制要前进一步，但他却还热望着更民主更人类的古希腊的复活；这热望并不是复古，因为纵然在文学上，柏氏也是以为"假使摹仿古人以造作艺术，那么愈加奴性地抄袭他们自己所不了解的形式与外貌"的。这正是柏氏之所以伟大的地方，拿蒲力汉诺夫的话来说，柏氏已经能够确定"不是思想确定实质，而是实质确定思想"的原则了。到今日，柏氏梦想不到农奴制的俄罗斯也会得到这样更好更美的古希腊的复活吧。

然而仅就本篇所诠释的文学的观点说，柏氏仍然保有着极大的错误，尤其是单纯地拿国民性来解释各国文学作风的不同上。他虽说出了"文学"时代的活动者是个别的人（也同样的是社会的人呀），但他却认为作家是"以一己的智慧活动，表现出民族精神的各方面"；他知道"文学是全社会的财产，经过了文学，社会又重新看到了自己的面目"；他知道文学要表示时代精神，不能失却了历史的意义；但他却屡次企图说的"文学是民族的智慧生活（意识）在它论辞作品上的表现"，他认为每个民族是因他的意识而生活着，而这意识只是人类精神的多方面之一。"属于某一民族，别于其他一切民族的意识特点，即在于该民族的世界观，即在于那个本能的内在的对于世界的观点，这观点据说是与生俱来的，是他们特有的一种真理的发现，是这民族底自动力，是他们的生命与意义。"他又说："诚然，地理和气候的影响，以及历史的条件，对于民族本体的形成是多少发生了影响的；可是每一民族及每一个人的本体的第一个主要原因，却显然是生理的，它总是一个直接创造自然不能猜透的秘密。"这种种一切的话，在今日看来，无疑地是极端的错误。我们知道柏林斯基虽然在思想上是经过极复杂的转变过程的，虽然以后也部分地接受了辩证唯物论，但正如本书译者的小引所说的一样，他的基本思想却始终不曾超出黑格尔的范畴。他以绝对精神来解释文学，以黑格尔的历史哲学和唯心论的美学来应用于文学批评。在某些点上，柏氏的贡献是极伟大卓越的，但有许多地方也还是需要着批判地学习。从这一理论体系出发，他认为德意志和法兰西是代表着人类精神的两个极端，英吉利的国民性则是致用的等等，撇开了一切社会历史的因素，来孤立地从民族精神上考察文学了。

末后作者略述他对于俄国文学的见解，和他写《批评的俄国文学史》的动机。他说这将是一部"站在批评的与历史的见地上，叙述文学事实以证验思想，再以思想来贯通事实的那种著作"，这是柏氏对其著作的自我意见，也是一个真的事实。他承认自罗门诺索夫至普希金的文学都是模仿的，而且当时文学的内容也还是很贫乏，但他却预言了俄罗斯是具有伟大前途的，"俄罗斯种族中之含有本体生活的丰富的种子，它在将来会发展成高大茂盛的树林。"这一预言被今日苏联的文学情形所充分地证实了。俄国当时的文学还只是人工移植的果实，内容都很贫乏，他指出了如何普希金总结了所有目前的俄国文学，集合了艺术文学与民众论，而开始去获得更为丰富更为多方面的成分，"自从有了普希金，俄国文学上才有配称得艺术的艺术。"果戈理如何克服了社会中普遍的与强烈的不满，而获得了读者们扩大的同情与承认。他企图不但用着美学的观点，而且要用历史的观点来批评俄国文学，指出了它究竟怎样从彼得大帝的社会改良所引起的单纯的外国模型的模仿，能够得到解放而获得了独立性和艺术，成为自己社会生活的表现和真正的俄罗斯文学。这一伟大的巨著柏氏虽然没有完成，但我们在读过这一篇导言的时候，对柏氏是应该有一个大概轮廓的了解了。

在《论自然派》一文里，作者对当时所谓"旧诗学"的对于自然派的攻击，给了一个有力的揭露和答复。俄国文学自果戈理才成就为单纯的自然风格，他不顾一切理想，使艺术完全合于现实，描写一切普通的人民和群众，他影响了一切当时的文学青年和成名作家，都去照着他走的路发展，因为惹起了一切对于自然派的攻击。"他们非难自然派的作家爱好操业下贱人们，以农民、司阍者、马车夫做小说的主人公，描写赤贫和各种不道德的渊薮。"柏林斯基在这里指出：其实他们所谓的俄国文学的豪华时代的作家也是写这类人物的，不过却是表现着与这些人物的生活、身份、教育不相合的感情和思想，目的只在把本题粉饰得完全不能发现所要描写的是什么罢了。问题在这里，他们攻击自然派是因为自然派表现了"真实"，并不一定是所写的题材。古诗学的信徒、封建的爵爷、暴发户，对这种暴露了现实的作品当然会感到慌乱和害怕的，自然派既已把这种作风输了进来，他们又怎能不把自然派看作他们的最可怕的敌人呢？柏氏在这里的理论和攻击完全是正确的，虽然文中还有的地方带有着人道主义的思想。他强调地指出了："虽然完全承认艺术首先要是艺术，但是我们却以为，把艺术看成一种守在自己的范围内，和人生的别的方面毫无共同之点的那样纯粹的，排他的东西，是抽象空洞的说法。"

本书的最后一篇《论果戈理的小说》,是柏林斯基的名作《论俄国小说与果戈理的小说》中的一部分。当写此文时,果戈理的伟大作品都还没有问世,但是批评家的柏林斯基却已经在他身上找到了特殊的才能了。在柏林斯基的遗著里,对于普希金、果戈理和莱蒙托夫的批评是最著名的,而柏氏在今日我们还认为他是最特出的,也就是他对于典型的分析。在本文里,柏氏主要是企图确定果戈理创作价值和在文学上的地位,从而给他一定确当的评价。他指出了果戈理的小说的特点,在于其"构思的质朴,其民族性,其人生终极的真理,其独创性及少幽默的风趣。那风趣中又常含有深刻的忧郁与悲哀之感;而这些性质的原因,又归结于一个总的来源,即果戈理是一位诗人,一位真实生活的诗人。"

柏林斯基在这里所展开说的,是一个作家的整个创作过程。艺术家创作第一个举动是想把自己所仿佛体会到了的思想,来弄成被触知的和可以看得到的,创作之最主要与最特殊的表征,在于神秘的灼见,当他自己还没有拿起笔杆的时候,他已经很清楚地看到他们了,他知道他们将怎样说话和行动,以及整个事件的线索。"他所创造的人物,在任何地方都不曾见过,他并不抄袭真实,更不复写虚无。"但他所创造的人物却是那样真实,那样平常和持久;作品的结构又是那样的自然,逼真,与自由,供读者能够好好地领会它,深刻地了解它,以至在记忆中那样坚固保持着它。当诗人从事创作的时候,他是有目的而且有意识地活动的;但对于思想的选择以及思想的发展,却不依赖着自己的意志。对于柏氏这种种解释虽然有时还带有神秘的地方(如他对感兴的解释),但大体却是真实的,他说出了一个作家创作的实际情况。

果戈理的作品对于读者的第一个印象，就是"这一切是多么单纯、普通、自然与真实，同时可又多么独创与新鲜啊！"这是从实际生活里创造出来的，他小说中的每一个人物，不是和读者像很久就已认识了吗？他小说中的每一篇差不多都是可笑的闹剧，从愚蠢开始，接着还是愚蠢，可是结局却是眼泪，而这也就是这所谓生活。这些构思的质朴，人生完美的真理，其民族性与独创性，是果戈理的通性。至于其动人的喜剧性，其永远被压服着的悲哀与忧愁的深刻之感，却是他的独特性质。

在果戈理的小说中，他不阿谀人生，也不诅咒它；他愿意将人生中一切固有的美的与人类的事物显露出来，但同时又绝不隐藏一点人生的丑态。他作品中的每一人物都具有一种风格，这风格在读者看来，都是似曾相识的陌生人物。在柏林斯基所说的这种种特质里，其实只是每一个成功的典型和伟大作品的必备条件，为果戈理所创造，而柏林斯基所批评了的。

果戈理的作品的另一优点，是一种抒情诗的风格，在他写小俄罗斯的一切时，总是渗透着这一风格的。果戈理不大长于写幻想性的作品，因为当"恐怖"被刻画得清楚时，"可怕的"已经简单地变成"丑陋的"，但也正因为此，他对于小俄罗斯的一切风俗习惯等，才能有极好的和极深刻描写。

占领本篇中篇幅最多的是关于果戈理作品中人物典型和创作手法的分析和说明，如关于《田舍的黄昏》《泰拉斯·布尔巴》等，这是柏氏最特出和最成功的地方，也是最值得我们注意的地方，但这里不想多引了，因为正如柏氏所说："假使要我摘引一切文句，借以证明果戈理君是能够把握住那描写生活的理想，且能忠实地将它复制出来，那我势必逐字逐句地重录他整篇的小说。"这话同样地可应用到这种场合。

对于普希金、果戈理与莱蒙托夫作品的批评和分析；对于屠格涅夫和杜斯陀也夫斯基的鼓励和诱导，对于俄国文学之历史的解释，对于近代文艺批评的建立，是柏林斯基最主要的功绩。然而更伟大的却是他在尼古拉一世的最黑暗的统治时代，能够采用着文学批评的箭头，投射着专制，投射着落后的农奴制度，而培养着民主的因素。这是以后六十年间历史史实之思想的序幕，在今日所存在的一切，是继续着既往而来的。

就从这简短的三篇论文中，我们也可以看出了，柏林斯基的成就和思想体系，以及他在近代文化的重要意义。柏林斯基虽只是一个文学上的叛徒，但那是因为当时街道上没有反叛的可能性，所以他只好在杂志中反叛了。

再抄一段柏林斯基的话来作本文之结吧：

"假使读者有一些人读了我这一篇文章，说道'这是对的'；或者至少说'其中也有一些是对的'，假使还有一些人，当他们读了我的文章之后，想去阅读并研究他的作品，那么我的责任已尽，目的已达了。"

1937年1月19日完稿

（本文原载1937年1月25日出版的
《清华周刊》第45卷第12期，署名昭琛）

二十五周年纪念感言

　　二十五周年纪念算是过去了，在这天，睁开眼看看，确实显得有点不大平凡。绅士小姐们的人数是空前的增加了，无论面孔是生疏的或熟识的，都比平常更笔直地摆起步子来在园子里踱着。说人，是第一义，因为这实在是他们的世界，但毕竟又不可不提，平日的高楼大厦就已经够壮观的了，这日当然都格外地修饰得好看，再加以什么自动电梯人造雷电的展览，世运篮球选手的表演，都够绅士小姐们惊叹不止的。好在这里有的是热心服务的人士，既然黄土垫道清水洒街地欢迎各界名媛来观光，就自然要鞠躬尽瘁地尽心力来点缀一番。是的，我们晚上又有学士教授，名闺夫人等来串演得意佳剧，全体人士聆奏，直至晚间四时才兴尽而散。一切现象，耳听到的和眼看到的，如果还令人发生点感想的话，这感想只有一个，就是不但是天下太平，而且简直是盛德之世了。

　　这种陶醉，这种快乐，供绅士小姐们得意地忘掉了一切已往的杞忧，一切现在正在发生于园外各处的俗事，这园子里面的生活不是还照样地而且更加倍地快乐和安全吗？这不但证明了另一部分人的杞人忧天式的呐喊的愚妄，而且简直他们是恶意地来扰乱绅士小姐们生活的秩序和雅兴了。当然，纵然是在园子里，治安是不能不维持的。

　　更幸运的是在纪念典礼中的校务报告，更奠定了他们将来生活基础的稳固，保证了他们前途的顺利；过去和现在的一切虽属在心中已经平淡得如水了，但对将来仍不能不稍有一点顾忌和不安，校务的报告使他们知道了这种生活现在还可以维持的。即便到了万一不能维持的时候，也仍然会想法过这种同样生活的。这样，使绅士小姐们可以充分的陶醉于这美好的生活环境中了。

这种事实，就在周年纪念这天完全表现出来，这里完全是一个太平盛世，一个现实社会中的一方面的世界。

但美中不足的是就在这样盛平的日子里居然也有人来专门扫兴，并且还不是极少数的人，这真不能不算是一件憾事。在这样盛乐的场面里，也有人专提些园子外的事，或园子里以前曾发生过的那些血腥的为绅士小姐所焦头烂额的事实，这真是一件扫人雅兴的恶作剧。况且什么天下兴亡民族解放的大题目，搬到这种场合也不大合适，就说学生们自己的事实吧，那也早是为绅士小姐们所"不堪回首话当年"的了，又何必提起它来扫人兴呢？再说，再说像民族解放，打倒帝国主义这种话头，毕竟也不过是贩夫走卒们街上喊的东西，不配登大雅之堂的，把它来搬在巍巍然的六礼堂面前，不是太有点流俗吗？

然而不幸的是这种扫兴的举动居然也有不小的影响，也竟然有不少的人们停留着看他们的东西，这真令人怅然。再说，居然也有不少的人还冥顽不化地常想到园子外的事情，对这盛世还感到相当的空虚，这不是愚妄吗？

然而掩住眼睛也毕竟不能脱离现实，太平盛世的基础是建筑在什么上？钢铁上，还是废墟上呢？这真不能不使绅士小姐们感到悲哀了。

就在这样一个小的园子里，也不能"道并行而不相悖"，并且不同的路的对立反越厉害了，这里有的是企图用自己的力量以卫护民族和学校的生存来作纪念的人们，也有的是以歌舞盛世来纪念学校的人们。"前程远大呢？后顾茫茫呢？"是在自己的选择和努力。

（本文原载 1936 年 5 月 3 日《清华副刊》
第 44 卷第 5 期，署名昭琛）

我 的 故 乡

故乡，一个平凡的村子，在这里曾经天真地欢乐和玩耍，度过了我的童年。

近年来，一半是为了生活地点的远离，一半也是为了生活心情的变迁，故乡的向往逐渐在由亲切而生疏，到如今简直有点漠然了。

说起来这地方也实在没有什么可以令人留恋的地方，在我的记忆中，所有的也仅只是一切不大整齐的房子和一群生长在这地方的诚实的人们罢了。在我们那里，这村子是有名的富庶，汾河的水每年可以浇地一次，收获量是很丰的；村里头做买卖的人也很多，顺着山西商人的足迹，散遍到各处，每年都往家捎个一百八十元的，正如同山西人一般的性格，这里的人都很诚实、谨慎，不大好管分外的事情。记得小的时候和同伴们在地里村畔玩得倦了的时候，便不一定到谁的家里歇一会，吃点"火烧"什么的，好像还一定不至于谁家没有东西吃的情形。不过也不常去我家，因为母亲是不大喜欢我和那些孩子们在一块的。这地方虽然离县城只有十里路，离太原也不过二百多里地的样子，但通常人们没有事情不肯去城市里的。

回忆中的童年的故乡的轮廓，仅只是如此而已。这以后故乡的影子对于我一天天地散漫了，一直到去年夏天，才因了某种的因缘，我又一次地踏回了久别的故乡的园地，重温着童年时代的梦景。

　　时间在这里刻下了深深的痕迹，就在这个平凡的村子里，虽然表面上还是和旧日差不多，但如果你再细细观察一下的话，的确有许多地方是变了。

　　横在街里的几条街道，除了南面的一部分还保持着旧日的古老姿态以外，村北的房屋大都尽成了些破瓦废墟了。这理由也很简单，汾河接连三年地从北面淹进了村子，水势都很浩大，许多的房屋财产都淹没了。可是随着来的却是贫困和饥荒，以前的能丰收的好地现在也被汾河带来了一层很厚的沙子，弄得什么都不能生长；然而人民却又额外地担负着什么水利局特别捐税，也不时有两个穿洋服的人来查看一次，但多半是只在村公所吃顿饭再找几块钱就静悄地走了，村里头在外面做生意的人也一天天地少起来，有好些回家脱下了长衫，不伦不类地拿起锄把子来了。

　　当然也有好像变好的地方，这里适应着本省最高长官的改良精神，村里头什么主张公道团是很活跃的，里头在干些什么事情不大清楚，不过据说参加的人必须要有恒产，目的是在"防共"，每晚也在村里巡逻两次，但后来听说巡逻的人还是有钱的主张公道团员雇来的穷人。

　　这里虽离同蒲路的一个车站只有十里路，初通车时村里人们去看的很多，有好些年轻人都吊起锄子到车站搬行李卖东西去了，但后来又不知为什么都陆陆续续地走回来，这以后人们除听说火车过兵时还关心一点以外，对这件事也就淡然地忘了。

　　人们的性格也开始在不老实起来，借下钱也不大守信用了，因为一点小事也常会咆哮起来，年轻点的人都想往城市跑，虽然老年人还都谆谆地苦劝着。

幼时在一块玩过的同伴已经成了结实汉子，见了面彼此都感到有点忸怩，生活使我们铸成了两种人，这中间存在着不易沟通的隔阂和误解；我虽然竭力地表示着亲切，但事实上大家都很客气，谈不到彼此心里所真想要说的话，他们把我当作了另外一种人，甚至当作水利委员那样的人，他们不是问过我在北京学堂毕业后可不可以做县长的问题吗？在这里我充分地感到了孤独，一种和同伴隔离的孤独感觉。

离开家以后我每次写信都问他们，最近来信说经过这次山西的军事后，有好几个是失踪了，我心里由这浮起一种异样的感觉，我不知道应该怎样想，反正他们是已经踏上了另一条生活的路子了。

（本文原载1936年6月20日《清华副刊》第44卷第11、12期合刊，署名沙丘）

慰 劳 大 会

　　这天风很大，尤其是在这城外的地方。

　　从早上起，救国委员会今晚召集慰劳全体被捕同学大会的布告就贴遍了园子里的各处。人们都很欢喜，一来是经过几次的纷乱事件以后，这些同伴们总算全体都又回来了；再说，也想从报告里间接地得到一点生活经验。

　　一天的时间像平日一样地很快地溜过去了。

　　时间是晚上七点半，地点是同方部，一个大型点的厅子，原来叫作九一八纪念堂，去年6月敦睦邦交后才改了名字。

　　这时天还不算十分黑，风也定了点，吃过晚饭散了一会步的同学，都往这里跑。门里有人招应着，每人签了名，拿一份《觉报》的"慰劳专号"和一本救国会编印的《救亡运动报告书》，就依次入座了。被捕的同学胸前还挂上了一个白色的小条，上面写着名字。先来的同学都坐在那里在翻着刚才领下来的那份报告书。

　　时间已经到了，人也已经来了不少，主席正式宣布开会，人们都抬起头来，会场很肃静。

　　"我们学校经过二·二九的三千军警大包围，捕去了二十一位同学，另外还有早捕去的一位教授和他的太太，现在经过了这些时日的磨折，总算陆续都来了……"大家一齐的掌声打断了他的话头。

他接着说明了召集这个会的意义，华北局势的变化，和救亡运动因了这些战士的归来将更有力地展开，等等，声音虽然有点低，但说得很清楚。

然后全体同学起立向被捕同学致敬，空气很严肃。

在学生会代表会主席代表全体同学致慰劳辞后，就由被捕同学报告被捕经过和狱中生活情形，无疑地这是今天会中最主要的一项，也是人们最关心的一项。

"二·二九包围本校所捕去的同学，全是纷乱之下的偶然遇合，我们中的许多事实上都是救亡线上很落后的分子，所以对于接受慰劳一点，说实在觉得很惭愧。被捕的情形也各人不同，不过大致都是五花大绑载去的，终点是公安局。除过张教授、张太太和另外两位同学随后解到军人监狱外，我们都是始终在公安局的。"

这位同学的声调稍含混一点，但话句很有条理，同学都静心听着，充满了同情和好奇。

接着他述说问案和狱中生活的情形。

"进去一共问过两次，内容也很简单，多半都问些砸汽车来没有？你是不是救国会派？这一些类似的问题。自然他也得不到什么。里面的生活还可以忍受得下去，虽然得病的很多。郭清曾和我住过一个房子，他身体比较弱一点，得病后当局又不给疗治，所以死了。睡的地方肮脏极了，人又很多，周围满是些白面犯、小偷。说话也不随便，看守时常骂人。吃的是窝窝头，不过咱们同学们当中除过一位发了疯外，其他还好。"

这叙述显然发生了效力，大家都睁大了眼睛在注视着静听，心中浮起了异样的感觉。

他接着说明由他看来，在现代中国坐监狱实在算不了什么事，要获得自由是需要更多地努力的。

接着由一位"三·三一"被捕的同学报告。

"我们被捕的经过很简单，那天抬棺游行的时候军警从队伍里乱抓人，共捕去五十四人，本校因为在前面，所以就有十七人，我也是一个。当天在内六区问过后，晚十二点钟就由大汽车送到陆军监狱。当时情形很恐怖，汽车穿着小胡同走，周围满是黑暗，军警骂着，同学哭着，军人监狱在顶东北城角，我以为开出东直门要结果呢！但又想没有这么大的罪，但总是心中忐忑的。到了那里后，先钉上三斤重的足镣，睡在湿地，情形很苦，不过生活一天天地好点，自己也能忍受下去了。"

他接着分衣食住行四方面来说的生活情况，如两毛钱可洗一件衬衣，一元钱三匣哈德门，足镣怎样吊起来才能不磨骨头等。最有趣的是他说的吃窝窝头的纪录，最少的时候七个女同学只吃了一个，但有一次一个男同学独自就吃了六个。这引得大家都笑了。

这时送上了茶点，大家一边谈着，一边吃着；以后的谈话大多是关于感想方面的。

一位进过连这四次牢的大胡子同学教给人怎样从足镣里脱裤子，手铐里脱袄子，和怎样对付看守，据他说牢狱坐惯了也和在外面差不多。

又一位说明他回来之后，见到有许多同学从学生里失了踪，他说这才是救亡运动的又一阶段，所以他打算赶暑假无论如何是要精神上毕业的。

有的说我们知识分子是需要点苦吃，因为平常的生活太舒适了。

又一位说这种释放仅是小的牢笼送到大的牢笼，而这大的牢笼除用人类自己的手去开释外，是不能希望旁人释放的。

还有人说从此感到读书没有多大用处，应当从社会的实践中去求知识。

正在这时候，主席宣称今天本也请张教授出席的，但因为病没来，现在请张太太来说几句话，张太太昨天才放出来。

"请大家原谅，我有许多顾忌不能多说话。当局问我的主要是妇女救国会和我九年前被通缉的事情。关于妇女救国会是一个公开的民众团体，而且我仅只是以后才加入的一个家庭妇女，也没有做什么事，动机纯粹是爱国，当然我没有否认的理由。以前的事情，大家都知道，那时我还是受着国民党妇女部的指挥的，现在国民党执着政，我当然更不必否认，所以我觉得我住八十天监牢是很惭愧的，因为我并没有做一点事。"接着她也说了一点生活情形和感想。是一位很长于讲话的中年女性，虽然经过了长时间的拘押，精神还很好。

"我再补充一点，张先生好吃烤的东西，张太太每顿从她屋送过一个烤窝窝头来，烤得很好，我曾吃过一顿。"大胡子同学笑着说，这使张太太也烧盘了，同学们都在笑着。

这时的谈话散成小的团体，同学们都互相慰问着，谈笑着。显然，对于大多数同学这使他们更兴奋了一点，更多知道了一点；因为贯彻在被捕同学中的一个中心思想就是今后对于救亡工作的继续努力，这对于旁的同学自然给了极大的感动。

就在这种兴奋的欢乐的空气中,主席宣布了散会。

出门后,满天星斗在照耀着,风也停止了。

(本文原载 1936 年 9 月 15 日由茅盾主编,生活书店出版的《中国的一日》,署名昭琛)

航空奖券

据说效仿欧美是要迎头赶上去,而不能跟在尾巴后面跑,这话当然没有说错,不过问题是在迎上去迎不上去,而不是应该不应该。

以前我老想中国的一切设施都是跟在人家尾巴后面跑的,甚至离尾巴还离得太远,这也不能怪自己太不长进,实在是路上阻碍太多的缘故。

近来这想法渐渐有点动摇了,原因是看到几件的确是中国所独创,而旁人反在尾巴后面跟着跑的事情,我想明年有报纸再出双十特刊或元旦特刊的时候,这倒大可引用一下。这当中的一件就是航空奖券,说起这种奖券的用途来,可也真大,第一是航空,第二自然就是奖券,"爱国有罪"自然人都不敢爱了,但爱国发财却是提倡爱国的绝好办法,一个人买一条奖券,所费不过一元,而又能帮助航空(当然这就是爱国了),又能发二万五千元的财,于私于公都有益处,中华国民,何乐而不为欤?

再说当你心里只计算号码和法币用途的时候,也省得多想旁的事情,多管旁的闲事,况且每月一次飞机扔传单劝购的事实也训练训练你的感觉,以后见了友邦的飞机你也就当这是自己凑上钱买的自己的东西好了。

好处还多得很,一时也说不尽,也不必详细说,会心而已。但这确可为中国文化优秀的一例证,大可以在日内瓦讲演一下。

最近听说友邦也要仿照支那发行航空奖券了,这可见我们尾巴后面也已经有了人,说不定以后还要多起来,这确实值得自豪。

可惜的是听说近来奖券的推销颇不景气,变更奖额,增加宣传,想尽种种办法,仍然乏效,这当然是人心不古,注重奖券而忽视航空,屡次不中奖就不大愿意买了,有何办法。

(本文原载 1936 年 11 月 1 日《清华周刊》
第 45 卷第 1 期,署名浦溶)

从特赦施剑翘说起

　　国内闹特赦犯人的事很久了，有好些人主张过，好像还有人在什么几中全会上提出通过过，今年夏天庐山也曾为这集议过一次，好像是要成事实似的，但以后又寂然无闻了，直到最近，才由国府明令特赦了一个施剑翘。

　　这里好像把题目弄错了，人们嚷闹着要请特赦的是政治犯，而施剑翘则开枪杀人，大概总是刑事犯吧。本来政治犯的罪名仅只是为了与现行的政治制度信仰不同，无所谓绝对的是非，各国明文上都与普通犯人待遇不一样的，中国的政治犯更其多，因为里面还有爱国犯，等等，在这全国一致要求团结御侮的时候，放出当然是大有用处，人们呼吁自非无故。但可惜这个论断的前提就靠不住，人家本来不需要团结，更没打算御侮，放出来还得捉进去，何必费一套麻烦手续，所以不赦也自有道理。不过我们的领袖过五十寿辰了，我想也许会按照古例放放生，先替这批人来祝福一下吧。

　　杀人者偿命，大概已经成了常识，人可以随便杀，这事实我想在现世界中除过少数特别有权力者外，还不能应用到一般人民的场合吧。不管复仇也好，泄愤也好，杀人大概总是此风不可长的。所以人们也不要求特赦刑事犯，普通刑事犯也大概不会想到这幸遇的。

　　然而施剑翘女士竟特赦了，社会上还相当地注意，善男信女在说大孝必有报,正人君子却说此风不可长,革命志士却又说孙传芳被杀得痛快,小报上又大作侠女复仇记了,真是洋洋乎大观。

然而有一件事实却引起我一点联想来,记不清楚是谁的一篇小说了,也许是张天翼的吧,内容大概是说一个犯人逢到特赦反不愿出去,骤听起来好像这有点奇怪,其实人家写来很近情理,因为确实出去也是无路可走,反找不到像监狱那么一块地方,结果后来硬被轰出去死到外边了。本来在监狱里收的都是些被现实社会挤掉了生存的人,法律为生活的逼迫所冲破,放出来一切也都并不会变好一点,空头的自由给予了人些什么,与其生在外边,在里面不也一样吗?

当然这也只是一小部分,许多的都还是愿意出来,不过出来后的一切,估计起来大概也都不会乐观。政治犯因为还有点理想或信仰,当然更希望得到自由了。

不过这都是空话,现在特赦了的就只施剑翘一人,而出来的方式也大不相同。事前有人为代布疑阵,也有政务处长用汽车去迎接,并且出来后还要来北平面谢当局,而这些又都还有南京来的电报,这真够了不得了,我想自己想要出来或者自己想教自己的朋友出来的人,最好是先想想能不能够做到这些,从此我也明白了为什么施女士当初那么胆大,真亏她还受了几个月名义上的委屈,因为实际上我想是不会有什么委屈的。

所以我想真的能够遇到宽赦的人倒不在什么刑事犯政治犯的分别,问题是在你是不是也有这么些好的条件。我想希望猫子放开老鼠这事恐怕不大容易,但如果猫口里含着的原来只是自己的小猫,则玩玩是一定可以放去的。

（本文原载 1936 年 11 月 15 日《清华周刊》第 45 卷第 2 期,署名古顿）

登 龙 青 年

　　"文艺青年"不是个坏名词,"青年作家"更不错,但两者是不相同的,青年作家大概都是文艺青年出身,但文艺青年却不见得个个会变成了青年作家,因此由文艺青年到青年作家这一转换的过程上,颇有值得注意的地方。

　　文艺青年的意思大概是爱好文艺的青年,在"文学无用论"还没有普遍人心的时候,在还有人主张文艺的武器效用的时候,爱好文艺当然并不是件坏事,而且要没有人爱好文艺,文艺也早就无用了。文艺青年这一名词仅只是说明青年兴趣的倾向,并没有什么褒贬的意思,但爱好文艺的人并不一定会写文艺,更不一定写得好。他只要有点欣赏的能力,也就可以了。但看惯了想自己来一手试试,也是人之常情。

　　青年作家就不然,第一,他非写作品不可,不然何以成作家。第二,因为写,他也就有点名气,有点稿费。第三,他也可以不喜欢看旁人的东西。就以此论,也可见他和文艺青年的不同了。而且文学要想向前发展,新一代的人们是必须逐步上台的,青年作家是从事文艺工作的新人,当然是前途无量。批评家鼓励他,读者注视他、希望他,岂不都是好事。

　　再说文艺青年想当一下青年作家也并不是坏事,因为这样他才可以向上,可以努力学习,可以获得新的文学教养,但怎样就能成了青年作家呢?这是颇值得考虑的一个问题。

文坛上虽也不尽清白，编辑虽也时常地瞎了眼睛，但依文坛登龙术来按步尝试之，却也未见得十分有效，文坛毕竟不同官场，拉上去你也多少得拿出点货色来，不是按时到班去签签"到"就可名利双收了。

文坛虽也不能说没有埋没青年作家的事实，但现在有点名望和成就的作家却都还有些作品，而且这些作品也已经在读者层中得到了存在。再说青年作家虽也有因无名而一时碰壁的情形，但真有好的作品终久是会得着世人的赏识的，巴金的《灭亡》虽然被开明书店压了多半年，但它也终于出世了，除非你起始就愿意一直把它搁在箱子里。

文艺既然并没有和社会隔离开，则文艺青年参加旁的一切活动也原是无可非议的事，但这活动的目的主要的是应该为了生活的需要，而不是为了当作家。因为纵然是为了当作家，没有作品也是当不了的。主要的是应该理解作家是凭作品成名的，而不是靠什么旁的活动或登龙术成名的。

文艺青年不是坏名词，青年作家更是文化的中坚，文艺青年想当青年作家也是一种无可非议的向上努力，但另外尚有一群过渡人，就是企图空手从文艺青年跳到青年作家这一群的人，无以名之，名之曰"登龙青年"。

（本文原载出版于 1936 年 11 月 29 日的《清华周刊》第 45 卷第 5 期，署名浦溶）

这 一 天

"11月11日"这日子是我定的,我对于它自然显得特别地关心。譬如说那天开全体大会吧,我就希望能够罢课三天,因为这样这天也许会出些新鲜的事情,不然可真太平凡了。

平凡就平凡吧,从"平凡"中看到的"特殊"才真的有典型的意义,话虽如此说,但毕竟是不容易下的,因为清华究竟比中国小,而且你我过得也差不多,所以我想《中国的一日》中能够包含着各种各样的文学表现形式,但清华的一日却只有日记体或账簿体的一法了。

礼拜三是发言论和新闻稿的时间,同时周刊副刊的校稿也定得是这天送来。早起后急忙着预备言论稿子,一边拿红笔批着"两栏""四号仿宋",一边还计念着第二时有课,但结果不觉得又把课误了,"诗经"也没听去。

把稿子整理好,上周刊社看了看没有新来的稿子,又看了一下报,免得言论中有修改的地方,第二期言论中《美国的总统选举》一篇推测的文章刚付印,罗斯福已经选出来了,真是无法改善。

十一点就吃了午饭,骑上车子巡视了园内一周,看有没有什么特殊事件,怀着"惟恐天下无事"的心情,走遍了各处。代表会的布告,应该抄下,质问西乐会的启事,更该抄下,但身上并没有带纸笔,只好回去请副刊编辑张君来抄吧。

下午给大学出版社打电话凡四次，其余"说着话哪""没有线"的还不计其数，都是催赶快送来校稿的。明天放假，今天送不来时明天可麻烦了，找不到原作者自然就得编者代劳，要连各栏编辑也找不到岂不成了一个人的事吗？他每次回答说"就送来"，但结果今天是并没有送来的。我想如果要影响了我参观二十九军演习，才更叫气人呢。

　　下午写了一千多字的杂文，有一点体育也没有去，今天整天就没上课，五点时又去催两位同学让赶快交稿子。

　　晚修书两封，读《世界文学史纲》一章，听两位同学辩论中国政府抗敌的可能性问题约半小时。

　　　　（本文原载1936年11月30日出版的《清华副刊》
　　　　第45卷第5、6期合刊，署名王瑶）

五色国旗

自己的年岁不大，不但没有机会赶上龙旗，连五色国旗的印象也是很淡漠的，小时候住在乡村，并没有什么国旗，赶到生活在城市，而且懂得了国旗就是代表"一国之旗"的时候，革命已经成功了，满街上飘着"青天白日满地红"，五色国旗的印象仅只剩下小学教科书的"国旗有五色，红的、黄的、蓝的、白的、黑的"一点了，反正天下太平，古老的由淡漠而遗忘不也正是合理的吗？

然而天下事往往并不如此简单，古老的东西也还有人在迷恋它，在利用它，它也自然就并不那么容易消灭，龙旗已经在东北的王道乐土上升起头来了，而五色国旗最近居然也走上了红运。

11月25日这日子是可纪念的，因了去年今日冀东伪政权的成立，才掀起了一二·九，中国进步方向的活动才又换了个新的积极目标，但这日子并没有在人们的脑子里留下了深的记忆，原因也是这些丑恶的事实太多了，人类是向前展望的，记忆里搁不下这许多丑恶的东西。

但它并不就是不存在，由天津《庸报》，我们可以看到这天通县的盛况，友邦的许多嘉宾，"满洲国"的许多贵客，再配上当场扮演的一群，这场面也就够可观了，何况还要鸣礼炮，挂五色国旗呢。

洁身之士也许觉得这是小丑，不屑一顾，但小丑是会变成大丑的，而且另外还正有好些虽是人相，而马上就可立现原身的大丑，这你能够逃避吗？逢见臭气掩鼻而过固然也是一法，但必须你能走得开，同时臭气也不至跟上去，不然还是根本打扫干净好。

打扫干净虽不是件容易的事，却是个根本的法子，当然许多人都是讲根本的，但社会上既有散布臭气的人，又何尝没有借臭气以自用的人。

这样，五色国旗却不至马上又塌台了，还可以在这里作一个标志。这国家现在也就够花样的了，青天白日、龙旗、五色国旗、镰刀斧头，都占着一部分地方，而且我想也各有其拥护的人，虽然数目一定是很悬殊的，而且以后还不一定又出什么花样，因为旧的用完也就得创造新的了。

我觉得一个人应当为旗子而战斗，这并不是提倡拜物教，因为旗子后面实在是有深刻的生活意义的，正如同汉奸挂起五色国旗来一样。

（原载 1936 年 12 月 6 日出版的《清华周刊》第 45 卷第 6 期，署名耿原）

冷　静

朋友赵引了屠格涅夫的话来规劝我，说"冷静是世界上最可宝贵的东西"，这话对于我也许是很合适的，因为大概据他看来我现在正缺少着冷静，我当时也很接受，但仔细一想，觉得实在并不很对，至少这句话本身并不是真理。

当然这句话也并不是荒谬绝伦，屠格涅夫在这里也说出了真理的一面。冷静真的是世界上最可宝贵的东西吗？是的，在屠格涅夫的眼中，在屠格涅夫的时代，对于屠格涅夫型的人，所最宝贵的东西的确是冷静。冷静也不仅只是一个空头的形容字，它也有它的时代内容。

但对于我，是不是这句话可以照样地搬过来呢？我不是屠格涅夫型的人，我不愿用冷静来把自己幽锁起来，我的时代，我的客观环境也不允许我用冷静来把自己幽锁起来。

"对于一个革命者，最重要的还是热情。"克鲁泡特金已经这样说过。我不是一个革命者，更不是一个安那其主义者，但由屠格涅夫到克鲁泡特金，从冷静到热情，确是一个时代的进展。用冷静来变革周围只能把周围僵化了，但用热情却是希图把周围来熔铸的。

热情是不是有这样的力量呢？没有的，仅只热情所造成的只是虚无主义的伟业，它使人同情、感佩，但结果却不能不是失败。一个人的路应该是一条现实的路，是一条趋于成功的路，这里没有等待，没有盲动。

现实的路里是需要冷静的,但并不是世界上最宝贵的东西;它更需要热情,但也不是唯一的。只有基于热情的冷静才是理智所主导的适当行为,而不是退缩和逃避;也只有基于冷静的热情才会是真的热情,才能发挥热情所能发挥的作用,才不是盲动,才不是"自我痛苦"。现实的路是统一了冷静和热情的,但后者在统一中却居着主导的作用。

(本文原载 1936 年 12 月 16 日出版的《清华周刊》第 45 卷第 7 期,署名建昶)

关 于 日 记

　　近来虽也常不断地写一点东西，虽也愿在荒芜的文化园地内充一名小卒，但既常无灵感来临，且也没有多量的闲暇来充分努力，所以虽然终日听见别人在呐喊，自己也只是在旁助兴而已，不但成绩毫无，而且自己也有点孤单的感觉了。

　　这"孤单"要用冠冕堂皇的话来说，当然是由于自己努力的不足，没有走上正经的道路！再冠冕堂皇一点，那就应该说是自今日起，一定要如何如何了。

　　这话说起来既容易，又好听，但是不是1937年就真能如何如何呢？

　　记得是前年吧，老早就订购了一部文艺日记，还烫上金字说"从生活学习"，那时大概还抱有雄心要当个文学家什么的，而且也真的还不时企图写小说，虽然好像也并没有完成，伟大的作品一直被锁在肚子里，无法问世了。到了去年，一二·九把未来派的文学家也从灵感的氛围中拉了出来，去年一开头就订购了一部生活日记，烫着"不平凡年头的平凡生活"的字样，大概那时预料着世界大战就要发生，而自己却仍非如此活下去不可了。

　　两年过去，依然故我，检阅一下日记，究竟从生活中学了些什么东西，究竟平凡到怎样程度，从头翻到尾，还是那两本日记，除过面皮上的绿色较新的冲淡了一点以外，里头并没有写上了一个字。前年没写，去年还换个花样又买了一本，今年要再买的话，我想应该烫上"我不愿活得像一张白纸"了，但我已经没有了那种兴致。

当然，人既没死，我想是不会真的活得像一张白纸的，就以过去一年说，自己也经历了好些事情，领略了好些风味，看到的和感到的当然要更多，一定要记也未尝不可写一大篇。朋友冯夷说他每天要像倾诉给母亲似的把他所厌恶的、喜欢的，告诉到日记里面；我对于这话有深深的同感，因为我也每天接触着许多使人厌恶或喜欢的事情，但可惜在这里我已经失去了一个慈母，当我怀着满腔的热诚把我的一切全倾诉出来时，我所得到的不是母亲般的低声的安慰，抚摩着头发时的柔和，我遇到的仍然是冷淡，比白纸更其冷淡，我写出的结果只能更强烈地唤起了我的记忆，更高度地刺激起我的感情，这样的母亲能够算得上"慈"吗？

我宁愿当一个孤儿，踟蹰在街头，我不要这样的一个母亲。

像过去一样地活，一样地固执和坚定，今年干脆连日记也不买了，我不开书店，何苦在书架上陈列着许多新新的空白日记呢。

我永远相信，路是要一步一步走的，时间是在不断的连续过程中的。过去有许多是需要清算的，是应该克服的，这都需要随时地自己在新生。新年对于你有什么用处呢？这日子真的会把你带到另一个世界去吗？

我不要过新年，我要过日子。

但人类既是向前迈进的，随时展望一下也是常有的事情，我无力管别人，也不愿管别人，就自己说，但愿以后活得更固执一点，更坚定一点。

"固执"是我生活的一贯态度，这态度需要着许多友人，但它却又把我越活越孤单了，我不怕孤单，我仍然要"固执"下去，因为我确信"不孤单"在生活中是会马上来到的，而这来到的却是更宝贵更可靠的友情。

我为前途祝福。

1937 年元旦下午 2 时

（本文原载 1937 年 1 月 25 日出版的《清华周刊》

第 45 卷第 12 期，署名耿达）

丑　角

　　现在的局势有点乌烟瘴气，国家大事如此，社会中每一角落的小事也如此，这一方固然是因为社会中存在着乌烟瘴气，一方也是正有一群丑角在那里汹汹地张目。

　　大家伙想挣脱乌烟瘴气，想看一点晴朗的世界，努力地挣扎、战斗，为了生活，为了理想，这战斗愈来愈猛，阵线愈广，势力愈大，这原是当然的事情。但乌烟瘴气本身并不是静止的，这结果使得从它里面透出了太阳的光芒来，这团黑气不就要消灭了吗？

　　并不如此，还有最后的一手。

　　施张这最后一手的就是那群丑角，原先他们也是不断地在旁人的庄严中打诨的，阴险、辣毒、欺骗，都从假笑中体现了出来；目的无非是让人觉得他真是权威而已，让旁人贴服地在乌烟瘴气中活下去而已，使他们好在这基础上穿着红袍呼吆起来，一个得意时的丑角。

　　但不幸旁人竟然会看见他在偷偷地吐舌头、做鬼脸，所以虽然红袍还在身上拖着，但人们已经知道他是丑角了，无非是在摩拳擦掌，伸嘴吐舌，为主人帮闲，打诨作恶而已。

　　这批丑角平素游游荡荡，靠主子吃饭，帮闲打诨，散布乌烟瘴气，穿着红袍，走起方步，俨然那么回事，虽然有时也不免为不驯之民的外间之事所打扰，觉得生活得有些不大平稳，但既无根本方法设想，又暂时还不至危及生存，也就乐得掩耳不闻，即或听着也就呼吆两声算了，盖一方固要欺下，一方也不得不蔽上也。

乃至到了一个时候，世界上不驯之民逐渐多起来，逐渐动起来，他们也觉得这事有点不大妙，同时他们自己之中也像失却了主宰，顺应无所适从，阵容当然有点混乱，同时却又不能不力求完整，这怎么办呢？

于是来了这丑角的最后一手。

青筋红脸，胡须直竖，帽子向前额一按，小圆眼睁起，鼻头上的那团白显得越白了，红袍的下襟也拉起塞在腰带上，然后用食指向前一指，脚抖抖地退着，口中喃喃有词，词中并不文雅，并不像先前那么含蓄，只是心中直话，也是丑角本色，锋芒尖锐而立场显明，声音激昂之至，但仍不是"唱"而是"白"，旁人看来拍手了，发笑了，他却仍旧那么自然，那么卖劲。

他想感动人，但为丑角所感动的事实上也只有台上那群赤膊打跟头的下级丑角，真正观众也不过笑笑完了，因为他们明白丑角也是一种职业，平常人是犯不上那个的。

丑角的最后一手原是不得已才显出的，想把乌烟瘴气集拢了来，如果这效力太小时，纵然是丑角也不能不有一股悲哀吧。

12月21日听某先生讲演有感

（本文原载1937年1月10日《清华周刊》第45卷第10、11期合刊，署名甄奊）

所谓亚洲国联

4月22日天津《大公报》东京电载有下述的消息,谓"日本外交观察家相信,区域的安全制度将继国联之原则而兴,如法国所提倡的欧洲集体安全组织,美国所倡导的泛美洲大会,故日本某某界现复倡组织亚洲国联,而由日本执牛耳之议,以保障东亚之和平,据云一般人士对于国联不能救护亚比西尼亚,渐觉以全世界之规模保卫和平,实难收效,不如由各大陆自组团体,担保当地之安全云"。这件事实对于今日国际关系和中华民族本身都有重大关系,我们需要对它有一个全面的认识。

在这里我们首先应当说明的是日本为什么要倡导这一种组织,是为着保卫和平呢?还是促进战争呢?这只要我们看一下日本是一个怎样的国家就可知道。欧战以后,日本是一个帝国主义的暴发户,因了国内原料和市场的缺乏,它利用着各帝国主义间的矛盾而日渐向外侵略,以解决其内部的恐慌,这只要我们看一下近年来我国的国难史,就可知道。到了今日,世界上的殖民地差不多已经瓜分得尽净了,日本再要侵略,和其他帝国主义者发生冲突是不可避免的事情,但在这东非风云紧急,希特勒撕破罗加诺公约的时候,日本知道欧美帝国主义者无暇以绝对实力来卫护彼等东亚利益,同时日本为了讨好各帝国主义者,又时时以进攻苏联的先锋自任,他这种在亚洲的积极侵略政策,当然也就是进攻苏联的又一步的准备。而亚洲各民族除日本外，又大都是些殖民地或半殖民地的弱小民族，其中最主要的对象当然是中国。自从1931年日本占领满洲以来，经过这几年的什么《塘沽协定》《何梅协定》，以至中日满共同防共协定，中国外交政策的节节投降使日本更其侵略得日益加紧，在今日，冀东自治政府成立了，冀察政府委会成立了，新的二十一条提出了，退到堪察加的理论出现了，这一大堆现象说明了一个事实，那就是中国由列强统治着的半殖民地急骤地变成日本帝国主义者的殖民地了，在这种客观情势之下，日本来倡导组织亚洲国联，是有其重要意义的。它一方表示着日本在各帝国主义竞赛占领殖民地过程中的发展路线和积极作用，同时也是驱逐欧美势力，使中国加速殖民地化的一种手段，并且企图借这一组织结成一种泛亚洲的强固集体以进攻苏联。在目前各帝国主义间的矛盾，帝国主义者与苏联间的矛盾，表现得都非常尖锐的时候，日本利用着客观条件来组织一个亚洲国联，是有其积极的重要性的。

同时我们也不能忽略了日本所以必然要出此的内部原因，自从二二六东京政变以来，军事法西斯蒂表现着强烈地抬头，议会事实上成了一个空的头衔，广田内阁开始就声明了变更以往的万邦协和政策为专注重对苏和对华的外交活动，在最近日本外交使节的调动上，我们可以显明地看出军部之绝对的支配权来，适应着国内及殖民地的生活不安和经济衰落，为了镇压革命势力及解决经济恐慌起见，于是就更疯狂地增加预算、扩充军备，更积极地来侵略殖民地了。在这种意义上说，日本提倡组织亚洲国联也是有其必然性的。

我们这里必须认识日本所倡导组织的亚洲国联是和法国所提倡的欧洲集体安全组织根本不同的。法国本身固然也是一个帝国主义的国家，但在世界的各帝国主义国家中是可以分为两个体系的，一个是以保存现状为目的的凡尔赛体系，一个是主张以战争来重新分割殖民地的反凡尔赛体系；在历史的前进意义上讲，在全世界广大民众的要求上讲，保卫和平和反对帝国主义战争都是带有一种进步意义的，而在这点上，法国所倡导的集体安全组织是正配合着这种要求，所以苏联、捷克、南斯拉夫等爱好和平的国家都加入了。但在日本所倡导的亚洲国联上就完全不是如此，他们是主张用武力来征服其他亚洲各弱小民族的，他们不是为的和平，是为了战争，这在"而由日本执牛耳"一句话上就充分的表现出来，和平在这里只是旗帜，只是一种掩护的盾牌。倒是与美总统所提倡的统治全美洲的泛美洲大会，还有几分相像。

至于国联的无力是很久的事了，希望这种组织来主张公道和保卫和平，只有中国的政府才会梦想，日本自己又何尝不知道，它自己不就是不服从国联决议而退出的吗？所以国联不能保卫和平，并不自阿比西尼亚事件起，阿国的不像中国这样也是靠自己的力量的。但这种"无力"与"全世界之规模"并不相干，如果性质不变的话，虽由"各大陆自组团体"，其结果当然也是一样的。不过好在这都只是些表面上的述说，也就不必多说了。

认识了所谓亚洲国联的本质之后，我们看到了日本帝国主义者的加紧侵略，中国政府的节节投降，我们也听到了世界各地弱小民族的怒吼，阿比西尼亚的英勇抵抗，事实已经很明显，民族的生命是要靠大众自己来维持的，战呢？降呢?已经到了最后的一关。

(本文原载 1936 年 5 月 6 日出版的《清华周刊》第 44 卷第 4 期"清华论坛"栏,署名昭琛)

沧石铁路的建筑问题

沧石铁路建筑的提起，在我国方面是很早的事情，远在1907年津浦路尚未完成的时候，就把这条路线拟好了，但因为什么官营商营的问题，一直没有成为事实。民国十七年北伐成功后，曾经一度计划测量一次，但毕竟也是因为财政困难的问题，不久就又搁起来了，一直到最近冀察政委会成立后，这条路线又被重新提起，并且依照现在发展的情形看，大概是不久就可开始建筑的。

这次幕后的策动者，当然是日本帝国主义，4月26日天津张园华北日本武官会议的决议案中关于开发华北经济问题的最重要的一项，就是沧石铁路的建筑问题，同时并决定由石家庄更延长至岐口，并且这问题的提起，并不始于这次决议之后，大概在冀察政委会成立之初，这问题就被提出来的。因为这在中日满经济提携中，算是最重要的一项，也是必须马上着手办理的一项，所以日本是定要早日促成的。我们由《申报》4月26日的天津专电，可知这事情已经筹备得有了相当的规模，而26日才正是日本武官会议的日子，可见发动大概很早了，《申报》电中说："沧石路修筑计划已妥，现正购办建筑材料，不久即可动工……至于建筑费问题，拟暂由北宁路局拨付，工程局设沧县，技术人员由满铁津事务所援助。冀察政委会对修筑沧石铁路事，俟交通委员会成立后，责成该会主持兴筑，先派队测量。"这显然是一切已经计划就绪了。

　　沧石铁路依民国十七年的估计约需款一千六百万元，这笔巨款的来源在哪里，难道真的是北宁路局吗？我们知道北宁路局的收入赢余，是很支绌的，关外段失去以后，更其显得穷困，决没有这么大的余力再来兴筑沧石路。果然，5月1日华北的星报已载有"沧石铁路造费协定，已与日方商妥，借资一五，〇〇〇，〇〇〇元"，到5月9日，《大公报》也登出北宁路局长陈觉生已与满铁理事石本商妥，所有建筑沧石铁路的一切经费材料与技术人员，皆由满铁协助的消息。同时满铁理事石本与满铁津事务所所长太田与我方当局的应酬频仍，冀察交通委员会与冀察建设委员会的迅速建立，都给我们带来一种不幸的暗示。我方既然唯命是听地遵办，在日方又急于观其厥成，所以我想大概快成为事实了。

　　日方为什么这么热心沧石铁路的建筑呢？这只要我们看一下沧石铁路在华北的重要性，就可知道了。沧石路东起沧县，西至石家庄，长二百二十一公里，这路建筑以后，主要的是使津浦、平汉两大干线连于一起。我们知道津浦路贯穿河北山东，平汉路通过河北河南，而石家庄又是正太平汉两路的交合地点，从这里可以与通贯山西全境的同蒲线取得联络，同时平绥路的实权日人又早已在握，所以日本如取得沧石路的权力以后，可以把华北的铁路连为一起，任其左右，在军事上有很大的价值，对于镇压中华民族的反抗上，极有帮助。另一方面，此路完成之后，华北的经济权当然也就握在日人手掌中了，此路沿线人口共约三百万，农产甚为丰富，同时山西的煤铁，河北南部的棉花，及其他农矿产等，日人都可很快地藉此席卷而去，日本深知道在征服殖民地上，铁路权的获得是有着极大的意义，南满铁路的成功已经给了它深刻的经验，所以此次仍由满铁承办，由这里我们也可以认识出华北现在是又亟亟地走向东北的旧路了。

日本近来与华北当局交涉的事件，除所谓缔结防共协定以外，就是经济提携，据冀察建设委员会主席门致中氏表示，"该会职权包括甚广，除铁路公路建筑外，举凡水利，林垦、渔业、矿业、农业等皆在其列"，这些依正常状态说，都不是地方建设机关所应管辖的事业，好在这里是特殊情形，又有友邦的协助，一切尽可顺利进行了。

我们对于生产建设，当然深表同情，不过看了这种由外人主持的经济提携下的建设，实在难以苟同，因为它给我们带来的不是生活水准的向上而是奴隶地位的沉落，不准翻身的锁链，在这种情势下，除了自力卫护生存外，还有什么法子呢？

（本文原载1936年5月20日《清华周刊》第44卷第6期"清华论坛"栏，署名昭琛）

奥内阁改组

据天津《大公报》载 14 日维也纳路透电："奥内阁经重要改造后，总理舒斯尼格兼长外交国防两部，遂成奥国之唯一狄克推多矣。（中略），内阁议决今后凡最重要内外政治事务，应悉由舒总理掌之，此举志在将准备建造奥地利之各种力量，作有力的集中。（中略），此次内阁改造最可注意之特点，为副总理兼内卫团领袖史太汉堡之失势。（下略）"

我们知道奥国是欧洲战争的火药库，是国际关系最复杂的一个地方，它位于多瑙河上游，控着巴尔干的门户，要想攫取多瑙河的经济利益而伸足南欧，奥国当然是必争的地方。但自第一次世界大战结束以后，奥国带着圣日耳曼条约的锁链，国内富源分割尽净，成为一个残缺不全的国家，各帝国主义者的分赃，在这里显得也特别不妥帖；到了现在各国内部恐慌分外加强的时候，对于奥国自然成了一种互相对立的状态，而表现得最强烈的就是德意两个帝国主义，希特勒在《我的奋斗》中对于第三帝国的野心，说得已经很详细了，德奥合并当然是国社党的预定计划；意国为阻止德国南下和树植自己在中欧的势力，当然也要尽力拉拢奥国，这些只要我们稍微回顾一下奥国的内部情形，就可知道了。

自大战以后，奥国一向就在协约国的监视之下过乞怜的生活，1922 年国际联盟订定恢复奥国财政和发展工商业的计划，并且限制德奥合并，此后奥国遂在英法意等国的卵翼下过活。自1932年基督教社会党的领袖陶尔斐斯上台后，就应了地主与资产阶级的要求，努力想建筑一强权的政府，所以一方反对德奥合并与国社党运动，一方又竭力镇压下层阶级的活动，陶氏如要应付德国的威胁，当然要找外国的帮忙，这正与意国发展中欧势力的企图相合，两方遂勾结起来，1934年奥国国社党分子发动了七二五政变，刺杀陶尔斐斯，政局一变，继而上台的就是现总理舒斯尼格和失势的史太汉堡的双头政权。

舒氏是天主教党，陶氏之承继者，史氏是半法西斯军事组织的内卫团的领袖，主张复辟的人物，在内阁中的权力很大。复辟是抵制德奥合并和进行高度法西斯化的一种手段，又可以镇压下层的革命势力，所以急激地进行。但因为国外的反对声浪，和国内的财政拮据等原因，一直没有实现，同时舒斯尼格在国内所主持的爱国战线，和史氏的暗斗也很激烈。

当德国进兵莱茵之后，意曾在罗马召集意奥匈三国会议，订定三国议定书，后来奥国也就宣布恢复征兵制，违反圣日耳曼和约，这当然是对德国的一种回答，这次意大利在东非有事，本来是德奥合并的好机会，但一方面希特勒正在为撕坏了罗迦诺而受各国非难，惟有意国还给它点眉来眼去，一方自法苏公约签字以后，连同小协约国这一个大集团，都正在努力建立欧洲的集体和平，所以希特勒只好暂时把这问题搁一下，但策动奥国内部国社党的活动，是仍然很激烈的，意大利自从东非战事以来，对欧洲就有点无暇照顾，同时因了财政的支绌，对史太汉堡的补助也必减弱，这样奥国政治上的内讧，就很容易发生的了。

那以后事态的发展，说是要看国际间具体的客观情势而论，但就奥内阁改组这一件事情说，我们也可大致说一下，史太汉堡失势以后，复辟的实现恐怕不得不耽待相当时日，本来复辟在国外——尤其是小协约国——就很容易惹起纠纷，同时国内也不是大众所赞成，这次事件以后惟有暂时搁置。同时法西斯的倾向也要抑制一点，借以巩固政治的信用。就国外说，希特勒虽然欢迎史太汉堡的失势，但新阁对于希特勒的第三帝国计划，也未必有助，因为新阁也不是亲德的。对于莫索里尼所主持的意奥匈集团，一时也决不至于破裂，观舒氏立电罗马解释外交府策的一仍旧贯，可以知道。不过和意采同一步调，同进同退，相信有相当困难。至于英法与小协约国，当然对新阁表示好感，因为这对于奥国的独立前途，的确是有点帮助的。

本来中欧的国际关系是非常复杂，奥国这次内阁改组，对于国内和世界都有重大影响，奥国近年来国内法西斯蒂与社会主义者领导的反法西斯运动，斗争极为尖锐，同时各国对中欧的外交姿态也都是尽力地钩心斗角，所以这件事情的前途是值得注视的。但我们要注意舒斯尼格与史太汉堡之间，并没有绝对的本质的差异，所以我们对于事情的估计，也就不能太夸大了。

（本文原载1936年5月27日《清华周刊》第44卷第7期"清华论坛"栏，署名笑谭）

中央和西南

中央和西南的所谓团结问题，一向就是若即若离的，有些时好像关系好转了，但随即又停滞下来。自王宠惠回国奔走京粤以后，胡汉民氏的入京又风传一时，但胡氏竟于5月11日长眠了。这以后接着就是京粤双方的志哀、治丧、公祭等，中央也派居正等八大员赴粤致祭，但这些都是其次问题，主要的是究竟中央和西南的关系因了胡汉民的死会发生怎么样的变化。

据说胡先生是有一贯政治主张的人，所以合作问题也不仅只是权利的分配问题。但胡先生的主张一向在北方报纸上就不大看得见，这使我们感到在今日有言论自由的人也实在就不大很多。我们也不知道胡氏死前团结的好转究竟到了什么程度，但胡氏死后有遗嘱是明事，中央社的电报也说由胡氏口授，萧佛成氏笔记，并有陈济棠等十余人签名作证，而且西南政委会全体议决接受尊重。这中间虽然治丧的规模尽管宏大，甚至某要人把百年后的葬地也情愿奉让，但遗嘱的原文却一直没有看到。这对我们当然很关心，据英文报纸登载的大意说：胡氏以为三民主义为救中国之唯一途径，但非抗日不足以言民族主义，非打倒独裁政治不足以言民权主义，非剿除共匪不足以言民生主义，故此皆为中国今日当务之急等话，这说明了胡氏的意见和中央还相差得很远，就这遗嘱已为西南政委会全体接受一点说，当然西南和中央的团结还有相当的距离了。

就冠冕堂皇的主张说，双方的不同当然在抗日与打倒独裁政治两点上，剿匪是双方共同主张，我们这里可以不论。在胡先生的意思，当然中央是不抗日的和独裁的，但至少中央最近在政策上并没有改变，这也是不能公布胡先生遗嘱的理由，如果我们认为胡先生是位以政见为前提的人，而西南又真的接受了胡先生的遗嘱，这团结的前途自然就更悲观了。

我们再引几句西南桂省领袖李宗仁氏的言论，看看他们的具体主张，李氏在论中日问题一文开头就说："目前中国所最迫切需要者，为整个民族救亡问题；为争取中华民族自由平等，保卫中华民国领土主权之完整；必须不许此不死不活之现状，继续下去，必须改变此苟安因循之现状，尤必须发动整个民族解放战争……"够了，这已经说明了西南实力派的抗日主张。

在中央呢，一方面利用了它政治上的优越势力来不使西南的势力和论调溢出西南的统治区域之外，一方又竭力拉拢着商量团结问题，同时对于各种政策方面，当然也是继续着保持原状。

简单地说明了双方的态度以后，我们当然起了一点疑问，就是既然这样，为什么还尽管商量团结呢？为什么西南不发动来抗日或打倒独裁呢？这我们就不能只满意于上面那些事实的叙述，我们需要点更深的理解。

就中央方面说，西南这种半独立的存在，当然是它统治势力的一种威胁，同时各地的潜在的反中央的势力，也很可能有时勾结起来，如西南高唱抗日，而与冀察政委会交涉颇密，胡氏代表任援道一来北平即被任为外交委员会委员等现象，所以需要一种和西南进一步的合作。再说西南的论调还相当地迎合着一部分人的要求，尤其是一大部的旧国民党员，中央在要执行所谓"宪法"等政事，"几全大会"等党事，都需要和西南有进一步的合作。这样，就没有要人们敢公开骂独裁，骂不抗日，纵然是拱送了华北。所以团结的发动者常常是在南京方面，看此也就可以明白了。

关于西南方面，广西的反中央态度自然要更坚决一点。广西是一个很穷的省份，中央的势力插入川黔滇后，广西的收入更少了，这也是反蒋的一个原因。不过广西领袖们近年来对于内政各方面改良主义的努力，却也的确获得了部分的效果，广西对于反对中央的主张，自然也要更坚决一点。但广东的态度就不然，实力派领袖陈济棠的目的，也仅只是保持在广东的统治地位而已，他不愿作了中央的附庸，当然就不能和中央彻底合作，但也不愿与中央摆脱联系，这样对于财政的筹划和军队内部的维持上，都有相当的困难，但想要能够保持现状，就不得不结合广西以巩固一方，这对于广西的财政当然就需要给点经常的补助，这也是双方结合的一种条件。同时陈济棠氏也当然得对于广东的旧国民党元老们尽力拉拢，这一方面有对南京讨价还价的借口，一方也的确是维持自己政治地位和对广西的关系的一种手腕，因为事实上他们是有相当的潜势的，自然元老们也乐得这样。

除了上面所说的以外，中央和西南的一个根本冲突就是帝国主义在华经济利益冲突的反映，英日帝国主义者在华南经济利益的矛盾，使得西南和中央的团结永难成为事实。这自然也是半殖民地上一般的现象，西南的高倡抗日和中央的敦睦邦交自然都是有它的背景的。

胡汉民氏在西南的位置是一方以国民党元老的资格可以借其号召来威胁中央,一方面他对于粤桂的结合事实上尽着相当联系的作用。他死了以后,在中央自然要乘这机会来努力团结一下,但看了上述的一切,前途恐怕是没有什么变动的。因为依西南说,的确是维持现状比较有利一点,所以纵然商量好团结,也必然地仅只是一定条件之下的某种事件之简单的合作罢了,例如过去的"几全大会"西南派遣几个不重要的代表到南京之类。

我们理解了这些情形以后,对于中央不必说,就对于西南所倡导的抗日和打倒独裁这些主张说,站在人民们的迫切需要上讲,也感到相当的灰心。这理由很简单,就因为我们所需要的不仅只是说话,而是马上的迫切行动,但这个任务除了人民集体地担负起以外,是很难依赖少数人的。

(本文原载 1936 年 6 月 3 日《清华周刊》第 44 卷第 8 期"清华论坛"栏,署名昭琛)

华北的汉奸舆论

站在人民的立场上，我们所要求的舆论是代表人民大众自己意见的东西，这在人民权利被压制下的今日，显然是办不到，所以在中国今日而谈舆论，不能不令我们感到相当的失望，许多有名的大型报纸都直接地或间接地代表着某一部分特殊人物的利益，大众的生活和需求很少顾得到，自然这也是这个社会的一般现象，中国半殖民地社会之特殊条件的具体反映。

但随着华北之由半殖民地转化为殖民地的急骤过程，在华北的新闻事业中也起了一个新的变化。这里出现了许多新的报纸，都带着强烈的汉奸倾向。这就是说这些报纸不仅只是代表着中华民族中少数特权分子的利益了，而是直接地代表了帝国主义的利益。在帝国主义者积极进占华北声中，它有着充分的粉饰和麻醉的作用。

当去年冬天自治运动倡导一时的时候，北平就出现了直接由××指挥的《新兴报》和《亚洲民报》两种，《新兴报》是小报，每张初出时只售一小枚，但因为它的社论可以直接代表某方意志的缘故，所以路透、美联等社都常引用它，《亚洲民报》篇幅较大，鼓吹大亚细亚主义很凶，但消息既甚延缓，内容也极简陋，不足以吸引读者。此外其他的名目尚多，如《冀东日报》等，在天津因为有租界的庇护，数目更多，去年夏天何梅协定前的华北局面，不也是表面上因为天津×租界刺死一个汉奸记者而引起的吗？

但像这种新出的带有强烈汉奸色彩的报纸，因了它的社会信用没有树立，设备规模没有历史，是很难拥有广大的读者群的，因而它的汉奸效用也就相对地减弱了。帝国主义者看到了这点，遂别开蹊径，企图改造现存的有历史信用的报纸，来达到它的汉奸目的。在这里，《庸报》就是一个显著的范例。

《庸报》是天津有名的大报之一，消息灵敏，印刷优美，虽然创刊时间并不太久，但已经有了很好的销路。自去冬被日本收买以后，因了还企图要维持旧日的信用和读者，改变得是相当的慢的。第一件惹人注目的事情是篇连载四十日的《国民政府政绩》的大文章，这里面依据了许多事实来指责现在的国民政府；我们就已经奇怪在今日的天下居然有人能有这么大的胆子，事实上《庸报》是因为这篇文章而销路加增了，读者增多了，但它的面孔也一天天地暴露出来，紧接着这篇就是歌颂冀东自治成绩的文章，以后在社论中，在来件中，它登载过国民政府和苏俄的秘密协定，华北走私是由于高的税率，增军是为了保护侨民，中日满须联合防共等意见。在新闻的编排上，采用的全是同盟社和大东社的消息，荒谬连篇。最近在一篇来论中，简直就说出河北省人民政府是亟亟希望××来统制的。《庸报》是在替谁说话，这些事实已经很显明地证明了。

我们对于这种事情能说什么呢？《庸报》是在内政部和中宣会正式立过案的报纸，天津是中国的领土，那里有的是什么新闻检查所，然而我们的中央和地方当局对这都是熟视无睹的，虽然里面多半的东西都在嘲骂他们。

当然任何的现象我们都不能孤立地考察，因而对于任何由现状发生的不合理的现象，我们也不能单独地去求解决。华北汉奸舆论的存在和发展事实上是现在华北状况之最好的说明和例证，所以在这里我们不单要认识了它是在代表谁说话，我们并且要知道为什么它会在这里存在和怎样消灭它的存在的根本办法，这当然又要牵涉到民族解放的一般问题上了。

（本文原载 1936 年 7 月 9 日《清华周刊》第 44 卷第 10 期"清华论坛"，署名昭琛）

关于二中全会

负有决定救亡大计和集中内部力量的二中全会，已于7月15日闭幕了。

在事先，我们对于这个会议始终望抱着热忱的希望的，这理由也很简单，当这敌人的刀子已经搁在脖子上，全民族正在遭受着生死的最后关头时，竟然有负有军政实际责任的领袖来主张抗日救亡，这在迫切着要求生存的人民立场看来，自然是无任欢迎的。然而我们决不因此而就主张西南去推翻中央，我们站在全国人民大众的立场上，动机非常单纯，要求也很简单，然而我们觉得关系却非常重大，这要求只有一个，是每一个不愿做奴隶的中国人的一致要求，就是要马上发动一个全民族的武装总抗战，这是整个民族和每一个人的生存和死亡，自由和奴隶的最后搏斗，我们不愿迟疑，事实也不允许我们迟疑了。站在这种立场上，我们不计较过去的一切是非得失，我们不愿苛责政府，我们只是希望政府能够配合着全国人民的要求，因此我们对于西南所倡导的全国立即一致集中抗日固然赞同，对于中央所主张的要集中力量，不要自肇分裂也予以极大的同情，简单点说，就是我们不但希望西南能够真正抗日，而且希望拥有绝大的财力和军力的中央能够切实领导抗日。我们不愿看到西南和中央因为争几县的地盘而使得华北数省送到敌人的手里，我们也不愿看到为了几个军政领袖的意见不同而自相残杀起来，因为在我们深受其痛的人民看来,现在还有什么意见,什么芥蒂,不可以用整个民族的生存来统一了的呢?

所以我们觉得当局在这个危急存亡,西南已经发生武装抗战的呼发以后,来召集二中全会以决定救亡大计的举动是值得赞许的,因而我们也就对它抱了极热忱的希望。在我们看来,中委萧佛成等二十八人所提的《目前抗日救亡最低限度之方策》是每一个纯正的中国人所最迫切的要求,也是解决现在内政外交的最大关键,因此我们想一定也是大会讨论中的主要项目,其他的问题我们觉得都是小的问题,我们相信在中央切实领导抗日救亡之下是没有人敢轻于掀起内战的。

过去曾经有许多人对政府表示过不满、不信任,我们不敢那么轻率,但当作一个二十世纪的公民说,我们对于政府同样也不敢盲目地拥护,我们要告给它我们所希望的是什么,我们同时也要督促它去实行。但站在一个现代国家的政府立场说,它应该在民众中树立对它的坚固信仰,不应当使大部人民有不满的论调,这当然是要拿事实做基础的,决不是禁止人们说话所办得到的。所以就过去一贯的事实看来,我们虽然对二中全会还抱着极大的热望,但客观上二中全会已经成为人民对政府的最后试金石了。

现在会议已经闭幕了,结果怎样?每一个留心点时事的人都知道,我们不想说,也不忍说。

我们始终认定二中全会的中心任务是在决定救亡大计,因为只有这才是全国人民的一致要求,也只有这才是解决目前内政外交纠纷的决定关键。关于全会中议决的什么撤销西南两机关和人事调动等议案,我们觉得都是比较次要的问题，只要救亡大计有所决定，这些都好解决，所以我们的论点也就集中在救亡意见这一点上。

全会对于萧佛成等所提《目前抗日救亡最低限度之方策》一案，经审查结果，认为："佥以事关救亡大计，五全大会曾有明确之决议，其进行之路径与步骤，中央亦有切实计划，本案似不必另有决议。"当经一致照审查意见通过。这意思当然是说今后政府对于救亡大计的方针，仍然是遵照着五全大会的"明确"决议了，就是仍保持"和平未到完全绝望时期，决不放弃和平，牺牲未到最后关头，亦不轻言牺牲"的大原则了。同时张外长也郑重地报告"外交尚有运用余地"，这更证明了现在并未到和平绝望时期的真实了。

在原则上，我们觉得政府的方针是对的，我们假设还可以不用牺牲而求得生存，自然是再好没有的事情；但是事实上因了走私增兵，飞机坦克车示威等种种事件，逼迫得国人不得不问究竟什么情形才是最后的限度？什么时候才可以放弃和平？对于这个，二中全会中蒋院长给了一段解释："更明白些说，假如有人强迫我们签订承认伪国等损害领土主权的时候，就是我们不能容忍的时候，就是我们最后牺牲的时候，这是第一点。其次去年十一月全国代表大会以后，我们如果有领土主权再被人侵害，如果用尽政治外交方法而不能排除这个侵害，就是要危害到我们国家民族之根本的生存，这就是为我们不能容忍的时候，到这时候，我们一定作最后之牺牲。所以我们的最低限度，就是如此。"这对于最后限度好像已经解释得很具体了，我们对于这话的原则，很表同情；不过在当局发这段讲演的意思，好像是一种未来情形的假设，而在我们身受痛苦的人民看来，这何尝有一点不是现在情形的说明？难道半年来日本在华北的一大串行为是没有侵害到我们的领土和主权？难道这一切还没有危害到我们国家民族之根本的生存？而我们的政治外交方法除了谈判三原则和订立防共协定以外，是不是对于这些既成事实有一点补助？拿蒋院长自己的话说："这就是为我们不能容忍的时候，到这时候，我们一定作最后之牺牲。"但一方面我们听到的仍然是外交尚有运用余地，不能放弃和平的政策，这是二中全会所给予我们的结果，是不是我们所希望的结果？

但二中全会是有它的结果的，紧接着它的闭幕，不就是自相残杀的内战的开始吗？这种自戕民族生命的内战，站在民族的立场上，我们无论如何不能容忍，我们要以全国民众的力量，给以有力的制裁，把它来转化为对外的抗日战争，我们希望西南能够采纳这意见，我们更希望中央也能采纳这意见，因为只有这才是中华民族的真正出路。

关于中央所持的外交政策，天津《益世报》评为只是一种外交辞令，在我们看来，与其说是一种外交辞令，毋宁说是一种内政辞令更妥帖一点，因为这除过对人民讲演以外，在外交上是没有多大用处的。不过从这里我们更知道了一点，那就是如果想要人民自己的要求实现，是必须人民自己起来作努力的。

（本文原载1936年7月9日《清华周刊》第44卷第11、12期合刊"清华论坛"栏，署名昭琛）

西南事件座谈

当我们把西南出兵抗日这一件事实拿来具体估计它的动机是不是单纯的？它的行动是不是彻底的？我们得到的当然是否定的答复；但问题不在这里，重要的是我们决不能因此而全面地否定了它的意义、前途和影响。在这整个民族生死存亡的关头，而好像很前进式的仅只要求最彻底的反帝社会层，单独地担负起抗日救亡的重任来，这不仅只是忽略了现实的认识不清的问题，在客观上他已经是直接地帮助了帝国主义者了。

在我们日前所需要的是全民族的总抗战的这一个原则下，我们尽可以不问西南出兵抗日是为了废除党治，是为了打倒独裁，还是为了私人间的恩怨？我们只看见它的事实上的表现，是的，事实上的表现，只有事实才是最好的说明。同时在这里我们也不能因为它还没有做到人民所要求的程度，就冒昧地马上给它一个否定；我们要具体地估计它事实上是在朝着哪个方向去做，在客观上究竟会发生怎样的反应，是不是有利于抗日前途的进展，只有根据事实的估计才是最可靠的。

同时帝国主义的压迫方式是多方面的，我们不能因为一个抗日队伍还没有和敌人起正面的冲突，就说他不是抗日的，这正如同说学生游行示威没有和日本人直接起冲突，就没有用的是一样的可笑，我们和帝国主义者所直接支使的汉奸起冲突，也就是和帝国主义者抗战了。

根据这种认识，我们觉得西南出兵抗日尽管他的动机不大纯正，尽管他还没有做到我们所希望的地步，但我们不能不注视这是在现阶段中华民族发出的武装抗战的第一声号炮，他会在抗日前途的发展上给以极有利的帮助，他会振发起民众自己的抗日行动，他会给无耻汉奸一个当头的打击，这好些不正是我们全国民众所迫切要求的吗？

我们不但承认现在西南当局还没有做到人民所希望的地步，我们并且觉得在它前途的发展上，他会遇到严重的阻碍，也许西南的领袖自己会放弃了这个行动，也许会逢到旁的队伍的致命打击，这些都是很可能的，但并不是绝对地不可克服的。

要使西南的抗日行动不至中途断送了有什么方法呢？第一，西南自己必须更彻底地站在抗日战线上，只有彻底抗日的队伍才能得到广大民众的同情，也只有彻底抗日的队伍才能得到最终的胜利。第二，我们必须要迅速地把抗日战线扩大起来，使西南的单独抗战变成全民族的总抗战，在这点上，是需要全国民众一致动员的。

我觉得我们对于这次内战再不能坐视了，我们不忍再看到残害民族生命的自杀举动，我们不再问谁是谁非，我们只要求以全国民众的集体力量来把它转化为整个民族的对外总抗战！

（本文原载 1936 年 7 月 25 日《清华暑期周刊》
"时事座谈"栏，署名昭琛）

世界运动会开幕

热闹一时的世界运动会开幕了，说热闹一时一点也没错，因为他确实仅只是热闹一时而已，说这话并不含有菲薄的意思，因为就现在举行的世界运动会说，除了在这恐慌的年头里点缀些太平的景象以外，确实很难找到另外的一些什么好的效果。

我们说这话并不是毫无根据，第一，这会并不配称作"世界"，在世界上有许多的国家（更不要说殖民地）没有参加，例如法国、苏联、西班牙和小协约，等等，这并不是他们抱有成见，不愿参加；而是事实上不能去参加，不必去参加，我们知道国际的事件都是互相关联的，就连运动会这事也不能例外，德国筹备运动会的目的并不真的在提倡运动，这只要看事实就可知道，大会中不准犹太人参加，甚至还要不准参观；参加的人员开幕时要围着国社党卐字旗行举臂最敬礼，高呼希特勒万岁和法西斯胜利；郭培尔代表德政府讲演精神训练；这些事实都是只注意于德国的"苦干精神"的我国代表团所不注意的，然而事实上却有许多开明的国家为这拒绝参加了，我们不管这些事实本身对不对，但这不应该在全世界的集会场合出现却是千真万确的，而且就现在参加的国家说，也有许多（例如美国和英国）事先都在议会里引起过激烈的辩论，反对参加的并不在少数，有许多的运动员都为这弃权了，所以其实这运动会仅只是部分国家中的部分人的罢了。

第二，这会也其实难叫"运动"，运动本身便包含有一般的普遍意义，而这却只是一种竞技罢了，说句不敬的话，我觉得跑十秒二的百米成绩有点和马戏班的高等演员同样的技术高超，难能可贵，我们并不否认竞赛对于提倡普及的意义，但一方面使得许多人都没有时间精力来实行运动，一方面却又竭力地来培养少数人专门训练运动技术，这种竞赛事实上已经成为职业性质的了。

我们若仅只看到了火炬游行的点缀，许多田径成绩的难能可贵，而忽略了火炬游行途中还有国社党员示威，痛打犹太人的事实，优异成绩的来源是吃上珍贵营养料，在优良设备下以职业方式训练出来的，那我们也许就会觉得真是全世界的盛会了。但不幸我们还知道这些，那我们就只好说它仅只是热闹一时而已。

但这并不是毫无效果的，许多国家都借这作外交内政上的某种张本，德国是已经胜利了，日本也要求下届在东京开会。我们中国虽然得分无望，但从南京聆训到乘轮归来这么长的时间，在政府要人的领导之下，对于国社党员的纪律和德国的"苦干精神"，一定可以满载而归了。

（本文原载 1936 年 8 月 8 日《清华暑期周刊》第 11 卷第 3 期，署名古顿）

伪军进攻绥东

据连日电讯，察北集有多数伪军，向绥远军东部进袭，情况紧张，而在傅作义部下司令赵承绶等督师痛剿下，击败伪军等消息。这确实值得我们注意。

本来自去年华北情况恶化以来，察绥的局面就更陷于危急的状态；但一方因了交通的阻碍，一方也是官方的有意掩饰，我们对于那里的情势，一向就不大明白。记得察北六县失陷的时候，我们事先在报上就没有看见过什么，直到失陷以后，当局还一直认为这只是满洲伪军的自由行动，事态并不算严重，而应付的手腕也只有恳求日方节制伪军而已。当时土肥原在北平慨然以调人自居，声言只要树立冀察新政权，冀东察北的退还是不成问题的。但到现在，我们上了土肥原的当，而这些好像却也不大有人提起。

伪军占领察北以后，政府就命令绥境蒙政会和百灵庙蒙政会分离成立，承认了既成事实的存在。但绥东五县原属察哈尔十二旗群范围，和察北的商都康保紧密相接，这样自然就成了进攻的目标了。近来察北伪军集合越多，都是新式军械，甚至有飞机坦克等武器，背景是不问皆知的。

日本攫取内蒙是大陆政策的一贯计划，这样他可以把中俄隔开，在蒙古树立强固的军事势力，把外蒙包围起来；在进攻苏联，保护"满洲国"傀儡政权，和镇压中华民族的解放运动上，都有着很大的意义。同时，在日方外交一元化，和中国正在调整国交，商讨华北经济开发的时候，伪军的进攻绥东是兼有威胁中国以达到某种有利条件的作用，因为这样可以使得他的态度更强硬一点，因而得到对他有更多利益的商洽。

那么蒋委员长解释和平的最后限度为"中央所抱最低限度，就是保持领土和主权的完整"，我们现在仍在抗抵张北日军两联队对峙，不知道这是不是已经损害了中国的领土和主权？然而我们所听到的却仍然是西南问题的解决对于外交政策毫无变更的郑重声明。

但另一面我们看到了赵承绶等监师英勇的抵抗，7月30日和8月2日，在和林附近击退伪军；这种光荣的抗战，显示着中国军队的伟力，说明了中国的将领，很多是有良心的爱国者。所以各界民众在十日携物慰劳；可知民众所尊敬的，所援助的，只有民族英雄，爱国军队。

我们希望政府不要再在"外交"的折冲下，而使绥东变成"察北"，我们更希望全国民众一致起来，拥护赵承绶军队继续地抗战。

（本文原载 1936 年 8 月 17 日《清华暑期周刊》第 11 卷第 4、5 期合刊，署名古顿）

华北经济提携

在南京的中日谈判还迁延的无结果的时候，以日方华北驻屯军田代司令与宋哲元委员长为对手的关于华北经济提携问题，却得到积极的进展了。天津日总领事堀内谈话谓："华北经济开发，为既定计划，不受南京中日外交影响，而有所变更，南京的交涉有圆满结果，当然可按照其方针进行，无有圆满结果，也要依循既定策划去做。"可见日方对华北的经济开发是有一个既定的策划，而其交涉的对手也不是南京政府，而是冀察政委会。对手南京说，日方要求的只是在调整中日关系中对于既成事实之法律的承认。在现在只是企图竭力造成一种更有利的既成事实，因而就采用了以华北驻屯军对冀察当局的会商方式。这当然一方面是利用了华北当局力量的薄弱，使日方的统治势力更向前推进和加深了一步，一方面也是对南京整个中日交涉投下了一颗炸弹，使南京对华北特殊化和中日共同防共等条件不得不采取事实上的承认。

关于华北的经济提携本是日方的重要目的，是自从冀察政委会成立以来就积极进行着的。不过以前因为负责的人选不定（如萧振瀛、王克敏二氏之去职），所以迄无具体结果。上次经宋哲元氏赴津与田代亲自磋商后，据云提携原则与经营方针大致已决定，而且事实上也已经在积极进行了。

冀察政委会新经济委员主席李思浩氏于10月15日就职

以来，即与日方积极商洽进行，据报载现在已经商好的大概有中日通航问题，开采龙烟铁矿问题，和津石铁路建筑问题三项，最近这些都可着手进行。通航问题已商妥，由中日合组惠通公司经营办理，初步协定已签字，大概期限为十年，暂以冀察两省为限。这是因为日方所定的路线为晋绥当局反对之故，现在已由张允荣与日方儿玉常雄两氏积极主持办理。龙烟铁矿在察省龙关宣花一带山中，铁质甚佳，前曾一度开采，后因政局关系停顿，现在已由冀察政委会委任陆宗舆负责，由中日共同投资经营。津石铁路是日方早就计划的一线，现在决定由日方供给建筑材料和技术人才，而由北宁路负责管理修筑。此外正在商洽的还有中日合办银行和河北省种植棉花，以及芦盐输出等问题。

我想关于这些事实是不是侵犯了我们的主权，和侵犯了多少主权，都是用不着多说的事情。日方飞机可至我国境内通航，除过单纯的投资的经济意义以外，是带有多少的侵略和军事意味，是很了然的事实。津石铁路一被他人掌握，则石家庄为平汉正太交点，天津为津浦北宁交点，连接平汉浦二大干线后，整个华北的交通枢纽全归他人掌握了。由此可以进迫晋鲁，垄断华北，而一切物产如山西之煤，冀南之棉等，当然更不成问题地可操纵了。这样下去，华北是不是已经成了僵尸，是否还是中国的土地，何况敌人的进攻此外还采取着政治文化等各方面的形态呢。

此外日方还在天津等都市利用了所谓中日民众合作经济事业的名目，建立了许多的企业，使微弱的中国工商业自此更无法抬头，整个地沦于日人的怀抱里。其事业大概有下述九种：一、纺织厂；二、制纸厂；三、电业公司；四、碳酸加里厂和华北盐业公司；五、中日贸易公司；六、华北实业公司；七、天津建筑协会；八、山东矿业会社；九、日满商业株式会社（据《申报》天津通讯）。我想读者只看看名目也可以知道现在的华北经济情形是到了什么地步了。

然而无论我们怎样说这局面要不得，但事实上报纸上却大字登着"中日经济提携已入实行阶段"了，所以问题是在实地的防止。在这里我们不但希望中央对中日交涉要力守二中全会不再丧失土地主权之诺言，而且也希望华北当局要负起维护土地主权的实际责任，同时全国民众当局了解这新事态之下的新的事件是具有怎样的性质，而努力团结起来为民族国家服务，促成解放之彻底的任务，我们迟动作一天，我们的工作将更艰巨一点，还是全国民众和政府当局都应该注意的。

（本文原载 1936 年 11 月 8 日《清华周刊》第 45 卷第 2 期，署名古顿）

北平学生慰劳灾民

在华北日军大演习之后，北平的学生发动了大批同学分五路向四郊被灾区域的人民慰问，是非常有意义的一件事情。

在敌人逐步侵略的情形之下，北平近郊一带的居民对于敌人已经不是一种"无知"的态度了，强租房屋、贩卖毒品、红色飞机，这一大串随着而来的王道德政，他们已经领略了不少，但对于敌人所直接支使的武装部队，对于平时所想象的最厉害的敌方军士，还是第一次给他们一种实地的刺激。以前日军虽也有演习，但并没有这么规模大，也并不是在普通民众的居住区域，所以对于演习区域的人民说，这确乎是一件不平常的事实，他们不得不重视这事实，不只是为了初次领教的新奇，而是为了对于自己将来生活的一种预测。

这事实在普通民众的脑中会发生怎样的影响呢？如果是较为清楚一点的人民，从他们以往的经验和知识，知道了这将是亡国灭种的更进一步，但他们又看到处处还有中国官员的招待，而且进行得很顺利，像太平无事似的，那么他们虽然感性地意识到这是一种危险，是对于他们生活的一种当前威胁，但他们将会感到这已经是毫无办法，有的只是痛苦和忍受，眼前的现象会自然地使他们堕于听天由命的悲观主义的想法里，这里他看不出自己的力量和中华民族的伟大前途，看到的只是一条死亡的道路。

假设日军这次的演习是极其残暴地到处欺侮人民的话，那么大部的人一定会发生一种悲观的痛苦想法，像我们上面所说的那样。但事实上日军这次演习的秩序还相当的好，而且日方也正在利用这种优柔办法来收买人心，许多被现实生活压榨得受不了的中国人民，他们近视地会想到日本人来了倒还比较好点，生活还须会安定一点。譬如说前几天一毛钱卖六个柿子，一天也卖不了许多，但日军演习时期一毛钱三个都供不应求，其他开小店的、卖食物的，都作了成天好生意，而且日人对他们的态度也相当和气，这些事实会使他们减低了抗敌的情绪，觉得日本人也并不可怕，这主要的当然是由于他们过去并未得着什么中国官吏的好处，是由于他们急于想解脱生活的困苦，因此就把这一时的事实近视地估价成为一种安乐的幻想，希望从这里能够得到点生活的安定，这不用说更是一种最坏的影响。

基于这种估价，在刚才那一幕印象还显明地存在于一般居民的时候，在他们正有问题需要解答的时候，北平学生适应着这种情势，利用了知识分子所具有的敏感认识，来发动这一次行动，是非常有意义的。利用了具体事实来作解说，使所说的话和他们的生活实感联系起来，才会发生宣传的最大效用。在这次事件以后，如果做得好的话，不但可以消极地说服一般民众的不正确的看法和幻想，而且也由此可更坚定地树立了他们的信仰和目标。

同时这种行动对于学生群本身也是一种极大的教育作用，可以使他们从实践中理解了中国一般人民的具体要求和政治水准，使他们明白了真正的大众和脑子里空想的大众的区别，因而更重新确定和执行了一个学生在半殖民地解放运动中的历史任务。

　　当然，我们这里仅只是阐明这次行动的意义，甚于实际上究竟能发生多大效力，那就要看北平学生的主观推动力量了。

（本文原载 1936 年 11 月 15 日《清华周刊》
第 45 卷第 3 期，署名古顿）

绥远局势严重

据近几日来消息，绥远的军事情况已经由对峙的局面展开为一个全面的战争了。《世界日报》16日归绥专电称："王英匪部向陶林急进，绥东今日续有激战。某方坦克车飞机均助战。我军沉着抵抗，匪部终未得逞。傅作义及骑兵师长彭毓斌，亲在前线督师。现绥东伪匪军增至二万，日内将有主力战。"同日中央社电："绥东战事渐烈，某方运毒瓦斯若干到商都。"其他关于绥远的消息尚多，想本刊到达读者面前时，这局面已经又有新的展开了。

绥东的对峙局面是很长的一个时间了，它的意义和背景，也是大家所熟知的事实。但到达今日，在南京的中日交涉正迁延不得结果，冀察的经济开发进行得十分顺利的时候，敌人的实力侧向了绥远，企图把这一块久在意图中的土地来乘机携向手中，作为进占整个华北的一个新的胜利，使满蒙打成一片，使中华民族的灭亡又向前推进了一步。对于这种新事态所应当采取的对策或行动，无论政府或民众，无疑地应该是实力的阻止，是一个英勇的抗战，而且我们的军士也正在执行着这一英勇的抗战。

然而仅只抗战是不够的，我们抗战不是为的失败，而是为了胜利，拿抗战来掩护失败是并不比不抗战好一些的，我们不但要有抗战，而且要有抗战胜利的保证。怎么样能保证我们抗战的终极胜利呢，很明显的，就是赶快把这局部的抗战转化为一个全民族的总抗战。

我们说绥远抗战是中华民族解放战争的第一炮，这种估价是基于客观上转化的可能性和我们主观的希求上，是否真的能够做到这样，还有待于全国民众对它所加的推动力量的决定。如果我们现在对绥远的抗战采取了一种任其自然生长的无视态度，则这"第一炮"以后很可能地会变为没有声响了，接着来的是绥远的沦亡，华北的全部丧失。

我们现在对绥远长官的英勇抗战是敬佩的，对山西将领的决定守土是赞仰的，但须注意，这些是抗敌胜利的条件，但并不就是抗敌胜利的保证。就不用说晋绥当局抗敌态度的坚决上还有待于民众的鼓励和督促，就假设晋绥将领真有决心牺牲到底的话，仅只这一部分力量也是不够的。

这里我们并不是忽视了绥远现在进行着的抗战的意义，现在虽仅只是一个局部抗战，但它与淞沪战争、长城战争的仅只是限于局部抗战的情势是不同的，在现在中华民族的存亡关头和举国一致的抗敌情绪之下，它很可能由此转化为一个全民族的总抗战，而且我们相信中华民族的总抗战也只有由局部抗战的导火线才能很快地开展起来。但须注意，这仅只是一种可能，而并不是一种存在，把这种可能转化为现实是须尽极大的推动力量的，这就是每个人在这一时期应做的中心任务。

举例说，《世界日报》11月17日归绥电："主力战爆发在即，飞机时至我阵地上投弹，集宁现为军事重心，傅作义在集宁指挥。我方缺飞机及防毒面具，亟待各方予以援助。"这说明了两方军事的大致情形，晋绥军缺少飞机，而飞机在近代战争中是占有极重要的地位，这都是人所共知的事实。但我们知道中央并不缺少飞机，而且就前些天人民献给了蒋院长的说，也并不是一个很小的数目，如果这些不能用于抗战，则绥远当然会遭到失败。其他各种人力物力都是如此，抗敌的胜利是只有全民族总动员才会有保证的。

现在进败的主力部队还是匪伪军，虽然有某方新式的飞机大炮等军事武器和军官的直接指挥，晋绥军还可勉强支持一时。但这马上就会变成一个中×间的直接战争，会和敌人的武装主力部队直接遭遇，要使那时候也不会失败，必须现在马上就给以一个全面的总的支持。这是当前最重要而必须马上做的一件事实。

这里当然首先是应该要求中央政府给以有力的军事和财力上的支持，对于国内其他各将领和各党派当然也应该要求他们一致行动，我们现在认为我们这一要求在目前不但是必要，而且在现在的情势下是有充分的可能，最重要的迫切任务就是把这可能来转化为事实。

站在民众的立场现在所要做和所能做的，就是应该以一切已有的救国组织来有一个坚决的表示，这表示的方式要视客观情势而定，但最重要的意义还是着重在要求和督促中央政府全力保卫绥远和武装守土上，因为这对于政府是一种坚决的民意表示，对于民众也可以使其觉悟到现在的当前形势和急迫的任务。

（本文原载 1936 年 11 月 22 日清华周刊》
第 45 卷第 4 期，署名古顿）

二十九军演习

在华北日军大演习之后，中国的二十九军也在河北的固安一带举行演习了，参加的有二万余人，冀察的高级官吏全体参加，同时北平的学生也组织大规模的参观团去慰劳参观，并举行授旗典礼，在这日与敌人相接地带的河北发生这样的事情，当然是值得国人注视的。

在好的意上估价，这是对敌人演习的一个行动的回答，表示着中国军队的实力和守土的决心，同时也是抗战的一个准备演习，紧接着将可能是这一行动的实际展开。对于这一估价的是否真确，我们可以很简单地用下述的话说明，就是上面的这种可能性是有的，但它主要地是存在于行动表现的影响上，而不是在二十九军高级将领的主观企图上，这很可能是为了要使军队南调或遮掩人民耳目才举行的。所以我们对于上述估计的可能性的存在，是承认的，但说它因此就能转化为现实时，则无疑义地是太乐观了。

但我们仍然不能忽视了这次演习的意义，就因为在客观表现的影响上确实是有这种可能性的，虽然并不太大。基于这种认识，北平学生组织了大规模的参观团去慰劳参观这一举动，实际上也就是利用主观力量来推动和扩大这一影响的行动，使它的可能性逼近了现实，使二十九军的抗敌情绪因此提高和增大。

首先，这对于士兵就是一种刺激，他们由此更相信了自己的力量,更觉得抗敌的迫切需要,这一心理将会影响到长官身上,使他们感觉到究竟做什么事这些士兵才会替他拼命,才不会自动瓦解。同时学生们诚挚的态度和对他们希望的热烈也会打动了士兵的心,使他们明白了为什么这一群娇养惯的年轻人也会跑了这么多路来受罪,而且对他们那样亲热和诚恳,前些天敌军演习的情况他们还都记忆着,在这里友敌的界限会自然地提高了他们的抗敌意识和情绪。

对于学生群自身也同样地有一种教育作用,他们会由此知道了救亡事业前途的光明,知道了社会中存在着许多的潜伏力量将都是抗敌战争的主力部队,使他们从生活的一环透视到另一环,知道了启发这些力量和利用这些力量的当前需要,而觉悟到在救亡工作中今后方向和任务。

同时这两种人在那一场合的互相内心的了解对于高级官吏们会发生一种极大的影响作用,由于学生们的热烈和士兵们所表现的情绪,会使他们的态度相当的动摇和不安,而转化为抗敌战线的可能性也就跟着相对地增大了。

所以我们虽然不能盲目地过分乐观,但也不能忽视了这一事实的影响和意义,虽然北平学生这次行动的各方面都不见得怎样好,但由行动中终久是会得着新的教训的。

(本文原载1936年11月22日《清华周刊》第45卷第4期,署名浦溶)

绥远抗战前途

在绥远的前方将士正在执行着英勇的抗战的时候，援助绥远的呼声和行动已经布满了全国，差不多各较大的地方都相同地发生着大规模的募捐、绝食、战区服务等运动，这证明了抗战前途的胜利有望，和中华民族的未来光明。这证明了社会上各阶层都已经被这问题引起了严重的注意，许多平素不大关心国事的人也都每天注视着报纸，而且大家都很兴奋地准备着尽自己的一份力量。

这当然是极可喜的现象，而且也是发动一个抗战后民众们表现的必然现象，但这仅只是热情，仅只是个人的兴奋，虽然团体也是很薄弱的组织（例如学校单位等），对于整个抗战的帮助是有效力的，但是不够的，而且也没有能够发挥了它所能发挥的力量，这是需要每个人来注意的。

依财力说，民众所能够帮助的应当是补充的力量，而不是主要的力量，靠绝食募捐的款来当作主要战费是谁也知道不可能的，我们并不反对这些运动，因为它的确有帮助，虽然并不是根本办法；而且绝食募捐等行动的另一方面的主要意义，还在于扩大它的政治影响上，这一些人的热情举动将会影响到另一些人，而谁捐了两毛钱也不单纯地是好像做了件慈善事业，这能够唤起国人对绥事的注意，能够号召起广大的民众力量。依这点说，这种意义都还做得不够，各地的募捐和绝食等运动都还仅只是限于教育文化界的领域，并没有使它扩大了和深入了各个阶层的民众，因而它的政治影响也就相当地削弱了。而且以这种行动来扩大影响是一种较低级的无力方式，它的作用是有限度的，所以在使全国民众都积极注意这事实和督促各方的抗敌决心说，各地已有的救国组织应当更发动和号召一个较有力的民意表示，仅只作募捐运动是不够的。

若就募捐绝食等所得的财力而论，所能做的也仅只是一种补充作用，而且整个抗战的重要支持，还不仅只是财力问题。这些运动都是极有价值的，但须是在发动了一个全面的总抗战以后，民众所给予的可能物质支持上，而现在却还有一个更重要的先决问题，就是督促各实力派赶快发动一个全民族的总抗战。

依现在的军事情势说，虽然报纸上大字登载着我军进占百灵庙，但正如《大公报》短评所说，伪军背景愈来愈大，预料主力战将于最近展开，可见前途依然暗淡，胜利的把握还是谈不到的。而我方所采的策略，也还是局部的防守，政府已经派兵入绥远，这是事实，但仅只这也是不够的。我们希望的不仅只是派两师中央军入绥，而是由全国的各将领，各实力派，全都都来参加这一抗战，我们不但要求中央停止中日外交谈判，我们也要求冀察当局停止经济提携、鲁晋陕各方皆参预策划，我们要把这战争的范围扩大，我们要动员更多的力量，从这里发展为一个全民族的总抗战，在这阵线里少不了每一部分的已有力量。

这里重要的就是国内各实力派的态度，对中央说我们虽然也听见政府派军入绥，但我们同时也听到拘捕爱国领袖，我们虽然也听到要固守领土，但同时也听到仍然在南京进行着外交谈判，而且往往不幸的一面却都是事实，这些政府当局自然有它的苦衷，但站在民众的立场上，却对一切都非常单纯，对政府如此，对其他各实力派也如此，只要有妨碍立即发动一个总抗战的，民众都不能谅解。

这时的情势是非常明了，我们不但是能认识到，而且也能感觉到，这是我们求生的唯一机会：在这时期，我们无论对谁，一切领袖，一切党派，态度都非常诚恳，要求也极其单纯，就是齐一步伐，共同团结，为祖国而战。在这种前提上，为了保卫绥远抗战的前途，为了中华民族的前途，我们向各实力派，尤其是身当其冲的华北各将领，提出民众最低限度的要求。我们要求他们对这一抗战不要再采取坐视的态度，要在他们的权力范围内，立即予敌人以打击。我们要求晋绥军努力作战，同时也要求冀察当局马上乘此时收复察北和冀东，也要求山东和陕甘的东北军都积极来动员参加，把这范围尽量扩大，动员的力量尽量增多，然后才会有胜利的希望。

如果把绥远的抗战仅只限于局部，仅只为了对绥远领土的消极防守，那么这次抗战是没有前途的，百灵庙的占领也仅只能作将来中日外交谈判的一个折衷条件而已。我们若拿一时的胜利来做了永远失败的掩护，将是如何痛心的事实。

所以我们不能盲目地为收复百灵庙而过分乐观，因为未来的一切将更其艰苦，也不能认为中央派军入绥就已经是发动了总的抗战，这样也可能陷入一种错误，因为全民族的总抗战是包括一切实力的，并不仅只是中央军，更不只是中央许多军队中的两师。

在悲观的一方估价，绥远抗战的暂时胜利很可能地作为一种中日间的新的妥协，这当然是最不幸的事实，但既不是决不可能，则民众就不能不设法去防止它。

用民众的力量来推动一切实力派，一切将领，都积极参加这一抗战，使它的前途转向好的一面，是当前的中心任务。

（本文原载 1936 年 11 月 29 日《清华周刊》第 45 卷第 5 期，署名达忱）

一二·九一周年

一二·九已经一年了。

一年并不是一个很短的期间,这当中有已经发生过和还在继续发生着的许许多多事情。

时间是变动的,事物是发展的,人类是进步的,今年和去年当然不同,但没有去年却不能有今年,过去的推动了现在,也促成了将来。

纪念过去的意义并不仅是在回忆中寻求温存,来求得精神上的自我慰藉,纪念过去的意义是在检讨过去,继续过去,是为了正确地把握现在,和顺利地创造将来。

一二·九的伟大是因为一二·九确实能够推动了历史,一二·九是自发的,但不是纯粹偶然的,是配合着严重的客观情势而用学生自身的力量去创造了的史实,是必然中的偶然。因了一二·九而全国救亡运动的火焰才猛烈地燃烧起来,因了一二·九全国各阶层各党派间的关系才事实上真的发生了许多新的变动。

说一二·九是"史实"并不含一二·九已经过去了的意思,一二·九的事业不但仍然存在,而且仍然在不断地继续发展着。

学生纪念一二·九是更有意义的,因为这一幕史剧就是学生自身所扮演。一二·九以前学生不大知道自己的力量,当然更不能深切地认识了自己的任务;但一二·九以后不同了，大批大批的学生都从书本里拉了出来，学生不再念死书了，他们也要生活。从考试的成绩说，好学生逐渐变成了坏学生，但在他们的自我教育上，却一天天地充实，一天天地坚决和勇敢了。

一二·九是伟大的，一二·九创造出无数个英勇的青年战士，这些战士将勇敢地为他们的民族而服务。

一二·九给了无耻汉奸一个当头的棒喝，给了帝国主义一个严峻的反抗，因了一二·九而友邦和汉奸的手段才又换了新的花样，才对于民众的力量怀上了新的恐惧。

一二·九是学生运动的日子，但一二·九的反应却不仅只是学生群，全国各阶层的人民都被这运动吸引了，全世界各民族的人民都在同情着。直到今日，全国的救亡组织已经相当建立起来，这一运动已经趋向了实际上的全国总联合，而全世界进步的人类也都正在注意着这一事实，这是一二·九的影响，也是一二·九所以能推动历史的真正伟大处。

讴歌一二·九并不是说一二·九所担负的事业已经完成，更不是说以后就可休息了。现在的情势实际上是更需要着许多的一二·九时代的力量去推动，现在的情势是更加紧急了。

一二·九虽然过去了一年，但一二·九的事业却正在开始，正在发展，未来的将更其困苦，更其艰巨，但在前途的展望上却充满了胜利和光明。

纪念一二·九并不单纯地是纪念而已，纪念一二·九要创造一个新的一二·九，要为一个新的一二·九的而奋斗。新的一二·九决不是一二·九的重演，而是一二·九的继续，一二·九的发展。

新的一二·九不是冒险的，不是自发的，是配合着当前的紧张形势，抓住了一个具体事实，而有计划地实现的一个伟大的行动。

一二·九是推动了历史的，新的一二·九将使历史更向前迈进了一段，它将不是北平学生单独的行动，它能够动员更多地方和更多阶层的更多力量，它能够在实质上促成了各实力派的团结，加速全国总抗战的实现。

要能够从旧的中发展出新的来，这纪念才有更深的意义，认识了任务，正确地把握了任务，具体地执行了任务，不放过每一时机，不耽误每一工作，才能够很快地把正在急骤地发展着的抗敌意识转化为真正有组织的力量，才能够发挥出伟大的效用。

一二·九只是一个伟大事业的序幕，一个艰苦过程的开始，这时候回顾一下是可以的，但更重要的还是向前开步走，能够发展了一二·九才是真正地纪念了一二·九。

（本文原载1936年12月6日《清华周刊》第45卷第6期，署名达忱）

西安事变

　　作者草此文时，所见到的仅只是十三日《世界日报》所载的中央社的片面简短消息，对于张学良的动机和主张都尚不大清楚，文献不足，事实不明，所以很难推断是非。但这无疑地是中国的一件大事，不容许我们采取无视态度，所以只好就以往的情形，可能地加以合理简短的推断了。

　　我们首先觉得这并不是一个单纯的争取权利的叛变和内战，中国目前的严重形势使得没有一个人敢轻于掀起内战（桂事的和平解决就是明证），而张学良自己的主观力量也不容许他做和中央对抗的企图。根据过去张学良与中央的关系，九一八以来一向就是很好的，现在的变化自然有它另外的重要原因。

　　我们没有看见张氏通电的原文，但根据过去事实的推测，根据报上所载的是要"对蒋作最后谏诤"，则张氏是一定对国事有所与中央不同的主张的，中国现在最大的事当然是对日问题，而中央近来的态度又显然是处于退让的地位，则张学良的意见很可能地是为了要对敌抗战。为了反妥协外交，如果要是九一八以后的张学良，这推断当然是错误，但据近来报纸上屡载的张氏抗敌言论，对记者的谈话，对学生救亡运动的同情等，我们觉得张氏的态度确实是有了改变。

　　而且我们认为这改变是真的，并不是为了要作叛变的借口，因为在客观上有他转变的现实基础。首先，这是受了部下兵士抗敌要求的影响，东北军近来的缺饷困苦的作战生活，几年来全国各地的辗转流离。再受到了全国救亡高潮的影响，士兵们"打回老家去"的呼声日见高大，抗敌的意识日见明显，这的确是一件事实。他方面这几年来张氏个人地位变迁的事实也给予他一种教训，使他感觉到只有抗战才有出路的。

这种推测是否正确，我们还没有充足的事实证明，但仅就现在看来，则我们觉得这一事变的确是有这一可能性，是政见之争的。

现在事实已经爆发，中央已明令将张氏撤职查办，预料将来将有军事展开，我们对此作何态度呢？

我们不希望由此发生任何内战，因为这是消耗中国国力的举动，我们希望双方能够抛弃成见，事情的是非以民意为依归而解决，如果张氏的主张确是代表民意的话，蒋就应该接受，不然讨伐也只有为民所弃。如果张氏真是倒行逆施的话，也当然是会受到人民的唾弃的，不必在此时再在疆场上决一雌雄。

同时全国其他各实力派，尤其是华北各将领，此时应该站在国家民族的立场，积极地表明自己的态度，和以实力来制裁错误的行动。如果张氏是祸国的，其他各实力派就应该努力消灭他；如果张氏的话真是对的，则其他各实力派就应该使中央中止用兵，共商国是。我觉得华北现在受敌人的侵略最甚，所以身居华北的将领应该以抗敌为第一义的来表示一致的意见。

张氏的真意现尚未知，但我们极希望他是主张立即抗敌救亡的，因为只有这样才可以促使了全国的团结，加强了抗战的力量，才不是使人痛心的惨痛事实。同时希望中央对内也总宜和平处理。

（本文原载1936年12月16日《清华周刊》第45卷第7期，署名齐肃）

北平学生示威

在一二·九学生救亡运动的一周年，在绥远抗战将以局部终止，青岛妥协外交成立的时候，在12月12日，北平学生发动了极其壮烈的全市学生大示威，事前打算采取一致行动的还有天津的学生和工人，但当作者执笔时止，天津的情形尚不知如何，现在仅就北平这次行动的情形和意义，略加评述。

这次行动是一二·九救亡运动以来的一发展，在这次行动的纪律中，证明了学生自身力量的成长，在广大的参加人数和一致步调里，证明着这一运动是配合着多少人的要求和有怎样的群众基础，而一切的计划和布置等，虽然有许多还仍然是没有周到，但都是较以前有了长足的进步的。

这次行动发生于12月12日并不是偶然的，我们早就听见学生群喊着要有一个行动了，是因为客观情势中需要着民众力量的推动。现在正是敌人在青岛新的胜利成立，中日间很可能有更进一步的妥协而将华北变相失去的时候，学生的怒吼不但给予了敌人与汉奸以无比的威胁，而且有促使一些将领走向抗敌方向的作用。这时又正是绥北军事告一段落，政府军又将不动的时候，这一行动不但可阻止汉奸等的乘机攫取绥远政权，而且有使这抗战延长和扩大的可能。所以他们喊出了反对青岛协定，也喊出了收复察北和冀东。

其次，这次行动是和上海青岛等处的工人抗敌罢工配合着的，是整个中华民众抗敌行动中有力的一翼，在这里学生与工人将互相支持着为民族前途的斗争。

在具体的表现中，这次行动的影响比以前任何次都要大，第一，因为这次经过的区域比较多，而且都是繁华的街市，许多的店员和居民都被这壮大的行列和宏亮的口号所引动了，有许多都跟着一块走。第二，这次对于军警，对于地方当局，都尚能够采取适当的态度，就是说在抗敌救亡的前提下，以督促他们和感动他们的态度来对待的，群众的力量给予了当局和士兵一种当前的威胁，这虽是一群赤手空拳的学生，但那集体的力量却使人震惊了。在这种情形下，即使欲解散也只能用正面的话来欺哄，而不能盲目地横加摧残了。这就是力量，当学生们直率地表示愿意接受训话的时候，态度是如何的真诚和坦白，就在这种行动上，使救亡的基础巩固和扩大了。

当然在执行上也还有缺点，无论是事先的计划或当时的领导，但主要的是不能因为有一点没办好就取消了它全面的意义。在总的意义上看，无论在推动客观的情势和对群众的教育作用上，这次行动都是具有极重大的意义的。

（本文原载 1936 年 12 月 16 日《清华周刊》第 45 卷第 7 期，署名浦溶）

陕变仍未解决

这些日来，国人的视线全部集中在西安了，无疑地，这是中国近年来的一件大事，对于中国的前途关系甚巨，很可能要展开一幅混乱景象，全国人士的关心，自不待言。

张学良是国家的官吏，对国家大计是有提出意见的权利和责任，但这提出的方式是有合法手续的，而目前张氏的举动则无疑地是一个违法的越轨行动，全国人士的不同情他，是当然的。

但有些张学良氏所提出的主张却正是全国一般的要求，如立即对敌抗战，等等，这些《大公报》和《益世报》都指出过它与学生意见的相同处，因为这是一个事实，但我们毕竟不是近视的，我们不能认为他提出抗战主张来，就说他的行为对，他的行为当然是越轨的，同时也不能因为张学良提出过对敌抗战，就连抗战也要不得了，张氏提它的动机暂且勿论，但"抗战"本身总是全国一致的要求，所以这里我们应当把行为和意见分别讨论。

假设张氏真是忠于他所主张的抗敌要求，他就应该释放蒋委员长回京，共商举国一致的救亡大计，同时张氏果能如此，中央也应恕其过失，共商国计，只有这样才是解决陕变的最好方法，作者执笔之日（22日），正值中央军停止进攻三天，促张作最后觉悟，同时黄绍雄亦正与阎锡山等商和平解决办法，我们认为这举动是正当的，值得国民赞同的，因为只有和平解决才不至伤损国力，才可集中一致的意见和力量，才能谈到对外，同时我们主张和平解决的第一意义，也是为了关心蒋委员长的安全，我们不愿用中央的兵力来促成一幕悲剧。

我们屡次谈到对外，是因为对外是举国一致的共同要求，任何纠纷都应在原则下解决，所以我们主张现在进行的绥远抗战，不应因陕变而中止，一切对外交涉仍应保持不损失任何领土和主权的原则，同时我们希望阎锡山等诸将领迅速谋一和平解决陕变的办法，在国民的意志上，是希望早日蒋委员长自由，和早日发动抗敌等要求的实现的，希望大家都为国家民族着想，及早和平解决这一事变，以保国力而谋对外。

事件的将来发展究竟如何，尚难臆测，但我们觉得国民是应当希望化险为夷的。

12月22日

（本文原载1936年12月23日《清华周刊》第45卷第8期，署名古顿）

陕变和平解决

陕变发生以来，举国人士无不积极注意之，深恐内战再起，西班牙之景象出现于中华，本刊亦已两次著论，希望能够和平解决，共商国是，吾人相信此种基本态度为举国上下一致之信念，且前次西南事件之和平解决已与吾人提供一最好之实例，盖国人此刻所留心者，乃如何始能保存国家之实力与命脉，以为对外之用，非徒权利之争也。

自12日蒋委员长蒙难时起，至26日脱险期止，国人之所以忧惶焦急者，盖甚恐值此民族有存亡之际，再掀起消耗国力之内争，而为敌人造一进攻之良好时机，此乃上下各方一致之态度，故中央之讨伐令虽下，而调停和解之门未绝；其他华北各长官如阎锡山、宋哲元、韩复榘、傅作义等，亦莫不奔走呼吁，为和平尽力，至于社会各民众救亡团体之态度，更无论矣。

卒焉蒋委员长平安返京矣，其他各大员亦皆安然脱险，而身为此次祸首之张学良，亦亲自到京待罪，宣称苟利于国，一切在所不辞，消息传来，举国欢腾，盖此不仅意味内战之可得避免，亦且表示今后国家更可集中力量，对付外敌矣。

吾人言此次事件之得以急转直下，固由各方之皆以国家民族为重，能牺牲一己成见，顾全大局，但根本原因尚在全国民众一致厌倦内争，要求全力对外之共同心理上，此种多数人之心理与要求，将集成一极伟大之力量，而西安事变之得以和平解决，吾人言即此伟大力量之胜利。

更有甚者，吾人相信此种多数人心理与要求之伟大力量，将不仅促使西安事变和平解决，亦且影响今后政府对外之根本方针。迄作者执笔时止（29日）陕变善后详细办法，犹未得知，但中枢负责表示，对张杨之自请处分，皆将从宽议处，此种撇开过去，为国家将来着想之态度，深堪佩服，依吾人乐观之预料，国家今后当更能团结各方，整齐步伐，积极领导对外，一扫过去安内攘外之旨，而定全国一致抗敌之图，对民众救亡运动，当可予以合法之保障，而使之发生伟大之力量焉。

吾人当然不敢担保此种估价得以实现，但吾人确信此为国人近来欢腾之最大理由，亦为前此所言多数人民之心理与要求，此种要求可表现为最大力量而促使张学良悔过，何不可表现为最大力量而督促中央对外耶？

近年具体事实与详细商后办法尚不得知，故不能详论之，但报载已决定于最近期内召开三中全会，共商大计，可知确有此一实现之可能存在。

吾人但愿此一推论真能实现为具体事实，始不辜负全国人民之欢呼沸腾焉。

（本文原载1936年12月30日《清华周刊》第45卷第9期，署名浦溶）

迎一九三七年

时间是在不断地连续着的,我们欢迎 1937 年并不是因为它会把我们带到另一个世界,我们不会幻想新年会给我们带来了凭空的新的喜事,我们欢迎它是表示这是一个新的开始,我们要从这里向前努力于进步的道路。为人类、文化、历史而努力。

1937 是跟着 1936 而来的,时间在继续着,一切事件和现象也在发展着。发生于 1936 年的好些大事:友邦侵略我国的行为,日苏关系的恶化,太平洋的海军争霸战,希特勒的莱茵进军,凡尔赛条约的撕毁,意大利侵略阿比西尼亚的胜利,西班牙乱事的国际化,德意对法苏关系的力图破坏,都说明了虽然第二次世界大战并没有发生于 1936 年,但各侵略国家的备战是更其白热化了,对于战争的爆发点是更其接近了。

但在另一个面,我们也看到了法国人民战线政权的巩固,西班牙人民英勇的抗战,英苏关系的协调,美国民主党的胜利,殖民地解放运动的抬头,这些都表示了世界中不但有些人在破坏秩序,破坏和平,而且绝对多数的人类却正在努力地集体保卫着和平、文化、和历史;为反战和反法西斯而斗争。同时这种力量不但是在法国、苏联,和各殖民地半殖民地中取着存在,而且在侵略国家的内部就潜存着极广泛的民众力量。这力量遏止着反动,遏止着战争的马上爆发。

1937年不是凭空掉下来的，在1月1号的路透电中我们就看到了华盛顿海军公约和伦敦海军公约的失效，希特勒宣言德国将为保障欧洲文明以反抗布尔塞维克大敌的屏障，同时日本驻华川越大使也于元旦发表了"中日亲和提携的必要"。够了，就这些我们已经知道1937将是一个怎样的年头了。

1936的战祸和世界危机都更复杂地和深刻地被1937所承袭了来，整个世界都在动荡地分裂，侵略与和平两个对垒的战斗是更其激烈和白热了，一方面在疯狂地企求在殖民地上来解决资本主义的内在恐慌，一方面却又是殖民地和帝国主义国内民众的解放斗争，这对立决定着世界的命运，决定着人类的前途。

我们是在怎样的环境中过着怎样的日子，过去一年中我们这民族是在遭遇着怎样的危难，旁人的重整军备和订立协定对我们有着怎样的影响，这我们都是知道的。但我们并不悲观，就因为中国也和世界一样，我们不但看到了傀儡组织、屈辱协定、武装走私、日军演习、共同防共、华北特殊等一大串事实；我们同时也看到了全国救亡运动的勃兴，民众力量的抬头，各实力派抗敌要求的增大，绥远抗战的继续，和政府对外强硬的转变，等等，这些虽然还没有能够促成一个全国总抗战，但却表示着是向这一方向发展的。1937带来了西安事变的和平解决，带来了中央将开三中全会决定大计，都表示了新中国的新的抬头。

光明和黑暗交织着——交织在世界，交织在中国。我们不幻想1937年全是光明的，但我们却从黑暗中透视到光明，从现在展望到未来，我们要追求这光明，要扩大这光明，使它的光芒透射于世界,透射于各方。

欢迎1937年是表示我们并不逃避时间,我们要在这新的时间阶段中有一个新的开始。我们要努力奋斗,继续既往,开拓未来,为了民族,为了国家,也同样地为了和平、文化,和历史。

(本文原载1937年1月10日《清华周刊》第45卷第10、11合期,署名昭琛)

陕甘善后办法决定

陕变自蒋委员长平安返京后,表面似告一段落,但此仅足表示内战可得避免,一切可和平处理,至于详细善后办法,尤为国人所焦念。4日国府议决特赦张学良,报载且有令其戴罪图功之议,国人莫不赞佩政府之不咎既往,宽大处理,盖此既可使西北之局面与中央早日取一致态度,犹可集中力量,共同对外焉。5日行政院复议决陕甘人事调动,杨虎城、于学忠皆撤职留任,以顾祝同任军委会西安行营主任,杨部师长孙蔚如主陕,而以东北军宿将王树常氏绥靖甘肃。消息传来,国人莫不喜政府之顾全大局,处置咸宜;同时军政部又发表西北驻军地点,令一律恢复12月1日以前之原位置,及由中央统一发饷措施。至此而陕甘善后之大致办法,有一决定矣。

迄作者执笔时止(7日),此等决定皆尚未付诸执行,陕甘诸将领是否能遵命办理,尚未可知。惟吾人就大局着想,以为个人之地位出处,实为小事,重要者系整个国家民族之生存。在此种意义上,陕甘诸将领实不应再存有私见,应毅然接受此命令,为国服务。同时中央亦不应再视陕甘为异己,宜一视同仁,精诚团结,则庶几可抗外敌而救危亡矣。

读者或可认此为幻想,但吾人则以此不但为"应该",且为"可能",但此"可能"必须有一前提条件,即立即共同对敌抗战。

对外为吾人一贯之态度，且亦相信为国人共同之要求。吾人相信陕变之发生虽属偶然，但与中国今数年来之对外屈辱，实有重大关系。陕变之和平解决为国人厌倦内争与要求对外之共同心理的胜利，作者于本刊9期中已详言之，故善后之根本办法亦在消除内乱之源，积极攘外。若政府能立即抗战，则陕甘军人虽有私意，亦万不敢冒天下之怒而轻于抗命，否则虽勉强安定于现在，亦难真正融合于将来，而举国人民之欢幸，亦付诸东流矣。

值此新岁伊始，全国和平统一告成之际，国人之所渴望者，为一国家民族之独立新生，希政府及陕甘军人，以及国内其他各实力派，皆以国家民族为前提，迅速团结，共同对外，以符全国人民之热望焉。

（本文原载1937年1月10日《清华周刊》第45卷第10、11合期，署名浦溶）

陕甘局势与三中全会

自去岁陕变发生以来，陕甘局势迄成为国人注意之中心，盖以其关于整个民族国家之安危者，至为重大，不容忽视之也。此问题至蒋委员长返京而一松，国人正庆幸和平统一可以告成，此后正可共同抵抗外侮，但旋又告紧张。作者于本刊上期曾力言杨、于等对中央善后办法，应毅然接受，共负大责，中央亦以此相冀。后杨、于发出通电表示接受此项办法，并取销一切临时组织，问题至此又一松。但近来局势又趋于严重，两军且不时发生前哨战，国人对此，莫不焦虑之至，吾人对时局症结之情形，不尽详悉，故未敢妄作主张；但处于今日之中国，无论何人，一切措施皆应以民族国家为前提，则可断言。本月20日天津《大公报》社评中指出中国今日当前之需要二点，吾人对之颇有同感，记录之如下：

第一，吾人以为中国今日只有整个的国家民族路线，而不容有其他路线。盖任何政治主张，胥必先有国家民族之存在，而后始有寄托。犹之演剧，生旦净丑，各具作用，悲剧喜剧，同有特点，然而舞台如坍，何从献技？中国当前亟务，厥为救亡图存，易言之，任何政治舞台的扮演者，今日均应以保全演戏的舞台——即国家民族——为第一要义。须知舞台不存，则任何好角将致英雄无用武之地，尚何主义政策之可言？

第二，既以救亡图存为亟务，则首须认清国家环境困难至此，非维持全国政治统一军事统一，绝对不足以肆应方兴未艾之国难。近年封建势力之崩溃，军阀割据之失败，原因固多，而民意厌恶，实其主因。现在统一之雏形甫具，国家之希望方殷，此际若再有人企图封建军阀势力之复活与保存，必为国民所共弃，即欲于统一的军政军令系统之外，别立军队建制，自成风气，或特抱政见，恐徒足以削减国家之实力。无论标榜如何，断不能邀国民之共信与相谅，盖国难急迫已达极度，集中民力国力，犹惧无济，若容国内军政再留分裂之因素，等于民族自杀，开门揖盗。

第三，欲求国家民族之生存，必须保持统一之规模；而利用统一形态策进国力，尤在于物质心理之双方建设。其最近目标应为造成最小限度的国防，培养最低限度的民力。中国以国家地位言，不特不足为强大之国，并独立主权且不完全。以经济情形言，不特不足言施行社会主义，并民族资本且待保育。是以策进国力，应付内外问题，必须依据事实，就本身当前实际利害作打算，不宜蹈空虚，逞玄想，转致害民而误国。更申言之，吾人今日亟应集中人力财力，先求造成力能自卫自给的现代化国家，取得独立国起码的国际地位，然后乃及其他。

吾人认为此种言论。相当公正，实可代表多数中国人之要求，故以对内言，无论何人，绝不宜轻作消耗国力之举动，观陕局虽极紧张，而和平犹在磋商之间；蒋委员长身受陕变之难，而犹力主政治解决，可以知之，近陈诚总指挥言陕西并非大问题，国人目光应向外；宋哲元委员长言中国人不打中国人，但侵犯吾人生存之外敌，则一定要打倒他；可见无论官吏民众，皆已上下一心，人同此见矣。

吾人认为此等现象为中华民族前途有望之征兆，亦为中华民族前途解放之曙光。中国为一民治国家，近汪精卫主席且又盛赞民治，则一切政见，皆宜以合乎手续，求一比较可代表众意之解决，在此立场上，吾人对政府于2月召开三中全会之举，极表赞同。深望一切救亡大计，一切不同政见之争执，皆能于此会议中以"民主"之方式，求一解决，固不必立即以干戈辩护一己之真理也。

在三中全会开幕之前，吾人有二建议，以维持此际之局大，一为陕甘当局应努力安靖地方秩序，听命整个决定，另一则为请蒋委员长立即回京，主持中枢，领导救亡工作。如此则不待陕甘局势可化干戈为玉帛，且抑对今后抗日大计，有统一之策划焉。

请蒋委员长立即回京一点，尤为重要，因蒋先生为中枢负责要人，在此期间，实不应令其再请假高蹈，使政府失其中心，一方蒋委员长此次对陕甘之情形及南京青年将校之心理，皆尽详悉，可由彼筹划一完全之策，以便和平解决内争，而集中力量，共同抗日焉。

（本文原载1937年1月25日《清华周刊》
第45卷第12期，署名浦溶）

山西当局训练民众

近来在报纸上常常看到阎锡山氏"一切困难皆集于晋绥"的谈话，同时山西近来竭力厉行军事训练和政治训练，喊出了武装三十万民众的口号，这些都很吸引国人的注意，我们愿在这里简单地评述一下。

从绥远抗战的事实中，从山西当局的一切设施中，我们知道山西当局对于守土抗战这一点是有相当的决心的，这主要的当然还是为了保存自己的政权，觉悟到希望别人来帮助是相当梦想的事，同时他知道自己的军事力量还很不够，而民众则是抗日队伍中最可靠的力量，所以阎先生说："官民共同抗日是上策，将士抗日是中策，希望别人抗日是下策，见敌不抗是无策。"可知他的决心的一般了。

根据这种认识，山西当局就有了许多新的政治设施，大规模地训练八百余名的县政人员，训练一千余名的村政协助员，以期唤起民众。村长也拟改为有给制，并改用招考方式，投考者限青年学生，又实行全省公务员早操与军训，官吏等皆五时起床，着军衣早操，又训练过一期三个月的童子军教练讲习班，已分发各县服务。又曾训练"公道团县区村干部训练班"，也极着重政训和军训，又大规模地训练冲锋上士及民训干部，实行全省学生集中军训，并欢迎外地学生前往参加，这一切训练民众的设施，进行得都很有成绩。

阎先生在招考民训干部时说："晋绥十万军队，在作战时应有三十万有组织有训练的武装民众做它的后盾，但要有三十万武装的民众，又要有一万五千人去领导，这一万五千人便要先开始招考学生了。"阎先生打算于一年内要武装起三十万民众，三年内要训练九十万武装民众，以作守土抗战的基本力量。

国人近来对山西总感觉到有点奇异，这就因为山西当局的守土抗战态度是因绥远战事爆发后才变坚决的；于是旧日以"希特勒挺进队"的别名著于一时的防共最高组织"主张公道团"也在领导和组织着民众的救亡运动了。这就因为山西当局感觉到"希望别人抗日是下策"，而不抗日则马上会影响到自己的政权，敌人的压迫势力已经震撼到一切的人，使得山西当局为维持自己的地位，也不得不守土抗战了。在这一原则下，想要使民众的力量发挥伟大的作用，于是就在"守土抗战"和"公道团保持领导权"的原则之下，来训练和组织民众，并开放了一定限度的民众运动。

我们对山西当局这种设施，当然极端赞成，因为这确实是官民共同抗日的上策。开放民众运动和由政府来领导训练民众这些事实，在中国还未多见过，阎先生这种和民众共同对外的精神，确实是值得国人赞佩，值得其他各省效法的。

虽然我们以为单纯的守土抗战的效力并不会大，因为晋绥毕竟和整个的中国切不开，而且仅只"守土"也极易使敌人各个击破，并不是彻底的抗敌办法，但阎先生则尚以为发动全国总抗战是"成功即成功，失败即失败"的道路，而守土抗战则是"成功因是成功，失败也是成功"的路，这是阎先生还没有更进一步地认识了民众的力量，他没有想到全国总抗战是唯一的民族出路，而且在整个国力的支持之下是不会失败的。这也是他之所以不能无条件地开放民众运动的理由。

对于山西当局说，我们对近来的种种设施都抱着极大的同情和希望，希望他们能够更坚决地将这一政策贯彻到底，为国家民族争生存。对于在山西参加训练的一切民众和工作人员说，希望他们努力服务，促成这一武装三十万民众的伟大计划，完成了中华民族的解放任务。

（本文原载 1937 年 1 月 25 日《清华周刊》
第 45 卷第 12 期，署名达忱）

暑期中的课外团体

课外团体是学校生活中顶重要的一面，许多人都能在这里来充分地展开了他特殊的发展。在清华，因了环境的关系，课外团体的活动向来是很活跃的，这不能不说是一件可喜的现象，但同时因了平时功课的繁重，许多同学也常常地感觉到没有充分的精力来尽量地致力于课外团体的作业，不能使它干得像理想的那么好。

一二·九学生运动以来，使我们的生活更一步地逼近了现实，仅只是拿感情或茶点来维系生命的课外团体，事实上都瓦解了。许多新组织的或旧日改组的团体，无论他们的宗旨是如何的不同和多方面，但都带有很浓厚的救亡性质，都能和全国一致的前进救亡运动相拍合，都愿在各个不同的部门中来推动在救亡过程中的特殊任务。

然而一般地说来，我们不能不说许多团体还干得不够，工作还只是系在少数职员的身上，没有能够推动全体的会员来努力。这是在工作进行上的一个最大缺点，需要来积极克服的。

在暑期中，这缺点就越表现得厉害，有些团体的负责人是回家了，不用说，会员回去的当然也不少，甚至在校的负责人也感觉到负责半年了，这时一切可以停顿一下，因此事实上有些团体的工作是在停顿了，至少是大大地松懈了，这不能不说是一种极坏的现象。

当然有的团体并没有发生这种情形，甚至暑期中还有新的团体成立（如求知学会）；就是有这种情形的，也都有各自的特殊困难，并不是故意使它停顿下来。这些都是实情，但决不能因此我们就说那些使工作停顿了的团体是对的。

正因为这些团体都带有救亡的性质，都能够给整个救亡运动以适当的推动，我们更不能够让它一刻地停顿下来。同时我们认为暑期中没有功课的羁绊，更可借此时光来作点自己所愿作的事情，这样，每个人都可在各种不同的团体里找到自己所爱好的作业。所以暑期中的课外团体不但不应该使它停顿下来，而且更应该积极地使它整顿起来，活跃起来。

对于负责人说，纵然有事实上的困难，纵然自己不愿意负责下去了，但至少你要等下学期开学后，把这部分事务来交给旁的更适合的人去干，决不应该半途中任意地延搁下来；并且更应该积极地计划进行暑期中的特殊工作，维持和改善以前的经常工作，这些都是很重要的事情，也是一般同学所关心的事情。

对于工作进行得很好的团体，我们表示着欣慰；对于发生这种停顿现象的团体，我们期待着这一要求的实现。

（本文原载 1936 年 8 月 1 日清华暑期周刊》第 11 卷第 2 期，署名古顿）

从一个角落来看中国文学系

虽然从《庄子》与《文选》里学习辞汇和技巧的理论已经被前进的青年遗弃了,虽然读经的呼声已经不大有人提起了,可是在大学的中国文学系里,《庄子》《文选》《论语》《孟子》等还都是每个学生所必修的"国学要籍"。

虽然在《大学一览》里说中国文学系的责任在创造中国新的文学,虽然在《向导专号》里也说本系要注意文学的鉴赏和批评,可是在《大学一览》里所列的七八十门学程当中,涉及近代文学的也只有"新文学研究"和"习作"两门,然而也有好几年没开班了。

虽然本系教授中也不乏文坛知名作家,虽然在前些时候他们都还是为"白话"战斗过来的,可是你在课堂上所听到的将与这一切完全绝缘,在那里呼吸不到现代文化的深醇气息。

如果你是一个真正爱好文艺的青年,如果你入中国文学系真是那么天真地为了获得点关于文学的教养,那我告诉你,你是要失望的。这里所有的仅只是古书,拿文坛流行的名词说,那内容也并不是所谓"文学遗产",而是如同鲁迅先生所说的"奴才文学"。而且就是这,就是这你要看得懂也得花个十年、八年的工夫,至少要比学一种外国语难得多,并不是一个普通中学毕业生所能领略得了的。

系里的教授们都是研究有素的专门学者,语言文学、诗词歌曲等，都有专人担任。你要来了，不愁领略不到广征博引的注释和言必有据的讲演吧！

你总该读过5月号的《作家》吧？那里有靳以的一个短篇《雅会》，是描写几个大学教授的生活的。有人说其中有几个人物是脱态于本系的教授，我不敢这么相信，因为并不太像，不过本系里像"不，不，我不写白话文，我也不看，从来也没有看过，也不预备看！"的这类人物也并不是没有的。

要说到学生方面可就相当复杂了，这里面什么样的人也有，犹如整个大学里的情形一样。你不能够机械地从他所学的东西里就说他已经被训练成"木头"，或者说已经把他拉回去了三五个世纪；相反地，这里也有着不少面对着现实的人们，他们对于生活环境认识得更其清楚，他们知道知识的主要来源并不是被动地授与，而是自动地在生活过程中的积极争取。

这里有着不少对文艺抱有信念的人们，和你一样的热忱和努力，但他们从生活里知道了努力的途径是得自己去寻找、追踪、和实践，罗曼·罗兰发展的途径和成果是值得文艺青年去效法的。

可说的是这里的课程对于你个人的努力并不会给很大的阻碍，并且在客观上还相对地给你一种有利的条件。说相对的是和其他各系课程比较的意思，这里的课程并不像旁系似的需要你用全部精力来对付，当然用也可以，不过有更多一点的可能使你发展你个人所愿意作的事情，这样，不是就可以有更多一点的成就吗？

说这里不十分好并不含有其他各处就比这里好的意思，

你如果真的爱好而且打算致力于文艺的话,你还是来好了,你仍然会从你自己的努力学习中得到宝贵的收获。

(本文原载1936年9月6日《清华暑期周刊》第11卷第7、8合期,署名李钦)

清华的出版事业

清华的好处不只是你所想的那些，除了如同一般大学的授课考试的日常事情以外，清华还在现代中国文化的发展上，努力地尽了它推动的任务。不用说，你便是关心文化事业的一个，这不仅只是指学校里的教务行政，或学生的实验考试，它指的是整个清华人们对于学术事业的课外活动。我告诉你，你也许知道，在这方面清华是有成绩的，除过各种的研究会和学术讨论会里不谈之外，就以清华的出版事业而论，也就可知一般了，所以关于这个，我不能不在这里给你介绍一下。

学校经常地设有出版委员会，负责审查和管理出版事务，现在主席是冯友兰先生，经费由学校支出，归出版事务所发行，现在由学校直接办的出版物，有下述几种。

《国立清华大学校刊》——这是学校的行政官报，只一小单页，每礼拜一、四出版两次，由注册部编辑，上面满是些布告公文，学生团体有启事，也可登出。每次出刊后，皆按屋各送一份。由清华正式改为大学后创刊。

《国立清华大学一览》——由学校聘设大学一览委员会编辑，年出一次，分章则学程两部。大概一切规程和院系概况都已包括无遗了。前面有校景照片多幅，颇为美观。现任委员会主席为潘光旦先生。每册定价四角，本校同学出版事务所去买，只要两毛钱就够了。

《清华学报》——季刊,上面两种是代表学校行政方面的出版物,这是代表教授们学术研究的东西。民国十三年创刊,起初性质包括很广,后来理科报告独立刊行;《清华学报》遂成为文法两院的代表刊物。去年又创刊《清华社会科学》一种,《清华学报》事实上遂只成为中国文学、外国语文、哲学三系及历史系一部之代表刊物。里面多半是教授的专题论文或考据等大作,后面有一部分书评。学生如有合宜的东西,也可经教授的介绍登出,但这种情形很少。现任总编辑是朱佩弦先生,每期售价五角。

《理科报告》——专载理工两院的研究文章,分一二两种。第一种为算学物理化学工程四学门。第二种为生物心理二学门。纯用英文印刷,每册一元。

《社会科学》——去年创刊,季刊,专登法学院及文学院社会历史两系教授的社会科学研究论文。形式和清华学校报差不多,稍厚一点,中多大篇文章。每册定价五角。

各种丛书——学校有大学丛书和研究院丛书的计划,现在进行的成绩还好。已出版者计有下述各种。一、《现代吴语的研究》——赵元任著。二、《西阴村史前的遗存》——李济之著。三、《中法越南关系始末》——邵循正案。四、《吕氏春秋集释》——许维遹著。五、《大宝积经论》。六、《业书子目索引》——施凤笙编。还有本校自编的教本,现在也有下述各种。一、《国文选》。二、第一年《英文读本》。三、第一年《英文作文》。四、二年《英文读本》。五、《中国通史选读》。六、《伦理学》(金岳霖著)。

《气象季刊》——为地学系气象台主编。专登气象论文及研究结果,每册一元。

此外本校工程学会出版的《清华大学工程学会会刊》是一种师生合办的刊物。前身是《土木工程学会会刊》，扩大组织后，内容包括土木、电机、机械、航空等各部门。总编辑为顾毓琇先生。

上面说过的那些，你听得不是不感到兴趣吗？这本来是教授学者们主持的东西，只代表了清华出版事业的一个侧面，现在我们再来看由学生方面策动的，又有些什么呢？先说由全体学生主持管理下的刊物，有下面二种。

《清华周刊》——由周刊社主编，总编辑是学生会干事会的出版科干事，其他职员由总编辑提交干事会通过聘请。分编辑、经理两部，总经理也由总编辑聘请。每学期出十二期，作为一卷。由学校津贴费用二千四百元，同学每人缴费七角，为基本定户，约收洋八百余元，余为广告及零售收入，经费实在不算宽裕。每千字的稿费约为一元，撰稿者为全体同学。形式分周刊、副刊两种，周刊的形式就和这期响导专号一样，不过篇幅较少一点，内容都是学术性质的文章，是一种综合式的杂志。副刊专登载关于学校生活的讨论和建议、小品文艺，和园内的新闻，文章比较轻松一点，又因为和实生活联系的缘故，所以大家都很爱读。周刊创始于民国三年，现在出的是44卷，在质和量上都可与国内的前进刊物相伦比，同时又有这样悠久的历史。所以到今日，它的足迹已经踏出了清华园的门槛，社会上已经给了它极大的注意和估价，这是全体同学努力的成果，也是我们引以为自慰的。我在开头说了好些清华出版事业的成绩，这可以说是最大的一部分，因为我们的确在旁处找不到同样的硕果。但是未来的发展和充实，还待于我们自己的努力。

《觉报》——这是由救国委员会主办的，篇幅和一张小报差不多，每礼拜四出报一小张。去年学生运动兴起后创刊，初名《觉民期》，后改今名，是一种时代性的刊物，里面有重要新闻、社评、论文，救国委员会工作报告等，一切都是与民族解放运动紧密地联系着的东西。编得也很活泼精彩，每人都可投稿，但无稿费。出版后可自由领取，不收费用。这可说是一种代表清华学生对民族危机态度的刊物，很为大家所爱护。

每年到了暑期中，因为时间较长，所以照例有由暑期留校同学会主办的一种《清华暑期周刊》，共出八期，一切组织和周刊差不多，不过在系统上并不互相连接。因为经费的缺乏，暑周的篇幅很少，又是正副刊合一的形式，一切都显得粗率一点。写稿也没有报酬。但维持得还算很好，已经有了十年的历史了。

此外属于一个小的团体或一部分同学所办的刊物，在清华还有很多，这里就记者知道的来择要叙述一下吧。

每年毕业的那一级同学，照例要出一本年刊，内容多为各人的相片，和些团体、风景、生活等的摄影，用来纪念这一段过去的时光的，内容很美观。

属于各个团体的，在清华还有清华文学会的《新地》文艺月刊，是一种中型的文艺杂志。新文字学会的《新文字半月刊》。同时十一级级会也有一个《新文承》刊物。内容都很精彩，值得为一介绍。还有世界语学会所出的《世界语之光》周刊：是借《世界日报》第三张地方的，每礼拜五出版。想来大家都已见过。

清华的出版事业，大概如上所述。虽然说是成绩还不错，但是我知道你的欲望比我高得多，你来了，对它还一定要不满。这，许多同学也都想过，谁都希望清华的出版事业能更振作一点，活泼一点，不要尽管躲在屋里高谈学术，要把它的影响扩大到社会的角落；要抓住现实，看清时代，认识你当前的需要和社会来有机地联系起来。这是我的希望，我想你也一定是这样，但这是需要你们来共同努力的。

（本文原载1936年9月6日《清华暑期周刊》第11卷第7、8期合刊，署名笑谭）

关于第四十五卷的周刊

如果要说第四十五卷的《清华周刊》和以前的完全一样，在适应着全体同学的新的要求和编者的自我希望上，是不打算这么作的。如果要说本卷的《清华周刊》和以前全不相同，则事实上不但是不必要而且是不可能的事。《清华周刊》是一个大学里全体学生的刊物，它的存在基础规定了它的性质，虽然在编者个人的主观上也许想把它的各部门配合得更好一点，但在性质上，它是属于全体同学的刊物，它是直接地反映中国一个大学里学生研究学术的成果和对现实情势的态度的。在这种意义上，周刊想要办得好的话，我想首先应注意的是绝大多数同学的意志和态度。

但同时《清华周刊》已经有了四十五卷的历史，它已经逐渐地从学校的课艺性质进步到一般的综合学术刊物。全国中像《清华周刊》这样大的篇幅的周刊似乎还不多，而且在质上也已经媲美于一般的先进学术刊物了。这是过去努力的成绩，是我们对于中国学术的贡献值得自豪的地方，也是我们今后所应当继续努力和保持的地方。

正因为我们是一个中国人，而且是身居在这日与敌人相接地带的知识分子，当作反映全体同学的意志和态度的《清华周刊》，对于全国一致的救国工作就自然不能采取一种无视的态度。但同时我们知道周刊是一种学术刊物，它也是表现我们研讨成果的园地，所以我们固然决不忽视救亡，但也绝不空谈救亡，我们相信没有和现实世界超然存在的什么学术，惟有把学术和现实密切地联系起来才是有价值的学术，也才真正对于救亡有所补助。我们不希望出什么国防特辑，但我们希望读者从内容上就知道它真是1936年在北平出的刊物。

在副刊和新闻方面，我们希望能够确实做到是一座反映同学实地生活动态的里程碑，我们打算要强调内容的时间和地方色彩，使只有现在的清华人读了才会倍感亲切。我们不希望意气地攻击个人，但希望能够切实地讨论点与青年学生切身的问题。

基于以上的原则，我们在编辑会议上对编辑细则决定了下述的原则，希望同学们注意和促成。一、内容注重兴趣而避免低级趣味，这就是说是"提高"，不是"迎合"。二、希望每篇文章都能被每个人看懂，如文法学院的同学也可以看懂自然科学，理工学院的同学也可以看懂社会科学等。因为只有这样才能使周刊成为真正大家的刊物，而不是过去每系出专号的分赃办法。三、翻译的篇幅希望不多于写作。四、不打算登过长的稿件，这是为着适合周刊的篇幅和同学的阅读兴味，大致决定以五千字为标准，超过五千字者其余部分的稿费按七折计算，以表示限制。五、多请教授先生撰稿，使成为真正全体清华人的刊物。六、请同学投稿最好直接寄交各栏编辑，以免互相转递。

同时希望在可能范围内，尽量做到不出合刊，不出专号，和不误期三点。

特别须向诸位同学说明的是本年学校当局坚持为了了解同学的详细情形，希望同学来稿尽量署用真实姓名，如署笔名时，学校可向编辑询问，编辑必须负责告知作者是谁。学校认为《清华周刊》既是领学校的钱，学校对于同学又有指导的义务，所以有知道的必要和权利。经过干事会再三说明以往的情形和改革的困难，都未被学校采纳，后来干事会为了表示师生间的一致，通过愿意接受这提议，所以希望以后同学来稿务必写明真姓名，以便登出后发稿费和告知学校，希望同学务必注意。

《清华周刊》是全体同学的刊物，它的发育和滋长是全体同学的责任，希望同学们尽量地源源赐稿和指导。

（本文原载1936年11月1日《清华周刊》第45卷第1期，署名王瑶）

为《清华周刊》的光荣历史
敬告师长同学

本月12日，校长出布告说本卷周刊"抑且愈多乖谬"，"着自即日起停止出版"，编者才疏学浅，防范未周，致有二十三年悠久历史的本刊，停于一旦，实在是最大的罪过，也是最对不起诸位师长同学的地方。承潘教务长顾全周刊对外的信用，允许这一期仍然付印，完成本卷的完整，编者至为感激。这里不想为自己，或为本卷周刊申辩，也不想对于学校当局的命令有所论述，只愿就过去《清华周刊》的历史和它的存在价值，向诸位师长同学报告一下，以稍赎编者的过愆。

《清华周刊》第一期创刊于民国三年三月二十四日，只一张共六页，如现行小报式，到现在已经有二十三年之久了。在这一个长的时间过程中，能够由单张的小报到现在这么厚大的册子，由低级趣味的校闻警钟文苑等到现在这样的综合学术刊物，从二百余份推广到二千份，从校中指派编辑和集稿制改进到现在的一般杂志编辑制度，种种的地方，无论形式或内容，都证明《清华周刊》是在不断地进步的。本刊二十周年纪念时，毕树棠先生为文说：

……我对于周刊的将来，不愿意作怎样夸大的推测，只就过去二十年的历史来看，很可以拿两个字奉赠，便是"进步"。这两个字给做祝辞的人早已用烂了，现在就我个人所见到的，举几个事实来，便知道今天的话不是纸面上的恭维了。第一，中国学校的学生刊物没有继续发展到二十年的历史的。一种工作有了持久性，其间必有不少的改革，那便是进步。第二，《清华周刊》初出的时候，只是记录或评论清华的生活，后来增加副刊，乃有文艺书评等类的成分，最后大学成立索性改成了学术刊物，新闻杂评等反变成副刊。这着重之点由新闻的而演变为学术的，又是一个进步。第三，周刊初办的时候，还请学校派两个人指导（有一学期我和朱彬元先生就被派过）虽然指导的人都是有名无实，总见出那时的学生对于自己的力量是不敢十分自信的，这精神似乎是不大健全。近几年来，是整个的学生自办，且每学期必有些新设施，例如出专号之类，这由依赖而独立，自然又是个进步。……

"进步"确乎是一件事实，当你到图书馆书库或周刊社翻看一册册的旧周刊的时候，你就知道我们是有了怎样的进步。但请注意，这进步决不是单纯的所谓编者才力的问题，这是反映了中国文化在这二十余年中的一段进展状况的。《清华周刊》第一任的编辑为薛桂轮、蔡正、陈达、汤用彤、李达五人，这些人现在都是国内的知名学者和我们的师长，但那时却也只能编出了小报。罗隆基先生现在是国内著名的政论家，但我们试抄他的一段旧作：

  罗隆基：《舜治四罪天下咸服论》（第八十四期），

"罪犯者，天下之公罪公犯也，刑法者，天下之公刑公法也。以天下之公刑刑天下之公罪，以天下之公法法天下之公犯，奈之何民不平且治也。彼四罪者，非罪于舜，罪于天下也。四罪之治，非舜治之，天下人治之也。舜为天下人执法耳。天下人之服舜，非服其善于立法，服其善于用法也；非服其善于去恶，服其勇于去恶也。……"

由此可见当时思想的一般了，但这些并不是他们的耻辱，却是他们的"光荣"。那时的中国一般文化水准和发展情形限制了他们，人类是不能脱离开他的时代的，我们今日的进步正是由他们的努力中得来。以年龄推测，《清华周刊》创刊时，现在校中的大部同学多半还未出生，如何说得到推动文化？但我们是承继了上一代人的努力成果的，所以《清华周刊》本身确乎是在不断地进步。

前年暑期留校同学会"欢迎新同学"中有一篇介绍《清华周刊》的文章说：

论历史……不但国内各大学的学校刊物中没有比得上的，即全国各大杂志，有这样悠久的历史的，也是绝无仅有。论内容，《清华周刊》的质和量，比之社会上的一般月刊，也并不多让；不仅在全国学生所举办的刊物中堪称独步，即在社会上，出这样大规模的周刊的，亦不多观；除《国闻周报》外，几乎难以找出第二个和《清华周刊》有同样分量的周刊。这两点，确是我们可以引为自豪的。

这是一个事实，以今日论，它不但是全体师长同学的刊物，而且校外的定户和零售也有相当的数目。社会中各角落对它都很注意，如上海史地社会研究学会所出的《全国杂志史地社会论文》，最近上海新创刊的《月报》，就都采取到周刊的文章。中山文化教育馆编《全国杂志论文索引》，里面也有《清华周刊》。山西教育厅编审处有快函赞美周刊内容的新颖，并要求代为介绍书籍。销行近万的艾思奇的《哲学讲话》，因为本刊的批评而修正后改为《大众哲学》。最近又有叶青等在本刊上探讨哲学消灭的问题。稍远一点的更多了，胡适之和梁任公两先生所开的《国学书目》，梁先生的《经籍要题及其读法》，都是在本刊所发表而为国内所周知的。引起著名一时的科学与玄学论争的张君劢的第一篇文章，也是发表在本刊。现在国内著名杂志如《时事类编》《国闻周报》《东方杂志》等，和本刊交换的有一百余种之多。全国各图书馆来函请求赠阅者几每日有之。这种种现象都说明本刊已经有了它的社会价值，已经引起了社会中各方面的注意，这是清华师生努力的成绩，也是我们真正值得自豪的地方。第四十一卷总编辑，现在本校地学系供职的李洪谟先生在纪念本刊二十周年纪念时说："凡爱护清华的，就应当爱护《清华周刊》。"我们对此有深深的同感。

《清华周刊》存在的另一面的价值，也是它的主要价值，是它对于清华同学写作能力的教育作用。说这话一点也不假，我们可以举出许多事实，本校教授中曾充任过本刊总编辑的有陈达、浦薛凤、闻一多、潘光旦、吴景超、蔡方荫、贺麟、水天同诸位先生，王士倬、毕国箴两位先生曾任过本刊经理，其他本校各教授之为清华校友者，差不多都当过各栏编辑。现任《时事类编》总编辑梅汝璈先生,《中国评论周报》的总编辑桂中枢先生,以前都曾主编过本刊。更广泛一点说,如果说二十年来清华对于中国文化人才还有所贡献(这当然是有的,因为现在许多学术界的名人都是清华校友),那么这些人才都是受过《清华周刊》对于他们的鼓励的。吴景超先生在回忆他做本刊总编辑时说:

> 这一年的编辑生活,现在回忆起来,还觉得津津有味。当时与我共同编辑周刊的人,最重要的,是一樵与实秋。我们那年住在"新大楼",便是现在的一院,三人共住一间寝室,课余的时间,大部分便用在周刊上面,因为当时我们真把周刊当作一种有兴味的事业而合作的。一樵的主要职务,好像是编辑新闻,我与实秋,专写评论。每当发稿的前夕,我们大家商量几个问题,把意思交换一下,然后各人分开去动笔,在熄灯之先,假如还有工夫,每人也许再写一篇。写完之后,交换阅读,互相欣赏,自己便觉得真有当了大主笔的快乐。

现在吴景超、顾毓琇和梁实秋三位先生都是国内学术界的闻人,他们的成就未尝没有受到本刊之赐。

本校十周年纪念时,《清华周刊》曾由闻一多、周兹绪、潘光旦、吴景超、浦薛凤(主席),组五人委员会出一增刊,介绍十年来的清华,现在这些人也都是大家所熟悉的。举这些例并不是说《清华周刊》的作用只能成就编辑,是因为这些例有文献可证,比较好举,翻阅以前周刊中如周先庚,王造时,陈石孚,张忠绂等诸先生的稿件都很多,而这些人当时并不是编辑，我想如果拿出一本十几年前的《清华周刊》，而我们仅只从名字来推断内容的话，也许是今日最充实的刊物。直到今日为止，清华的一般写作水准是要比较其他的大学高得多，当我们翻开一本本北平出的刊物，很多的通信处都在清华园；我们见到过《学生与国家》《华北青年》《新地》等由清华同学主编的刊物，内容都很充实，这种一般写作空气的浓厚和写作水准的向上，都是直接间接地受着《清华周刊》的影响的，我觉得我们应当设法把这一影响来更加扩大，使它能够做到帮助学校来教育学生的写作能力的任务。

拿《清华周刊》对于中国文化建设的贡献，和对于培养文化人才的成果上，我们说一句《清华周刊》的存在是直接影响中国文化的，也不算是过分地夸大吧！

在《清华周刊》的这二十三年悠久历史中，也并不是中途就没有发生过波折，兹将有文献可考的，简述如下：本刊第十三卷（浦薛凤主编）就是由学校停止，由学生会提出改良条件，经学校承认后才出版的，第十三卷与十四卷之间也曾停刊半年，详情已难考。第十五卷（十年三月至六月）中曾也因学校当局的不满和断绝经济援助，一度停刊；后全体同学自动集资改出《清华学生周刊》，共出两期，学校才又允许原来的周刊复活。第三十四卷（十九年十月至二十年一月）曾于周刊外每两周加刊一双周刊，内容偏重社会科学，被政府指为"别有用心"，勒令停刊，双周刊只出两期，但并没有影响到周刊。第四十三卷出版期间曾因谣传友邦派人来校检查，校中将同方部的旧名恢复，并令同学注意，同学中自动焚毁本刊的甚多（二十四年六月下旬），但本卷仍照常出齐。第四十三与四十四卷间曾因学生会纠纷停刊半年（二十四年后季），旋学生运动起，本刊一部经费捐助救国会。第四十四卷于二十五年三月复刊，后曾因第十期中载有《中国乡村建设》及《六月流火》两书评，被北平市政府以"鼓吹阶级斗争"名义，予以查禁和停邮的处分。去年十一月，第四十五卷在力求革新的希望下，蒙潘教务长允许继续出版，并请当局解禁。最后于本月十二日，当时本卷副刊已全付印，周刊只本期未付印，校中令即日停止周刊，后经编者向潘教务长面陈本刊对外的信用和本卷的完整，蒙允准本期仍可付印，《清华周刊》至此遂完成四十五卷，二十三年的历史了。

我想《清华周刊》之所以能不中途停止，而有这么悠久的历史的缘故，就是因为全体师长同学都还爱护它，举例说，差不多校中每一位教授都花一元八毛钱订阅一份周刊，在他们的学识上，是决不需要看我们这样年轻人的浅薄东西的；但他们却都很关心，这就因为一方面他们是在看自己教育着的学生的东西，一方面也是充分地关心着这曾经由他们所栽培过或爱护过的《清华周刊》的缘故。许多同学也都这样想，他考上清华是他的光荣，因为清华是国内最好的大学，但你如果问他清华的好处是些什么，他要是一位细心点的人，当他给你图书馆体育馆地，背诵半点钟的时候，他决不会忘记了《清华周刊》，因为这确实是别的大学所没有，而真正值得我们自豪的东西，我想这些于全体师长同学的爱护本刊的心理，也就是本刊所以能有这样悠久历史的真实原因吧。

当然，《清华周刊》也决不是没有缺点的，尤其是这一卷，不过我想缺点是应该关心它的人去设法改良的，似不必因此即取消了它的存在，我这里决不想替我自己，或这一卷周刊辩护，我只愿向全体师长同学说明，我的才力薄弱和错误之处一定是很多的，但如果下一卷让一位更有才力的人编下去，那么我的罪过只是贻误了一卷的篇幅；如果因为我这错误而使刊物本身失去了存在，那我的罪过确乎是太大了，我实在对不起诸位师长和同学。

我是一个一向爱护这个刊物的人，我对于自己的能力薄弱带着深深的惭愧，对于它的将来，我愿引本刊第十三卷总编辑，现任本校政治系主任浦薛凤先生的话来说明：

"我现在用极简单的话来表明我的希望，第一是要大家一齐起来做，不要看《清华周刊》是几个人的，第二是我们应做的事，《清华周刊》应该灌输新思潮、新学术，讨论新思潮、新学术，创造新思潮、新学术，应当研究社会问题，研究改良各种社会问题。"（第一八五期）

浦先生的话虽然是在民国九年说的，但我们觉得在今日仍甚有价值，愿录之以为本文之结。

二十六年一月二十日（本文原载 1937 年 1 月 25 日《清华周刊》第 45 卷第 12 期附录，署名王瑶）

圪坎略记

民国三十年，余念八岁，诚余生命史上最多变化之年也。固然此系就以往而言，来日方长，可纪念之事忽将更多，但此年实为一转变枢纽，回忆之殊令人有所感焉，不可不一记之。

自民国二十六年事变以来，余即蛰居家中，虽亦不无波浪，但大体言之，均属平淡。三十年春，即前一年，余仍汲汲于商业生利，盖系为家庭服务性质，一方亦生活逼迫使然，故亦津津乐为也。元宵节前，即与耀俊进城，畅玩数日，一方仍从事于纸烟皮烟等货物之购置，后遂归村。

阴三月初三日，遇竹山兄于平遥西街，数载阔别，相见欢然，晚畅谈数钟，次日即归，初六日又进城，访竹山，蒙荐充希仁教师，当允之，借机代超毅说项，初并无意于自身环境之改善也。次早与竹山及赵院长偕返家中，为双亲注射消毒针。早饭后，赵君返城，余乃与竹山偕往王家庄赶会，午饭时正畅谈一切，忽接希仁由城中遣人送函至，乃婉拒迎聘之意，祝三意拂然，余笑置之，盖初本不以此为职业也，下午竹山返城。

初十日余又进城，借机访竹山畅谈，知故友辈之情形颇详，心极振奋。据云希仁系决定最近入川，故只可作罢论焉，次日余返村。十二日早竹山忽骑车访余，颇觉异外，方悉前事已谐，超毅之职业亦无问题，令余自择赴职日期，当择定月之十六日。

斯日余略事摒挡，约十二时，耀俊等正在院中缝被褥，轿车前来迎余，遂前往焉。至希仁宅，方知竹山已因事返文水，蒙盛馔招待，晚复听戏一次，即宿于兴隆信号。此后即正式开始补习，余于数学极感生疏，能帮忙之处殊鲜，惟英文尚不感困难，自问于彼或不无小补。十九日上午，郝宅某仆或仓促至，报以敌宪兵便衣数人，至希仁宅索余，据云已至村捕余未得，希仁劝余暂避，余亦惶惧莫名，遂走避子谟宅，并恳其代为疏办，后尹毛诸掌柜亦至，晚便衣张昌胜来，反复折冲，略有成果，余遂仍回号中安息。

次日遵约入安清，拜刘雅农君为师，敬香堂等礼共二十四元，后又送长胜等二人共六十元，始算息事。下午严父偕侯子建君坐车进城问讯，幸已无事，惟余仍不敢以花钱之事禀知，遂负债于个人，半年以来，受其束缚实多也。

惟此后神经上颇受刺激，行动庶有失常之处，此事希仁知之甚悉，后竹山因事赴太原，嘱代为活动一小事，盖敌人征集壮丁，治安强化，势不能再行苟安，但后始知无效，此本显而易见之事，但为求生欲望所迫，妄思求苟安寄托之所于敌人卵翼之下，其难也必矣。惟此期间耳闻目击种种后方之事，中心颇为激动，虽以经济所限，自知妄效，但跃跃欲动之心，固已油然而生焉。

此期间为超毅之事，颇费苦心，终告成功。于后六月初六日率其进号，而希仁已决定赴平上学，余亦极怂恿之，盖不愿友人亦似余之潦倒也。希仁走后，余即回家收获夏田，自问前途之希望已渺，安心守命可也。先是家中在城内置住宅一，全为余手所办，且因之受全家之不满，此时内院门窗破坏，仍未修复，忽有人促余进城接洽赁租事，余遂进城，始知系某朝鲜人与地方流氓勾结，欲行赁居，颇带强迫意味，余乃进行修理，因家中经济缺乏，且夏季收获不丰，粮价低落，筹钱颇感困难，此期间余住于耀俊家内，精神极为苦恼，旋希仁亦自平归来，因敌人冻结英美资金之风盛行，遂决意来后方求学，余亦深赞同之。后六月十一日，竹山至平遥，嘱同赴太谷晤视午亭直公二兄，次日即偕往，四年平静生活，至此遂生转机焉。

在谷共住四日，且共摄一影留念，其间得知故友之消息与时局之情形者颇多，心中极为兴奋，而午亭西来一事，犹于余心中种深刻之影响。并悉午亭已将余之存平衣物行装取出，寄于太原会馆，遂决定秋后赴平一行，竹山且愿同行，后遂偕返平遥，畅谈数日，竹山极阻余至平谋事之念，情意拳拳，可感之处甚多，后遂返文水焉。

此后余仍住城内监理整修房屋，后耀俊亦进城参其长兄婚礼，与希仁亦不时见面，汇川泽生等皆常与畅谈，余之动身计划，亦渐形具体，但钱的问题仍从中为梗，能否实现，庶无法预料之。七月二十日，余又至兴隆信号中为希仁补习，目击希仁之行，日益迫近，又蒙希仁兄助一部路费，行志遂决，但其余一部仍无法筹得之，家庭只与阻碍，不予帮忙，中心甚为烦恼，但已决定于中秋后即赴平一行，解决一切。

中秋前即回村帮助号中营业，并合家团圆，十六日进城，知希仁等已决定九月初三日动身，并商妥偕行，遂与竹山去一信告知，即于十八日先赴北平，在太原停一日，二十日早至东站，即赴太原会馆访直公等，时尚皆拥被未起焉。

计在平共留五日，约费洋六十元，买眼镜一，将旧日衣物皆带回，惟损失甚多，不堪计算矣，书籍全部遗失，犹觉可惜。并为午亭带回被褥等，交祝三设法转隰县，遂还里焉，于二十七日早抵平遥，二十九日转村中，已知西行期改为九月初六日，并悉竹山将来亲送，斯时中心忐忑，莫名所似，一则经济仍无着落，虽希仁已允全部担负，但外债尚无法清偿，直至临行，尚欠杨君洋五十元，嘱耀俊筹还，再则会短离长，目觌双亲年高，精神日衰，妻弱子幼，乏人照料，庶令人不能无惆怅之感，此情至今思之，犹觉嗒然。

至村后即整理行装，家中亦尚同意，盖不得已也。初二日又进城，竹山已早至，畅谈甚欢，惟不无离别之情，汇川昆仲亦在城内，作临别之晤，当决定初六日齐会于王郭村，余遂于初三日下午回村。此数日内慈母每日堕泪，父亲沉默而现暴躁，周围空气极冷酷，初五日即由超毅与余将行李送至云川宅，初六日早，竹山又亲来送行，早饭后，遂动身焉。

竹山之来，使余之悲痛稍遏，而耀俊于别时亦难表哀痛之意，母亲仍哭，毅、莲皆落泪，鲁等则憨然不知何故，严父送至村外，余行已远，犹可遥望其伫立之态，中心之感，无法表之。与竹山分袂于南政村，即此良友亦远离矣。遂至云川宅，偕赴王郭村，是日狂风大作，又目击云川临别时之一幕，使人心为之碎，当晚即宿于王郭村，约定次日动身，同行者十人，均已先至。

次日坐大车出发，至下午三时许，已达孝义城，完全脱离敌人统治范围，中心大安。当晚宿于下土井村，在彼办理沿路护照等事，后又在兑几峪停留数日，进行雇妥脚骡，始动身焉。沿途爬山过岭，困苦不堪言状，终于九月三十日晚安达西安，当偕宿通城晋号。

到西安后，即竭力找寻熟人，图谋职业，奈知交无在西安者，致进行大受困难。初木斋代为进行经商事，不果。兴隆信陆某又屡从中作梗，势利白眼，到处受人轻视，同乡范绳武君，屡言代谋，亦未获效。后遂竭力于清华同学方面求解决，程北民洪同诸君，相当热心。又同乡薛人安君荐考外交人员训练班，亦与试焉。又王思曾兄介绍谒见王靖轩君，亦蒙允代为设法。此时期中，诚即所谓得病乱求医者也。后又探得冯夷在乾县教书，慰甚，蒙来书谆谆邀赴乾县，盛意可感。居此奔波一月，虽皆略有眉目，但均无结果，盖余抱一南下理想，非有助于此者不洽，故徐士湖君虽荐至山大任教，仍不愿焉。后希仁决定来蓉，余亦不便请偕，遂行离别，希仁等走后，余在西安更成孤寂状态，终日惶惶之状，实难尽述。后又至乾县住一周，冯夷少年气盛，思想颇不融洽，结果不欢而散。回西安后，蒙张华老校友孙维丁会长荐赴陇海路局，即去述职，惟待遇薪津共一百八十元，令人无法维持，旋移住于陇海旅社，终日无一可以共语之人，孤寂之苦备尝之矣，此段生活，殊令人怅惘之至。后鸿逵选青虽有信允为设法，但深知远水不解近渴，即路费一项已成问题，故亦不太关心。其间冯夷又至西安一次，相谈更多失欢，但蒙热心代荐教员之职，颇觉为近后可能之安身办法。后外交班放榜，幸蒙录取，遂决定南下，至此计已向勇进借款三百元，思曾二百元，保芳二百元，欠希仁之洋已达一千二百元，诚可谓负债累累矣。

搭车到宝鸡报到后，蒙外交班发洋二百元，乘车证一张，嘱个别赴渝报到受训。至城后，因与选青多载未晤，亟思一见，乃坐洋车至汉中，共留两日，晤谈极欢，时选青已代为荐好铭贤教职，余亦犹豫未决，即匆匆南来。抵蓉后与希仁相晤，即住于其号内，心中仍忐忑，盖念念不忘升官所致，但一线正义感，仍未全泯，后接鸿逵函，始决意来铭贤教书。此间又接思曾电，盖蒙王靖轩局长代荐好税局职务，待遇虽稍优，但以开学期近，决意不往。计在蓉共住两旬，于正月初四日与希仁偕来铭校，从此开始操误人子弟之粉笔生涯，待遇虽菲薄，但精神颇感痛快，希仁亦不时来谈，一载之中，变换频仍，人生坎坷，若冥冥中有所主宰者，余虽素不信任何宗教，亦不迷信先天势力，但以目前已过之诸事观之，则虽为巧合，一若已被宿定者然，令人不能不有所感喟焉。

自来后方以后，余一切之行动计划，率皆以赴滇完成学业为一大目标，一切皆照此方向进行，以目前观之，此事或有实现可能。盖如此则总算结束此段孽缘，再则余终身之事业亦或将由此找得门径，今者发愤之年已过，而立之年将至，于人生途径之起点上，亟应有所趋向，长此摸索殊非下场。且五年荒疏，身心两方俱显停顿状态，如能得诸名师之启发，及高等学府生活氛围之熏陶，或可于学术途径上，得一启示之机，亦求进步之欲望有以趋之也。国事如斯，家宅远离，个人流迹异方，一切均听环境之摆布，前途如何，不可逆料，惟勉尽人事而已。天下事之当为者，虽知其不可为而犹必为之，况知其必可为者乎？愿以此自勖。

今后变迁，可记者自多，惟今于离家半载之时，与希仁结识一年之日，抚今追昔，聊记之以自惕，其意庶不在供诸他人阅尔。

笑谭 三十一年旧三月初六日（即四月二十日）灯下，于铭贤

前二日美机首次轰炸东京，附此并记之

（本文未曾发表，系根据手稿排印）

守 制 杂 记

俗谚说,"三十无子半世穷,四十无子绝断根"。现在看起来,有子也未必即能疗贫,也许还拖得更穷;但依照传统的"养儿防老"的习惯,早得子总是一件喜事,因为多少可寄托一点"防老"的希望。至于是否可以兑现,那是要以后才能证明的。

父亲生我时已四十三岁,生下时就说:"秋后结的瓜,没有用处的。"那时我已有了一个哥哥,"绝后"一点已不必顾虑;至于防老和疗贫,则"人生七十古来稀",对于父亲显然是太迟了。但慢慢地,这种厌恶的情感已逐渐消逝了,到我听到这些话的重述时,已经完全变成慈祥亲谑的口气了;而且那话里多少含有一点希望和鼓励我及早努力的意思。他不只爱我,像一切的父子间的关系;而且很看重我,正像他充满了自信力地永远看重他自己。在这点上,我所受到的优遇和估价从来是超过我的哥哥的。他确信我的能力会在将来有所成就,而且也从没有怀疑过我会不孝或对那个家并不忠实,这些好像都没有问题;他所愁的只是他年纪大了,恐怕看不到我立身的途径,所以寻常说:"我能活到七十岁就好了,我可以看到你从事一个职业的起点。"在这种称誉和表示希冀的场合,自然我照例都是"唯唯"的。

父亲今年死了,享寿七十有六。如果可以说一句为人子者所不宜说的理智点的话,"死对于他是愉快的"。即使"超升天国"是很渺茫的希望,至少"脱离苦海"总是件现实的事情。

父亲并不是位名人,更不是英雄,但如果说能和生活挣扎的人都是英雄的话,他也未尝不可称为英雄。事实总是事实,虽然自己的身份是泣血稽颡的孤子,但对"行述""哀启"这一类华艳溢美的文字却并不拿手。而且父亲也仅只是一个小民,并无一大套履历或德政让我来背诵,所能记的也只是一些和生活挣扎的平凡事情,正无须我来渲染或炫耀的。

大致可以这么说,他是一个由极端贫困中挣扎出来,事实上已只能止于小康,而自己却还不想中止的人。幼年时只读过一年书,从十六岁起,就做了佃农和挑扁担的小贩;祖父终年卧病,他是长子,逼迫着负担起全家生活的担子。以后由挑贩瓷器而到瓷器铺当学徒,又辗转至布店钱庄,而且进入了山西的票号。这过程的变化全是他自己摸索交际的,并没有特殊关系的援引。慢慢地,他已自修得可以写信打算盘;到入票号时,已可管理账目了。但一直到民初票号倒闭,他虽然已经四十岁,但还只是赚"身金"的店员,并没有熬到可以分红利的"身股"。所以当票号倒闭后,他失了业,这时祖父死了,我这"秋瓜"也出生了。有一次他另外在本乡租了两间屋子,搬家时他自己挑着,据说那时全付的财产只有三挑。

这时家里有了不到十亩田的财产,是只能种高粱的瘠土,他过了三年自耕农的生活,实在维持不下去了,于是就又跑到河南,他在票庄时所服务过的地方。后来一直在几家制造蛋黄蛋白的工厂里做事,一直到六十岁,才生病回了家。这时家里的境况显然已经丰裕了,自己在乡间有了一所房子,田产也多了,还养了骡马;凭着一点现款和这些田地,家里的生活过得相当宽裕,已经是当地的小地主了。

　　一个受惯贫困而又挣扎出来的人,通常总是过分看重自己的创造能力的。父亲的才力和奋斗的精神自然是出众的,因为这经历的过程全是他个人摸索的结果,这经验当然是辛酸的。但这种结果却又给了他过分重视自己能力的乐观的态度,以为困难总是可以克服的。他自己老了,又不想中止于此,哥哥不太合他的理想,于是自然就看上了我。一套一套的辛酸的经历都叨叨地教训给我,这秘诀的精华其实也只是自己尽量吃苦受气,和找寻社会关系中的间隙;我当然照例总是唯唯地表示懂了的。于是在这种希冀下,我也竟然中学大学地受了教育,而且在家中受着特殊的优待。父亲因为他自己没有多读书,对我又有了过分的相信,所以平日对于我的主张和行为,是从来都不阻挠的。他只提供一些处世做人的经验和原则,让我自由地去摸索。他认为像我这样的才力和好胜,一定会成功的。他看重我,正是相信他自己。

　　至于我,对于父亲这套辛酸的经验和挣扎的精神,自己也的确相信是懂了的,而且也的确为他那诚挚慈祥的希望所感动过。老早我就在心里说:"我懂得您,但我会使您失望的。"这条路不只走不通,而且各方面也不能再允许我这样走。不过虽然我对于光大那个家并没有兴趣,但我也决不恨父亲,每逢他对我说起他的经历和他的希冀时,我总是十分受感动,而且常常想法给他些言语的满足。这世界对他已经够残酷了,在这饱尝人生辛酸的暮年,又何不给他一点美的憧憬呢!

七七事变后，我离开家要到后方，他沉默了好久，凭着他那人生必须奋斗的经验，和对我的完全相信，他眼眶里流着泪，却很坚定地表示了同意。中饭时喝了两杯酒，飘着白髯，摇了摇头，凄凉地说："今生大概是不能再见了！"我背过头，哭了。他却又涨红着脸喊着说："哭什么？没有出息，您认为我会死吗？身体结实得很呢！"在这种场合，连母亲也是只有抑制，不敢表示她的感情的。

　　走的那天早上，我背了个小包袱，父亲一直送我到村子外边；我走了，一个人，知道父亲的倔强的性格，头也不敢回转一下，眼泪只有向肚子咽。那是一个秋天的早上，北方的野外是连草木也很少见了；走了老远，才偷偷地回过头来一看，他还那样站在村边堰上的晨曦中，望着我回过头来，不住地挥着手让我走。那时我真想哭了。记得朱自清先生的《背影》是著名的写父子间感情的作品，但那还是父亲的背影，现在却只有父亲呆望着我的背影了。这种无时间限制的逃难式的分别，在一个七十岁的老人的心里，会刻上多么深厚的创伤！

　　抗战期中生活的颠沛流离，有好几年是连家里的一封信也得不到的。对于父亲暮年生活的悬念，是我一直不能忘怀那个家的主要原因；自然，父亲对我的悬念是更要深切得多，这是不必推论的。胜利了，接到的第一封家信是哥哥的笔迹，里边说父亲得了中风症，已躺在床上一年了。对于这种消息的报告，我自始即表示着怀疑，按照传统的习惯，我恐惧着父亲已经不在人间，那只是怕我悲痛，而对父亲不能亲笔写信的一个饰词。又过了一年，像我这样的小民也总算托福复员了，于是在去年的夏天，我又回到了那个阔别多年的家。

　　家里正在收割小麦,但村子里、家里,以及由许多熟识面孔的表情上,都显示出了无比的衰落和荒凉。这地点是国共两军的交错区,我回去时原是带着点冒险意味的;如果不是为了对父亲的悬念,这样的旅行是最富有冒险精神的人也不愿尝试的。一方面的"扫荡",另一方面的"游击",经常会在一天的上下午分别光临;一霎时就会全村中钻得躲得没有一个人。很幸运地,父亲还活着躺在床上,虽然已患着不治之症,哥哥的话并没有扯谎,我总算又见到父亲了。

　　父亲不只消瘦了许多,眼睛也已经失去了通常的那样锋芒的光彩,知觉和思维的作用也差不多停滞了,不能连续地谈话,不知道运用感情,只用两只眼睛呆呆地盯着我。

　　"爹!认得我吗?"

　　"嗯!"

　　"我回来了!很平安。"

　　"嗯!"

　　"您欢喜吗?"

　　"欢喜!"点点头。

　　所有的谈话都只能是这一种形式的。他不会关切,不会问讯,只能答应一点简单的句子,而且似乎还觉得很烦。过了两天,神志稍微清醒了一点,他念念不忘地絮述全家生计的困难,只恐怕这样下去不久就要挨饿。这是事实,这些年已经把这个家又拉回饥饿线上了。不知哪里来的一股扯谎吹牛的本领,我说了:

　　"爹!您放心吧!别怕,我回来了就有办法。您以前不也是凭一个人的本事撑起这个家的吗?我在外边很得意,而且正年富力强，请您不要再发愁了！"

"放心！当然放心！"他笑了，飘动着白髯。是我回来后第一次看见他笑。

天晓得我说的是些什么，而且就在说这话后的两天，我又离开他走了。在家里住了一星期，战争的环境实在隐藏不住了，我只好走，虽然所走的地方也并不是世外桃源。

这次可是永别了，其实这也不是今天才知道，当时已经可以这样断定了。离别后的九个月，父亲逝世了；像我这样终日为职业和吃饭忙碌的人，交通和战争的情形又早超过了九个月以前的严重程度，当然是既不能"亲视含殓"，又难以"匍匐奔丧"的。所能办到的只是五百元的一条黑纱，在蓝布大褂上缠缠而已。

这样的消息对我不只不意外，而且也说不上什么遗憾；所有的仅只是一股悲哀和回忆中的怅然而已。老实说，父亲的死至少对他自己是幸福的。还是我想象的那两句话——即使超升天国是个很渺茫的希望，至少脱离苦海总是很现实的事情。

战争不断在周围进行着，村里人一天天地少了，我走了，哥哥和侄子也离开走了，陪伴着父亲的只是七十岁的母亲，有时在村中开了火，家里会躲得单剩下躺在那里的父亲。预备好的寿器本来是寄存在村边的寺院内的，去岁一个国军的兵士被打死了，硬要抬去用，家里的人环绕跪泣，另外给那位兵士买了付棺木，又赔了许多钱，才算没有抬走。以后就拿回来摆设在堂屋里，好像里面已经装了死人似的。战争的情况一天天严重，家庭自然也跟着一天天破产，家里的人连吃饭都很困难了，对这久病的老人能有什么好的看护呢！

至于我，诚然是并没有尽过孝道，但这并不是怪我出世迟，父亲活了七十六岁，等待的工夫已经做够了；而且即使父亲再多活几年，除了他自己受苦外，我又能做些什么孝道呢！如果他还有知觉，他是会对我失望，甚至死不瞑目的；但现在我却给了他个"谎"，我保证了家庭生活的安全无虞，在这种场合，"谎"不也是很伟大，而且是很好的孝道吗？

　　我对于父亲所能尽的孝道，只是一个"谎"。

　　但我并不伤心，也没有遗憾，现在我固然没有能力尽孝道，或者复兴一个家，但即使有可以达到这样目的的捷径，我既不以此为我的人生指标，当然也就不会照着那条路走。"孝"的场面只是属于某一些人的；因为如果说"孝"只是表示一种感情，那我又何尝不孝？

　　我虽然不能照着他的路走，但我是懂得他的。他的出身，时代和他对生活挣扎的辛酸经验，使他过分估计了一个人的辛勤和才力的效果。父亲的才力和辛勤的确是发展到了顶点，所以他克服了一连串的阻碍，繁荣了一个家。但这样的路对于我不只是"不能"，而且也"不必"了。一切的人既都要活下去，自然也就有可能都活得下去；父亲的年代和我已经相差了半个世纪，这并不是一个短的阶段啊！

　　但父亲这种经历和精神对于我是有着深的影响的。不太惧怕困难，做事情的辛勤和讲求效率，和永远充满自信力的乐观态度，都常常使我警惕和反省。在一些疑难畏缩的场合，也常常会有他的声音在我耳边吆喝。我常想，在这些地方，父亲对我的特别看重也许是对了，我又何尝没有继续了父亲？

　　但事实上我所给了父亲的只是一个谎。

这谎对于父亲也许是个很大的安慰,因为他笑了;而且以后他的知觉就更不清楚,以至于死。但年老的母亲却把这谎当了真,自从这次离家后,母亲一次一次地托人写信来诉苦要钱;苦,不必写,我知道,而且绝对地相信,但连肚子也混不饱的人,在哪里能谈得到接济呢?自己也已是中年,肩上负着家室之累,从事着一个半饱状态的教书行业,仰事俯蓄,都感束手;对于父母亲所能尽的孝道,最多也只是一个"谎",但母亲还很健康,她是应该不满意于一个谎的。

父亲死了,母亲来信说战争很紧,最好赶快出殡,要我马上寄一百万。这数目其实并不够,但我这次却不只钱,连谎也扯不出了。

我哭了,号啕地哭!应该哭的,"哭泣之哀"也是孝道;我现在所能尽的,也只有这种孝道了。

　　　　　　　　　昭琛　四月二十四日父亲出殡之日
　　　　　　　　（本文写于1947年,未发表,据手稿排印）

治学经验谈

我从事中国文学史的研究工作，就专业的性质来说，可以说是严格的"科班"出身。我毕业于清华大学中国文学系和清华研究院中国文学部，因此就师承关系说，我是直接受到当时清华的几位教授的指导和训练的。1934年我考入清华大学中文系，系主任是朱自清先生，以后我的毕业论文导师和研究院的导师，也都是朱先生。当时听课和接触比较多的教授还有闻一多先生和陈寅恪先生，他们的专业知识和治学方法都给了我很大的影响。

像许多青年人一样，我也是由于爱好新文学才选择了"中国文学系"的；但当时大学的课程都集中在古典文学方面，于是我也就把汉魏六朝文学作为自己的专业方向了。一个人所经历的道路总是要受到他所处的时代和前辈的影响，在我开始进入专业学习的三十年代初期，我受到了当时左翼文化运动和鲁迅著作的很大影响。由于自己缺乏创作才能和生活积累，当时又正在学校读书，于是便把文学研究工作当作自己的专业方向，而且努力从鲁迅的有关著作中汲取营养。我的大学毕业论文题目为《魏晋文论的发展》，研究院的毕业论文题目为《魏晋文学思想与文人生活》，就都是在鲁迅的《魏晋风度及文学与药及酒之关系》一文的引导和启发下进行研究的；同时，还写了《文人与药》《文人与酒》等专题论文。应该感谢朱自清先生，他很尊崇鲁迅，对我的想法和努力方向给予了很大的支持。我自己则对"五四"以来的新文学仍然保持很大兴趣，而且也经常注意和关心文学创作的发展情况。但说不上什么研究，只是业余涉猎性质。全国解放以后，在教学改革中，"现代文学史"成为中文系的一门主要课程，当时教师又十分缺乏，遂适应教学需要，改教"中国现代文学史"等课程，并着手编写《中国新文学史稿》一书。我的研究范围虽然有所变化，但在现代文学研究方面，我仍然是以鲁迅的有关文章和言论作为自己的工作指针的。这不仅指他的某些精辟的见解和论断是值得学习和体会的重要文献，而且作为中国文学史研究工作的方法论来看，他的《中国小说史略》《汉文学史纲要》《中国新文学大系小说二集序》等著作以及他的关于计划写的中国文学史的章节拟目等，我以为不论是研究古典文学或现代文学，都具有堪称典范的意义，因为它比较完满地体现了文学史既是文艺科学又是历史科学的性质和特点。他能从丰富复杂的文学历史中找出最能反映时代特征和本质意义的典型现象，然后从文学现象的具体评述和分析中来体现文学的发展规律。鲁迅根据他长期研究中国文学史的经验，感到自从学习了马克思主义的文艺理论之后，才"明白了先前的文学史家们说了一大堆，还是纠缠不清的疑问"（《三闲集·序言》）。更清楚地说明了马克思主义理论对于文学史研究工作的指导作用。因此谈到所谓"治学的经验和方法"的话，我以为鲁迅的经验和著作才是值得我们大家学习的典范。我自己研究的范围或选题虽然屡有变化，但几十年来一直是照着这一目标来努力的。

我平日读书，可分为"通读"与"涉猎"两类。通读之书多为自备，因此可以随时作各种记号以及于眉端书写一点随感，有时也另外写一点提要式的笔记或摘录某些重要论点及论据。如所读之书为文艺作品（如小说），则通常是写提要及随感；如为学术著作，则除于书中有所批点外，有时也摘录一些重要的段落。至于涉猎式的阅读，则涉及面较广，报刊杂志，各种图书，皆不免如鲁迅所说的"随便翻翻"；遇到自己认为有用或有趣的，也偶尔摘抄一点，但数量不多。上述这些都带有某种积累资料的性质，但都谈不上是有意搜集，只是在阅读过程中的一些备忘式的抄撮工作。至于着意搜集资料，则是围绕选题范围来进行的。无论撰写书籍或论文，对于选题总有自己初步的构思和框架设想，而且除论述对象之外，也要充分掌握有关的文献记载和前人的研究成果，这就要进行一番有意搜集的工作。为了写作时运用方便，也为了根据有关资料重新确定自己的写作计划，我通常是用卡片来抄录材料的。以上只是我个人习惯运用的方式。由于选题的性质和范围各不相同，也由于人们的学术修养和工作习惯的不同，我以为在积累资料方面，可以根据自己的需要和方便，采用各种不同的方式；只要能够为研究工作提供必要的和准确的根据，就可以了。

　　我是在大学读书时开始写论文的。1936年我曾任《清华周刊》第四十五卷的总编辑，同时还参加了一个文艺刊物《新地》的编辑工作，我在这两个刊物上曾写过一些关于文艺问题和评论作家作品的文章，但都谈不上在某一问题上"有所突破"。其中关于评介鲁迅和茅盾作品的文章，后被收入萧军编的《鲁迅先生纪念集》和庄钟庆编的《茅盾作品评论集》中，现在还容易见到，可以算作是早期的习作吧。

我没有什么成功的经验可说。至于"基本功"的训练，根据我二十多年来指导研究生的体验，认为下述三方面是极为重要的：一、必须具备一定的理论修养，包括马克思主义基本理论和文艺理论，善于发现问题和分析问题。二、知识面不能过窄，必须有比较广泛的文化历史知识，不能把目光局限于狭小的论文题目的范围。三、语言文字能力必须强一点，要能看懂一般的古籍和掌握利用工具书的能力，也要具有清晰通畅的文字表达能力，能够准确、扼要地把自己的观点表述出来。

（本文原载1983年《江海学刊》第2期，署名王瑶）

真实的镜子

——从几篇新文学作品看中朝人民的友谊

自从甲午战争以后,中国统治者断送了朝鲜的命运,也给中国人民加深了痛苦的灾难,中朝人民在解放自己和革命斗争的过程中,就是不断地交流着兄弟般的亲切的关注和友谊的。这在历史上可以找到具体的事实说明,想象上也决不至于错误,因为他们的敌人和战斗目标都是共同的,为什么会不携起手来呢?这种友谊是和中朝人民自己的反帝革命斗争密切相连的,它是现实中的一面,因此也必然会反映到为人民革命服务的文学作品上;虽然比起实际的情形来,这种友谊精神在中国文学作品上的表现还是很不够的。但想想,因了生活环境隔离的关系,把别一国家的人民写在自己作品中本来是很困难的事,除过朝鲜还有哪个国家的人民在我们文学作品上有更多的反映呢?我想这已经够说明中朝两国人民的生活和战斗实践的密切了。"从一粒沙子看世界"固然有点渺茫,但文学的机能本来在由一角显示全般,我们的作品中有过关于中朝人民友谊的表现这一事实,不就雄辩地说明了中朝两国的唇齿相关的战斗经历吗?因此这类的作品虽然不多,但它仍然是历史的一面真实的镜子。

在许多晚清小说以及一些新文学的作品中,凡遇到写发人深省的亡国惨痛的场面时,就常常穿插一位朝鲜革命志士的慷慨激昂的谈话,用以鼓励读者的爱国情绪;而那些谈话也同样显示了朝鲜人民的反帝革命斗争的勇敢和壮烈。但这还不能算是正面写朝鲜人民的活动，虽然也可以看出中朝人民间彼此的亲密的关注。1926年蒋光慈写了短篇小说《鸭绿江上》，记朝鲜革命党人李孟汉所述他爱人金云姑被日本统治者囚死的惨史，和他们从事革命斗争与恋爱的经过。鸭绿江上是他俩悲壮地离别时的地方，这一节写得非常动人，表现了朝鲜人民的坚强的斗争意志，也指出了殖民地人民的出路只有革命和民族解放。1926年正是中国人民激荡在大革命高潮的时候，在这年蒋光慈就又写过中篇小说《少年飘泊者》，写一个青年汪中经历了许多颠沛流离的生活变迁，最后为大众死在战场上了。全书由"五四"起，完结于"二七惨案"以后，想由此表现由个人奋斗到群众革命的过程。这表示出当作者认识到中国革命的主流和道路时，他也就同时想起了朝鲜人民，因为他们的命运和出路是相同的。这些作品虽然不能算很成功，但在当时唤起青年的革命热情上，是发生过一定作用的。这也说明了在革命斗争中人民间的互相关注，和革命本身的国际主义的精神。

九一八事变后，中国人民在东北英勇地组织了各种武装活动，到处给日本侵略者以打击，在这些人民的抗日革命武装里，就有不少的朝鲜人民参加着，和我们经常地一同工作和作战。戴平万的短篇小说《满洲琐记》，就是写这种情形的。小说里的主人公是一个十五六岁的体格健康，鼻子宽大的朝鲜姑娘，她起初住在日本统治下的东北城市里，但无论如何找不到一个做工的机会，家里又没有饭吃，因此非常地焦急。那时好些为生活所煎熬的人们都集中到城市的工厂和铁道周围，像饥渴的鸦群，从荒芜的田地里，从枪炮扰乱的山林中，带着求生的欲望，都挤入了城市的人群里。那些征服者们在这种时机是最会利用种族间的歧视来解决问题的，于是规定日本工人的工资是每月一百余元，中国工人是三十余元，而朝鲜人呢，干脆不用。她很想做一个中国人，但中国话又说不好，后来还是装作一个中国的南方人，才算进了工厂。但不久终于被日本人查了出来，说她是朝鲜红党，要抓她；她和其余两个女工半夜一块逃出来，上了间岛，参加了中国人民革命军的抗日游击队。在那里她变成了一个活泼快乐的姑娘，她说她过去只知道要活下去，现在才知道该怎样活下去了。有人问她还想做一个中国的南方人不？她说："不想了！做什么南方人！中国人，都是一样，胖姊姊她们（和她一起逃出来的女工）可不是中国人，可不和我一样倒霉吗？不！不想做了！穷人都是一样的苦命，连日本穷人也是一样的。我真不做了！"在与中国人民并肩的反帝战斗中，她锻炼成了一位坚强的战士，也变成了中国人民的宝贵朋友。像这样的事情，在现实情形中是极多的，这才真正是中朝人民间的兄弟般的友谊。

1936年舒群发表了他的著名短篇《没有祖国的孩子》，在当时就得到过文坛的好评。作品中的主人公朝鲜小孩果里，是给东北"东铁学校"的苏联教员牧牛的，那学校中的学生大部分是苏联小孩，也有一些中国的；学校里的国旗也是同时悬中苏两国的。果里的父亲生前曾领着朝鲜工人闹过日本人设的总督府，被日本统治者枪杀了，他死时告他的妻说，要好好看养孩子，不要忘记是谁杀了他。果里从很小就记住了这句话，对日本统治者埋藏下了深的仇恨。以后他随着哥哥来到中国，哥哥租田来种，他给人放牛。平常他很希望能进那个"东铁学校"读书,但当那里的小孩子说过他是"没有祖国"的话以后,他就连牛群也不让再经过那学校门前了。九一八过后的第九天,那学校的中国国旗也被换下了,周围驻了日本兵,逼着人民筑工事,果里也被拉去了,而且受了日本兵不少的鞭打和虐待。但果里悄悄地向一个中国学生借了一把刀,过了几天,在撑船送日本兵到苇子河的途中,他刺死了一个日本军官,自己也被另一个人踢下了河。当他从河里漂下来的时候,被那学校里的人们用人工呼吸法救活了,而且那苏联教师还特意送他进了这学校。这次那里的学生们再不轻蔑地鄙视这个没祖国的孩子了,反而更加深了他们之间的友谊。到后来那学校终于维持不下去了,苏联的学生都回了他们的祖国,那个苏联教师对果里说:"将来在朝鲜的国土上插起你祖国的旗,那是你的责任。"他哭了,但他没有地方可去,于是装作中国人,和另一个中国学生一块逃到了中国的关内。但在下船的时候又被警察认了出来,要一起抓去,他赶快对警察说:"我是高丽人,他不是的。"故事就在这里结束了。作者用了依照发展线索来连接若干片段的手法,活跃地表现出了那小孩的坚定沉着的性格;除强调了爱祖国爱民族的意义以外,也赋予了深刻的国际主义的内容。在中朝两国的两个小孩间交往的叙述和描绘中,我们可以领略到这两国人民之间的传统的亲密友谊,而那友谊正是通过共同对帝国主义者的战斗才更坚强起来的。

  在抗战期间骆宾基所写的许多作品中,常常有贫苦的朝鲜农民这一类人物的出现,因为他作品中的背景多半是东北的珲春间岛这些地方,那里中朝人民的生活本来是密切相连的，因此在他的作品如《姜步畏家史》《罪证》等作品中，常常有关于朝鲜人民的描写。但色彩最显明，也最可以显示出中朝人民的亲密友谊的，是他的长篇小说《边陲线上》。这是以临近图们江的黑顶子山脉的四遭为背景，写中国人民的一支抗日游击队怎样在困难与克服困难中开始长大的。如果谁还分不清朝鲜人民与所谓"高丽棒子"之间的区别，这小说是可以给他以具体明显的答复的；正如同中国的抗日战士和汉奸的形态决不相类一样，这书里对各种人物都有详细而清晰的描绘。譬如在苇子沟的一支中国游击队，那里只有朝鲜佃农种田，因此游击队的一切用度就不能不由朝鲜农民所负担的"中国救国捐"来开支，而这些朝鲜农民的生活实际是非常贫苦的。后来沙坪镇的游击队的领导军官们走上了贪污腐化的路，而且酝酿着要投敌；那个热诚坚强的知识青年刘强就是在和朝鲜人民的队伍接头后，才有力量整刷了那些腐化分子们，使这支队伍脱过了危机，走上了新生的道路。他对那些在山洞里会见过的朝鲜人民的印象是："他们都那么刚毅，那么诚挚，即使是姑娘，也不像琬玲那么装腔作势……他深深感到了朝鲜农民的特质。"作者接着描写了这会见对于青年刘强的变化：

  "好！"他对自己说，"现在是，真理医好了我的苦恼了，我现在将会变成一个健全的人了。"

  他像才出浴一般舒服，心在熨帖地跳动。它的骨节里，尤其是脊骨像注入了钢汁，越发硬朗了。他又觉到自己的意志里，已被他新遇到的人灌进了结实的物质。他和他们会见的山洞，他认为是熔铁炉，而他是被锻炼成一块钢了。

这本来是一支中国人民自发地成立起来的抗日游击队,经过这次内部的挫折和朝鲜友人的帮助,才取消了单单希望关里援救的思想,开始树立了自己来打日本的勇气。到日本军队来进攻他们的时候,朝鲜同志们勇敢地来救援了,拿着红色旗帜,终于合力地打退了进攻的敌人,使这支抗日游击队走上了正常发展的道路。这是一部长篇小说,对事件的发展有比较详尽的叙述,从这里我们可以具体地了解到中国人民的胜利果实是和朝鲜人民的流血援助分不开的;他们以崇高的国际主义的精神,尽力帮助了中国人民从帝国主义者和反动统治下解放自己的战争,因为他们了解那战斗的对象是中朝人民共同的敌人。那么,当今天我们又遇到一个凶恶的共同敌人的时候,我们怎能不紧紧地拉起手来呢!

对于朝鲜人民的文学作品我们也是注意的,在抗战以前胡风就介绍过好几位朝鲜作者的作品,收在他的翻译集《山灵》里。但无论是作品或介绍,比起中朝人民一向的友谊来,那自然是反映得非常不够的;不过即使由这么一小点,也可以大致看出一个历史的真实面貌来,而这是不能够也不容许被歪曲的。

(原载1951年1月28日《光明日报》)

《新中国短篇小说选》
第二集（阿拉伯文译本）序言

　　这本选集中的六篇小说都是在 1953 年和 1954 年上半年的中国文艺期刊上发表的作品。通过这些作品所反映的各个社会侧面，我们可以了解到新中国成立以来所已经发生的一些重大变化。从 1953 年起，中国开始了发展国民经济的第一个五年计划，这个计划已于 1957 年胜利地完成了；目前已经开始了第二个五年计划，中国人民正坚定地进行着社会主义工业化的伟大事业。文学创作是人民事业的一部分，它随着整个人民事业的进展而一同前进。

　　人民精神生活的提高和文化需要的增长不只表现在对文学作品的热烈爱好和欣赏上，同时也表现在他们要求自己来写作有关自己的生活和斗争的作品。崔八娃的《一把酒壶》这篇带有自传性的小说，就生动地说明了这一点。这篇内容虽然写的是农民在旧社会的悲惨遭遇，但它不只真实地描绘了过去封建统治者对农民的残酷压榨，农民的善良品质和他们之间的阶级友爱，使人读后自然会在比较中对新社会产生一种热爱；而且这篇作品的出现本身就雄辩地说明了中国人民革命胜利的原因和它的伟大意义。像崔八娃这样的贫农在过去不但没有可能写作，根本连自己的生命也毫无保障；但就是这样的人在参加了革命之后，不但在政治经济上翻了身，而且也掌握了文化的武器，可以写作以自己经历为背景的小说了。由于工农出身的作家有丰富的生活经历和鲜明的阶级感情,因此作品的内容也非常真实生动,表现出了现实生活的本质。

抗美援朝的斗争是这几年来中国人民进行的伟大英勇的正义行动。中国人民志愿军和朝鲜人民一道,阻遏了美帝国主义的侵略火焰,维护了世界和平。舒群的《崔毅》写的就是朝鲜战场上的故事;作者生动地描写了从火线上撤下来养伤的志愿军炮兵连长崔毅,冒着生命危险来拆卸美国空军投下的定时炸弹的英勇事迹。作者用叙述的笔调,朴素地但却十分真实地写出了这位志愿军英雄的精神面貌——那种不避艰险,高度自我牺牲的崇高品质。当他着手拆卸那颗随时都会爆炸的炸弹时,他关心的却是站在远处的同志们的安全,而当别人问:"同志,你呢?"回答只是:"我?我好说!"性格是那么单纯,语言是那么质朴,但从这里我们看到了一个新人的丰富内心生活,一个解放了的人民的不可战胜的力量。这也就说明了何以刚解放不久的朝、中人民终于能够击退具有一切现代装备的侵略者。

抗美援朝的胜利保障了中国的安全,使中国有条件按照计划逐步实现社会主义工业化的事业。工人阶级是国家的领导阶级,模范工人和工业领导者的形象在中国的许多作品中都有表现。艾芜的《新的家》虽然只写了工人建立新的家庭生活的一个侧面,但魏振春这个人物也是一个性格鲜明的新中国工人的形象。他安排了一个新的家,很希望他妻子快些到来,他们之间的爱情是很深的;但为了怕影响生产,他不只没有回农村去接她,也没有能亲自到车站去迎接。但在钢水出炉之后,他急着回家时还在路上跌了一跤,见面后就对他的妻子说:"今天真是快乐得很,出了两炉钢,又看见了你!"他是那样热忱、开朗,在处理日常事件时却总是把集体利益摆在个人利益之上的;这就是中国今天普通工人的真实的面貌。他妻子郝学英是农村中的劳动模范,但当她开始接触到新的工人生活时,思想上也仍然有不能适应的矛盾,随着情节的开展,她的思想也得到了提高。这是一个个性很强和热爱自己丈夫的农村妇女,通过她对新环境的新奇感觉也把中国工厂生产和工人生活的新气象给烘托出来了。"一切都是新的",这是她对新环境的最初的印象;但尤其重要的是这里的人和他们的思想也都是新的。作者用明快的笔调,鲜明地写出了这一对夫妇会面的情景,充满了一种轻松愉快的生活气息。

在逐步过渡到社会主义的过程中,对农业的社会主义改造是中国整个建设事业的一个重要部分,这个改造具体办法就是帮助农民在生产上组织起来,走互助合作的道路。现在农业生产合作社已经在中国农村中有了很大的数目,在生产关系的逐步改变中,农民的生活和思想也起了显著的变化。新的具有集体主义觉悟的农民逐步增多了,而且成了农村中的生产活动和政治活动的骨干;在他们身上逐渐长成着新的品质,热爱劳动和关心集体事业的道德已成为普遍的风气,互助合作的组织也成了广大农民受集体主义和爱国主义教育的学校。新的农村生活景象和新的农民形象在中国的文学创作上有较多的反映,这本书中就有好几篇是写这方面的题材的。马烽的《饲养员赵大叔》和骆宾基的《王妈妈》两篇中的主人公,便是在互助合作运动中所培育起来的新型农民。赵大叔的那种对牲口富有浓厚情感的关心态度,那种善于勤恳学习和不向困难低头的奋不顾身的工作精神，那种热爱生活和对前途充满信心的乐观情绪，都给人以很大的感动。"王妈妈"这个近六十岁的贫苦女人，在旧社会有过许多的辛酸经历，但当她在农忙托儿所中担负起看管孩子的工作，用自己的劳动来独立生活的时候，她感到互助组就是她的家，充满了一种乐观的和自豪的情感。像老母鸡带着一群雏儿似的，她热爱自己的工作，发着爽朗的笑声，好像越过越年轻了，脸上常常显露着幸福喜悦的光辉。像赵大叔、王妈妈这些先进的人物是能够给人以前进的鼓舞的。当然，中国的农民并不是毫无困难地沿着互助合作的道路前进的。首先让他们认识到这就是全体农民共同走上富裕的唯一道路就不是一件简单的事；起初也还有不少农民梦想买地，想以占有更多土地的办法来改善个人的生活。李准的《不能走那条路》便是通过一个农民想购买别人土地的事件，来反映农村中的社会主义和资本主义的两条道路的矛盾和斗争的。当作社会主义思想的代表东山是作品中的正面人物，从他身上反映出了社会主义先进思想的领导作用和在斗争中的胜利。农民宋老定在中国农村中仍是有相当代表意义的人物，他也参加了互助组，思想也有一些进步，但他仍有自发的资本主义倾向，仍想买几亩土地；作者在这里生动地写出了两条道路的斗争和社会主义思想的必然胜利。对落后农民的心理和思想转变的过程，写得也很真实。

中国在社会主义建设和改造的过程中，社会生活和阶级关系不断发生着深刻的变化；文学作品中不只反映出了这种错综复杂的变化，而且也以艺术的力量来推进了社会主义的改造工作。这里所选的虽然只是少数的几个短篇，他们所表现的也只是中国社会生活的某些断面，但是从这些作品中我们依然可以看出作为历史创造者的工农兵的生活斗争和他们的思想感情，可以看出中国的丰富多彩的社会生活和向前进展的面貌。

中国和阿拉伯各国之间历史上曾经有过悠久的传统友谊关系，阿拉伯的天文历算在十三世纪就传入到中国，并对中国的科学起了一定的影响。中国的伊斯兰教多年来一直受到中国人民的普遍尊重，现在我国信仰伊斯兰教的十个少数民族共有一千多万人民，都享有充分的宗教信仰自由。自1946年北京大学成立东方语文系以来，每年都有几十个青年在那里学习优美的阿拉伯语文，准备为加强中国人民和阿拉伯人民之间的友谊、促进文化交流和经济合作而贡献力量。阿拉伯的世界文学名著《一千零一夜》早已有了中文译本，并成为我国人民十分爱读的作品之一。在历史上，中国的造纸术、指南针和瓷器制造等也对阿拉伯文化发生过影响。自殖民主义侵略东方以来，我们又曾有过共同的遭遇。现在我们面临着一个新的历史时代，自1955年4月亚非国家万隆会议以来，中国和阿拉伯各国之间的友谊有了新的发展；而自中埃、中叙建交以来，这种友谊更日益密切。像中国人民热情地支持和同情阿拉伯人民的维护独立与主权的民族解放运动一样，我们相信阿拉伯人民对于中国的社会主义建设和文化的发展也是非常关心的。这部书中所选的作品不多，而且所反映的背景又只是1953年前后的，而我们现在已经大大地前进了。1956年，我国已完成了对农业、手工业和资本主义工商业在生产资料私有制方面的改造；1957年，不但胜利地完成了第一个五年计划，而且在政治上和思想上也进行了一次深刻的社会主义革命，清除了旧社会遗留下来的不良的思想和作风，提高了人民群众的觉悟。今年（1958）是我国第二个五年计划开始的一年，全国人民正在满怀信心地在各个方面向着社会主义大跃进；在这种胜利促进的鼓舞下，与人民生活一向有密切联系的中国现代文学也一定会产生许多反映这种时代精神的作品，这是可以预先告诉关心我们事业的朋友的。但就是仅仅通过这一本书，也还是可以了解到中国人民在劳动和建设中的一些面貌和它的前进方向的。中国人民对这些作品能够送到阿拉伯友人的面前感到十分高兴，并愿我们之间的友谊日益发展。

（据手稿发排）

"五四"新文学所受外国文学的影响

一

由"五四"开始的中国现代文学，人们一向习惯称为"新文学"，这个"新"字的意义是与主要产生于封建社会的"旧文学"相对而言的，说明它"从思想到形式"都与过去的文学作品有了不同的风貌。这是有许多原因的；当作"五四"新文化运动重要部分的文学革命，从一开始就是和中国人民革命的任务密切联系的；由于当时国内外形势的变化，特别是由于十月社会主义革命的胜利，使中国的革命先驱者发生了"民族解放的新希望"，接受了马克思列宁主义的思想，因而在"五四"以后便形成了文化战线和思想战线上的"新军"，展开了声势浩大的革命运动。当作新文化运动重要部分的新文学，同样是从"五四"起就受共产主义文化思想的领导，服务于无产阶级领导下的人民民主革命的。因此，尽管中国现代文学是历史悠久的中国文学史的一个新的发展部分，它与中国古典文学的传统有着不可分割的联系，但它的新的时代特点仍然是非常显著的。这不只从新文学的领导思想，作品中的社会主义因素和彻底的、不妥协的反帝反封建的性质等可以看出来，就是在主张以白话文作为唯一的文学语言这点上，也是与民主革命的启蒙要求相联系的，是为了使文学作品能够为更多的人所看懂着想的。如果我们就"五四"以来新文学的作品来看，就是从鲁迅先生所谓"文学革命的实绩"来看,以上这些"新"的特征都很显著,都是与过去的作品具有鲜明的区别的;正如毛主席所说:"这个文化新军的锋芒所向,从思想到形式(文字等),无不起了极大的革命。"[1]这些"起了极大的革命"的变化,都是中国现代文学的"新"的性质,是我们应当继承和发扬的"五四"革命文学的传统。

这里所要谈的是另外一个问题,就是"五四"新文学在它的成长过程中所受到的外国文学的影响的估计。这也是新文学的"新"的特点之一,是使许多作品的风格和表现形式等有别于传统作品的"新"的因素,而且是在"五四"以后曾经着重提倡并为一些作者所努力探索过的,但它与以上所谈的那些"从思想到形式"的变化却有所不同,它的影响是包括着积极和消极两方面的因素的。

中国现代文学从一开始就把介绍外国文学当作一个重要方面,并在它的成长过程中受到了外国文学很大的影响,这一点是毋庸置疑的。鲁迅先生在介绍他自己的作品时说:"从1918年5月起,《狂人日记》《孔乙己》《药》等,陆续地出现了,算是显示了文学革命的实绩。又因那时的认为'表现的深切和格式的特别',颇激动了一部分青年读者的心。然而这激动,却是向来怠慢了绍介欧洲大陆文学的缘故。"[2]很显然,这些当作"文学革命的实绩"的早期出现的作品,它的重要特色"表现的深切和格式的特别",是和外国文学的影响有密切联系的。鲁迅先生说他开始做小说的时候,"大约所仰仗的全在先前看过的百来篇外国作品和一点医学上的知识"[3],同样可以说明这种情形。其实不只鲁迅先生,许多作家都有类似的情况。郭沫若的《女神》是开辟了新诗道路的划时代的作品,他自己在《我的作诗的经过》一文中就说:"惠特曼的那种把一切旧的套摆脱干净了的诗风,和'五四'时代的狂飙突进的精神十分合拍,我是彻底地为他那雄浑的豪放的宏朗的调子所动荡了。"[4]文学研究会成立以后,在最初发表的《小说月报改革宣言》中,就标明主旨是"将于译述西洋名家小说而外,兼介绍世界文学界潮流之趋向,讨论中国文学革进之方法"[5]。而这个主张大体上是贯彻到了这个文学社团以后的各种活动的。小说诗歌方面如此,戏剧和散文也不例外。话剧形式本来是从外国输入的,1918年6月《新青年》就出了"易卜生专号",易卜生的剧作在"五四"时期曾起过很大影响。为什么要介绍易卜生呢?鲁迅先生解释道:"因为要建设西洋式的新剧,要高扬戏剧到真的文学的地位,要以白话来兴散文剧,还有,因为事已亟矣,便只好先以实例来刺戟天下读书人的直感,这自然都确当的。但我想,也还因为 Ibsen 敢于攻击社会,敢于独战多数,那时的绍介者,恐怕是颇有以孤军而被包围于旧垒中之感的罢,现在细看墓碣,还可以觉到悲凉,然而意气是壮盛的。"[6]因此尽管曾经有过像胡适之流的借着易卜生来大肆宣扬个人主义的事实,尽管当时对易卜生的作品还缺少恰当的分析和批判,但在当时来说,介绍易卜生仍然是有革命作用的,"娜拉"的形象在"五四"时期青年人身上所发生的广泛影响,也可以说明这一点。散文的形式和中国文学的传统是有更其密切的联系的,但也同样受到了外国文学的影响。鲁迅先生在谈到散文小品的时候曾说:"到'五四'运动的时候,才又来了一个展开,散文小品的成功,几乎在小说戏曲和诗歌之上。这之中,自然含着挣扎和战斗,但因为常常取法于英国的随笔（essay），所以也带一点幽默和雍容；写法也有漂亮和缜密的，这是为了对于旧文学的示威，在表示旧文学之自以为特长者，白话文学也并非做不到。以后的路，本来明明是更分明的挣扎和战斗，因为这原是萌芽于'文学革命'以至'思想革命'的。"[7]以上这些资料不只可以说明新文学从一开始就多方面地受到了外国文学的影响，包括当时的重要作家和各种文学体裁，而且也说明了为什么会产生这种情形的原因；新文学"原是萌芽于文学革命以至思想革命的"，从开始起就包含着"挣扎和战斗"，因此向外国文学的学习就不只是为了艺术上的借鉴，而且也是为了找寻真理和战斗的武器的，要用新事物来"刺戟天下读书人的直感"。

这是很容易理解的，中国的介绍外国近代文学，是与晚清的"向西方找真理"的民主革命要求同时开始的，正是痛切地感到了祖国的落后，才向外国追求进步事物的。以林琴南在清末所译的西洋小说为例，这些书籍尽管在选择上或译文上可以訾议之处极多，但在当时的确是一种新事物，而且是激动了青年人的心的。据周启明回忆，鲁迅在东京时对林译小说非常热心，"只要他印出一部，来到东京，便一定跑到神田的中国书林，去把它买来，看过之后鲁迅还拿到订书店去，改装硬纸板书面，背脊用的是青灰洋布"[8]。郭沫若在《我的幼年》中也说："林译小说对于我后来在文学上的倾向上有一个决定的影响……我受了Scott的影响最深，这差不多是我的一个秘密。"这些介绍过来的外国作品中的思想和表现方式，对于当时占统治地位的产生于封建社会的流行书籍说来，的确是新的事物；只是在旧民主主义革命时代，那些介绍外国文学的知识分子还不敢把新的事物和旧事物对立起来,反而努力企图在两者之间寻求联系和共同点,寻求调和与妥协的办法,例如在外国小说作品中寻找太史公笔法之类。"五四"时期的新文学运动就不同了,由于已经有了无产阶级思想的领导作用,因此对于封建主义的文化就采取了彻底的不妥协的革命态度,并努力将新的事物与旧的事物对立起来。如毛主席所说:"'五四'运动所进行的文化革命,则是彻底地反对封建文化的运动,自有中国历史以来,还没有过这样伟大而彻底的文化革命。当时以反对旧道德提倡新道德、反对旧文学提倡新文学,为文化革命的两大旗帜,立下了伟大的功劳。"[9]为了要彻底进行文化革命和反对旧文学,就不但必须同时提倡新文学,而且必须如鲁迅所说,要以创作的"实绩"来表示"对旧文学的示威"。在这样的条件下,追求革新和进步的先驱者们对于包含有近代民主主义思想内容的外国文学采取了热烈欢迎的态度,不正是很容易理解的吗?而在他们自己的创作中,也就是在新文学的成长过程中,受到一些外国文学的影响,也是十分自然的事情。这就是说,"五四"时期所提倡的新文学,在"新"字的涵义中就包含有向外国进步文学借鉴和学习的意思,因此自然就容易受到外国文学的影响了。

我们承认新文学在它的成长过程中接受了外国进步文学的很大影响,这与资产阶级的民族虚无主义者是毫无共同之处的。他们常常喜欢吹嘘说中国现代文学是欧洲文学的"移植",是与中国的文学传统截然分开的。这种说法显然是荒谬的,因为现实主义文学总是植根于人民生活的土壤中的,决不是任何外来的"移植"可以"顿改旧观"的。从"五四"

开始，现代文学就是在人民生活的土壤上，创造性地继承了中国文学的优良传统，适应着在无产阶级领导下的人民革命的需要和人民的美学爱好而发展起来的，它是中国文学史的一个新的发展部分，与古典文学有着紧密的历史联系。当时之所以特别重视介绍外国文学，从根本上说来，也是为了通过学习和借鉴，更好地促进新文学的成长，以便更有效地为人民革命服务的。中华民族是一个发展着的向上的民族，我们向来是勇于和善于接受一切外来的有价值的事物的。鲁迅就称赞过汉唐两代勇于接受外来影响的气魄，他说："遥想汉人多少闳放，新来的动植物，即毫不拘忌，来充装饰的花纹。唐人也还不算弱，例如汉人的墓前石兽，多是羊、虎、天禄、辟邪，而长安的昭陵上，却刻着带箭的骏马，还有一匹驼鸟，则办法简直前无古人。……宋的文艺，现在似的国粹气味就熏人，然而辽、金、元陆续进来了，这消息很耐寻味。"[10]后来他还写过《拿来主义》的名文，认为我们之所以被外国东西吓怕，是因为像英国鸦片、美国电影之类都是"送来"的，而不是"拿来"的缘故；他说："没有拿来的，人不能自成为新人，没有拿来的，文艺不能自成为新文艺。"[11]可知向外国"拿来"一些有用的东西，其中本来就包含了我们自己的选择和批判，是为了适应我们自己的需要。

鲁迅之所以指出早期小说创作在"表现的深切和格式的特别"方面跟外国文学的联系，正是着重在新文学在建设过程中特别需要借鉴外国文学的艺术表现能力和表现的格式方法，而不是主张在内容和语言形式上生搬硬套的。他指出他的《狂人日记》要"比果戈理的忧愤深广"[12]，而且他写小说的方法也特别注意于像中国旧戏和旧式年画上的没有背景,只有主要的几个人的方法[13],都说明他的重视外国文学,是批判地吸收了其中有益的东西,作为创造中国新文学的借鉴的。毛主席说:"有这个借鉴和没有这个借鉴是不同的,这里有文野之分,粗细之分,高低之分,快慢之分。"[14]因此在"五四"新文学运动中提倡介绍外国文学,是应该被肯定的,而且事实上也在新文学的成长过程中起了积极的促进作用。

但并非所有的人都是有恰当的辨别和批判能力的,这样的人在当时还只能是少数,同时也的确有许多人存在着无批判地崇拜外国文学的倾向,这就给现代文学的发展带来了一些消极的影响。毛主席在《反对党八股》一文中说:

> 但"五四"运动本身也是有缺点的。那时的许多领导人物,还没有马克思主义的批判精神,他们使用的方法,一般地还是资产阶级的方法,即形式主义的方法。他们反对旧八股、旧教条,主张科学和民主,是很对的。但是他们对于现状,对于历史,对于外国事物,没有历史唯物主义的批判精神,所谓坏就是绝对的坏,一切皆坏;所谓好就是绝对的好,一切皆好。这种形式主义地看问题的方法,就影响了后来这个运动的发展。

这种情形也同样存在于当时对待外国文学的态度上。在形式主义方法的支配下,有许多人对外国文学采取了无批判的接受态度,同时对中国的传统文学不分精华与糟粕,作了过多的否定。但应该注意,"五四"新文化运动是具有共产主义思想的知识分子、革命的小资产阶级知识分子和资产阶级知识分子三部分人的统一战线的运动,在这个问题上他们的表现也是不一致的;应该说,这种形式主义地看问题的缺点,在当时的资产阶级知识分子身上,表现得最为突出和显著,而最能克服这种弱点的却正是马克思列宁主义的思想。毛主席说:"'五四'运动的发展,分成了两个潮流。一部分人继承了"五四"运动的科学和民主的精神,并在马克思主义的基础上加以改造:这就是共产党人和若干党外马克思主义者所做的工作。另一部分人则走到资产阶级的道路上去,是形式主义向右的发展。"[15]这两种不同的态度和路线也同样表现在对待外国文学的问题上。就现代文学发展的主流和基本倾向说,由于它一开始就有了无产阶级思想的领导,由于有许多进步的作家努力使文学为人民革命服务,因此可以说我们是在不断地克服那种弱点,基本上是顺着前一条路线发展下来的。当然,许多外国的著名作品都是产生于资本主义社会的,因此在它们发生积极影响的同时,必然也会伴随着一些消极性的东西。这就更需要我们在学习和借鉴的时候,永远保持一种蓬勃的革命的批判的精神,而这一点还是做得远远不够的。

二

"五四"以后对外国文学的翻译和介绍,涉及的国家、时代和文学体裁,都是非常广泛的,因而新文学所受到的影响也是复杂的和多元的。文学研究会成立后,《小说月报改革宣言》中就说:"译西洋名家著作,不限于一国,不限于一派；说部，剧本，诗，三者并包。"他们曾"翻译俄国、法国及北欧的名著，他们介绍托尔斯泰、屠格涅夫、高尔基、安特列夫、易卜生以及莫泊桑等人的作品"[16]。《小说月报》曾出过"俄国文学专号"和"被压迫民族文学专号"，此外如未名社的介绍俄国文学和苏联文学，沉钟社的介绍德国文学，都是发生过一定影响的。我们只要略翻一下《中国新文学大系史料索引》一编中的《翻译总目》，就可知道当时介绍外国文学所涉及范围的广泛了。这样多方面地介绍各个国家和各种流派的著名文学作品可以扩大我们的眼界，使我们能够借鉴一切对自己有用的东西，也可以防止和避免生搬硬套的"文学教条主义"的滋长，因而对现代文学的成长是有好处的。但这是否说我们在介绍外国文学时就无所抉择，接受影响也只是处于被动状态呢？事实上并不如此。如果我们就外国文学所发生的社会影响来考察，即在中国现代文学的成长过程中，在它所受的外国文学的多元的和复杂的影响中，最为深广和显著的无疑是近代现实主义文学，特别是俄罗斯文学以及后来的苏联文学。这一历史现象对于我们考察外国文学对中国新文学的影响，是有非常重要的意义的。

　　首先，这说明"五四"以来那些从事介绍工作的人对于他要介绍什么实际上是有所抉择的，而且无论是否完全自觉，其眼光和标准总是受着中国现实需要的一定制约的。"五四"运动是在十月社会主义革命的号召下发生的，在中国人民开始决定了"走俄国人的路"的时代，对于反映着俄罗斯社会关系和人民生活的文学作品自然就会有极大的关心和兴味，而这些作品本身不只具有高度的艺术成就和艺术魅力能够吸引读者，更重要的是其中所反映的社会内容是为中国读者所理解的，他们可以根据自己的生活经验，像读自己本国作品那样地体味其中的思想内容。毛主席在《论人民民主专政》一文中曾说："中国有许多事情和十月革命以前的俄国相同，或者近似。封建主义的压迫，这是相同的。经济和文化落后，这是近似的，两个国家都落后，中国则更落后。先进的人们，为了使国家复兴，不惜艰苦奋斗，寻找革命真理，这是相同的。"这种在社会生活和经济文化方面的相同或近似，不只使读者容易感受和理解作品的内容，而且也可以从那里面对十月革命所开辟的道路有所领悟，它启发人们思索一个国家由落后走向进步所应循的途径。这是很多读者喜欢俄罗斯作品的原因，同时首先它就是介绍者自己在考虑介绍对象时的一个重要因素。鲁迅先生自述他早年留心文学的时候，"注重的倒是在绍介，在翻译，而尤其注重于短篇，特别是被压迫的民族中的作者的作品。……因为所求的作品是叫喊和反抗，势必至于倾向了东欧，因此所看的俄国、波兰以及巴尔干诸小国作家的东西就特别多。"[17]这是和他介绍外国文学的目的分不开的，他自述从事翻译的意思，"不过要传播被虐待者的苦痛的呼声和激发国人对于强权者的憎恶和愤怒而已，并不是从什么'艺术之宫'里伸出手来，拔了海外的奇花异草，来移植在华国的艺苑"[18]。这就说明为什么在他一生的约三百万的译文中，俄国和苏联的作品要占到一半的原因，他本来是并不精通俄文的。茅盾也说过："介绍西洋文学的目的，一半固是欲介绍他们的文学艺术来，一半也是为的欲介绍世界的现代思想——而且这应是更注意些的目的。"[19]以上这些话大体上是可以说明许多译述者在选择对象时的着眼点和取舍标准的。也就是说，那些介绍者在介绍外国文学时并不是无所抉择的，而是着重选取那些内容富有革命思想和在艺术上有杰出成就的著名外国作品，以便对于中国人民革命和现代文学的建设能起积极的作用。虽然每个人的注意点和艺术爱好并不完全相同，但这是可以说明外国文学介绍工作的一般倾向的。

其次，文学作品的作用和影响是要通过群众的考验的，如果缺乏必要的社会基础，即使介绍过来也很难得到读者的爱好和存在的条件。举例说，中国懂英语、日语的人比较多，但英美文学和日本文学的影响并不突出，介绍过来的数量也不算很多，倒是通过英、日文重译的其他国家的作品很不少，这就说明了介绍者在选择时的取舍倾向。高尔基的《我的童年》解放前共有四种译本，全是根据英文重译的；《夜店》有九种译本，除两种是由俄文直译者外，其余七种都是由英、日文转译的[20]。这就说明无论译者或读者，首先注意的是作品的思想内容和它对于中国人民的需要；也就是说不论自觉与否，事实上我们接受外国文学的影响是有所抉择和批判的。这就保证了我们所受的影响在主要方面是积极的，因而对现代文学创作也就产生了有益的效果。当然，也并不是没有人介绍过例如世纪末的颓废主义的作品，但的确它在创作上或社会上都没有发生较大的影响，而很快就像泡沫一样地吹散了。因此仅就俄罗斯文学对中国现代文学的影响特别深厚这一点，就可以说明在主要倾向方面我们对待外国文学的态度是保持了"五四"的革命的批判的精神的。

至于苏联文学，则人们从来就是把它当作革命教科书来看待的，它对中国读者的最大的影响就是教育和推动他们走向革命，提高了他们的觉悟，激励了他们的革命热情和理想；其影响远非仅限于文学领域之内的事情。1957年纪念十月革命40周年时，《文艺报》曾以"感谢苏联文学对我的帮助"为题征文，在所发表的许多文章的作者中，包括了各种不同工作岗位的革命干部，范围极其广泛；他们都以亲切的感受谈到苏联文学作品对自己的启发和教育，不少人是由于受了某一作品的影响而参加革命的；仅只这一点也足以说明苏联文学在中国所以受到热烈的欢迎和对中国现代文学的深厚影响了。这是中苏两国人民的革命精神的联系；中国人民和中国作家都是由于先认识了十月革命和苏联社会主义建设的巨大意义，才更加理解苏联文学的世界性质和它对中国现代文学的关系的。茅盾曾说："'五四'运动所孕育的整整一代的先进的文艺工作者，也是通过苏联文学而认识到自己的使命。逐渐地学习着怎样把文艺作为阶级斗争、改造社会的武器。"[21]许多中国作家从优秀的苏联作品中学习了社会主义现实主义的创作方法，在党的领导下和深入革命斗争的实践中，他们写出了许多富有社会主义精神的杰出的作品，这些作家所受到的苏联文学的影响是毋庸多说的。就是在一般文学爱好者中间，俄罗斯文学和苏联文学也已成为中国人民精神生活中的一个重要部分，托尔斯泰、契诃夫、高尔基、马雅可夫斯基，这些名字都是为中国读者所熟知的；从这里正可以看出这两个伟大国家的人民的精神上和思想上的联系。

我国现代文学史上的许多著名作家都非常重视介绍外国文学的工作；鲁迅是中国最早致力于介绍工作者之一，1907年他就写过《摩罗诗力说》，他不但自己翻译过像《死魂灵》

《毁灭》这些著名作品，而且可以说他是世界进步文学介绍事业之提倡者和组织者。他曾把介绍工作喻为有如普洛美修士窃火给人类，有如私运军火给造反的奴隶，他在这方面的贡献是非常巨大的。瞿秋白在1923年就写过《赤俄新文艺时代的第一燕》的介绍文章，他所译的高尔基的短篇选集是以译笔的忠实优美著称的；他认为："翻译世界无产阶级革命文学的名著，并且有系统地介绍给中国读者……这是中国普罗文学者的重要任务之一。"[22]茅盾早在主编《小说月报》时就特别重视介绍各国文学的情况，并翻译过许多著名作品。最初翻译马雅可夫斯基的诗为中文的是郭沫若，那是1929年；另外他还翻译过《浮士德》《战争与和平》等著名作品。他们对介绍外国文学的工作也都是有显著贡献的。可以想见，在鲁迅、茅盾这些杰出作家自己的创作中，当然是受到了外国进步文学的积极影响的。其实不只他们，"五四"以后的现代作家很少完全没有受过外国文学影响的，虽然情况和程度各不相同，但大体上是可以说明中国现代文学和各国进步文学之间的联系。特别是苏联文学，许多作家都从那里得到了启示和营养，它对中国现代文学发生了极大的影响；这是促使中国社会主义文学迅速成长的一个重要因素。

三

肯定外国文学对中国现代文学发生过很大的积极影响，并不等于说在这些影响中就不伴随着消极性的因素。事实上不只是如前面所提到的那些颓废主义的作品对我们毫无好处，就是起过一定积极作用并在世界文学史中有地位的作品，也常常是会同时带来许多消极影响的；易卜生的戏剧，罗曼罗兰的小说，都曾在不同时期在中国发生过很大影响，但由于这些作品本身的弱点和历史条件的不同，也给读者带来了许多消极性的东西。这样的例子还多得很，它提醒我们在学习和借鉴时必须要有严格的批判的精神，才能取其精华，弃其糟粕。就现代文学的成长过程说，由于从"五四"起就存在着"形式主义地看问题"的缺点，有些人对外国作家有无批判地崇拜的倾向，在学习中又有硬搬和模仿的现象，遂使得"欧化"也成为文艺大众化的障碍之一，增加了文学和它的服务对象之间的距离，在一定程度上阻碍了文学的民族化和群众化；这当然是在接受外国文学的影响中所产生的消极作用。1932年瞿秋白同志在《大众文艺问题》一文中说："现在，平民群众不能够了解所谓新文艺的作品，和以前的平民不能够了解诗、古文、词一样。新式的绅士和平民之间，没有共同的言语。既然这样，那么，无论革命文学的内容是多么好，只要这种作品是用绅士的语言写的，那就和平民群众没有关系。"[23]造成这种现象的原因，是和新文学作品在语言形式上的过于"欧化"有密切关系的。它使我们的创作缺乏深厚的民族特色，与自己民族的文学传统的联系不够紧密；这就大大缩小了文学的影响范围，阻碍了文学和群众的结合。当然，正确地向外国进步文学学习和借鉴，与文学的民族化和群众化并不是对立的。毛主席说："我们必须继承一切优秀的文学艺术遗产，批判地吸收其中一切有益的东西，作为我们从此时此地的人民生活中的文学艺术原料创造作品时候的借鉴。"[24]人民生活是现实主义文学的唯一源泉，如果在学习中不是把外国文学当作借鉴的对象，而错误地把它当成了创作的源泉或模仿的范本，那就一定要犯如毛主席所说的"最没有出息的最害人的文学教条主义和艺术教条主义"[25]。这样的倾向在新文学的成长过程中也是存在的。毛主席在《新民主主义论》中所指出的"形式主义地吸收外国的东西，在中国过去是吃过大亏的"。在文学史上也并不是没有这样的例证；洋腔洋调的文体，十四行的诗体，都曾引起过读者的厌恶。但这仍然是学习的态度和方法的问题，并不是应该不应该学习和借鉴的问题。正因为毛主席《在延安文艺座谈会上的讲话》正确地解决了如何对待文学遗产这一原则问题，因此在1942年以后所产生的许多作品虽然也接受了外国文学的有益的影响，但在形式和风格上仍然带有比较显著的民族特色；这应该说是我们现代文学取得进展的一个重要标志。

上面所说的那种消极影响的确是存在的，但我们也不能把它的作用过于夸大，认为是"五四"以来外国文学所产生的影响的主要方面，因为如前所说，在"五四"当时也并不是所有的人都是"形式主义地看问题"的，而且在实践中也是不断在克服这种弱点的。由于"五四"新文化运动是一个生动活泼的革命运动，从开始起就贯串着要求民族解放和爱国主义的精神，因此它也是非常重视发扬我们民族传统中的有价值的事物的；当时的先驱者们并不是把向外国学习和发扬自己民族的优秀传统对立起来的。"五四"新文化运动的重要内容之一，就是对中国文学遗产作出了新的评价；因此除对于"桐城谬种""选学妖孽"等封建糟粕作了有力的抨击以外，还把古典文学中带有人民性的一部分提到了文学正宗的地位，这主要是小说、戏曲和民间文学。鲁迅曾说过"在中国,小说不算文学,做小说的也决不能称为文学家"[26]的话,就说明在封建社会里对于一些人民性很强的小说、戏曲作品的歧视和抑制,但在"五四"新文化运动中却把《水浒》《红楼梦》《儒林外史》等作品提到了文学正宗的地位。鲁迅曾慨叹"中国之小说自来无史"[27],而他的研究中国小说史正是为了发扬古典文学中那些有价值的部分,为建设新的现实主义文学创造条件的。对于民间文学给以很高的评价并开始收集和研究,也是从"五四"以后开始的;鲁迅对于民间文学的"刚健清新"的风格就非常赞赏,瞿秋白也是非常重视民间文学的传统的。尽管当时对某些作品所作的评价还有许多可议之处,但这种对待古典文学遗产的态度和精神是说明了"五四"的革命的批判的精神的,它并没有盲目地崇拜外国和轻率地全部抛弃我们自己的遗产。这应该说是"五四"文学革命的主流,而且是帮助我们在学习外国文学的过程中少犯一些"文学教条主义"的重要原因。我们试看一下,凡是中国现代文学创作中比较成功的作品,总是在艺术风格上带有一定的民族特色的;这除过作家与人民生活的联系以外,和中国古典文学的传统也是有着历史联系的,这是使作家能够在语言形式上摆脱过于"欧化"的一个重要因素。

当我们细致地研究"五四"以来某些杰出作家的成就的时候,例如鲁迅、郭沫若、茅盾、赵树理等,是很容易看到在他们作品中所受到的中国古典文学的滋养的;特别在作品的形式渊源、风格特点,以及创作构思等方面,这种历史联系就更其显著。鲁迅曾称赞过《诗经》《楚辞》的文采,又说唐代传奇"大归则究在文采与意想"[28],所谓"文采与意想"大抵相当于我们现在所说的艺术表现力和艺术构思,而这正是值得人们去注意学习的地方。他的杂文是和以孔融、嵇康等人为代表的"魏晋文章"的风格特色有着密切联系的;而中国古典白话小说对他的小说创作也同样有深刻的影响。他特别喜爱《儒林外史》一书,这除过他对于《儒林外史》所写的封建知识分子的精神生活有深切的感受以外,对于这部作品的讽刺艺术和形式结构上的一些特点,他也是十分推崇的;而且对自己的创作有深刻的影响。在他某些小说的艺术构思中,特别在关于知识分子形象的塑造中,也是和中国古典文学有密切联系的,更不必说专以历史传说为题材的《故事新编》了。其他有成就的作家也有同样情形,郭沫若不只写过多种著名的历史剧,而且早在《女神》中就有对于屈原的赞颂,他自己说他早年"在唐诗中喜欢王维、孟浩然,喜欢李白、柳宗元,而不甚喜欢杜甫,更有点痛恨韩退之"[29],从这里可以看出像屈原、李白这些诗人的浪漫主义特色对于他的诗歌创作的影响。茅盾对于中国古代神话和古典小说的研究是很深邃的,这对他的创作当然也有一定的影响;而赵树理的作品和中国古典小说、评话弹词,以及民间文学的联系,更是为人所熟知的,这是形成他那种为人民所喜闻乐见的艺术风格的一个重要因素。这些都说明了中国现代文学是有它的深厚的历史基础和民族特色的,因此当我们考察外国文学对现代文学的影响的时候,也只是把它当作构成新文学的"新"的特色之一来考虑,而不能把它和我们的民族传统对立起来,过分夸大了它的积极作用或消极影响。像鲁迅这样的作家,正是因为他对古典文学和外国文学的继承和借鉴都是带有创造性的、经过消化的,因此他就可能从多元的影响来源中吸收到有用的东西，并避免了消极作用的滋生。当作现代文学的奠基者，他的这种特色也代表着现代文学的一个重要倾向；因此如果把外国文学所产生消极影响当作新文学的主要方面来看待，是不妥当的。抗战初期在关于民族形式的论争中，曾有人认为"五四"以来的新文学是"舶来品"，过多地接受了外来的影响，因而说它是"畸形发展的都市的产物"，是"大学教授、银行经理、舞女、政客以及小'布尔'的适切的形式"。这个估计是错误的，它同样是"坏就是绝对的坏"的形式主义看问题的方法。我们应该正视现代文学中民族特色不够深厚的弱点，也应该对"重外轻中"的思想加以批判，但不能把外国文学所产生的消极影响过分夸大，把它当作历史的主流，因为这是不符合实际情况的。

在向外国文学学习的过程中发生过一些教条主义的现象，也是有它的历史原因的。本来吸收其他民族文化中的有价值的部分，经过很好地消化，使之成为我们自己文化的有机部分，原是一件创造性的非常艰苦的事情；是需要付出一定的时间和代价的。就历史发展的过程看来，在这当中发生过一些硬搬和模仿的现象，是很难完全避免的。我们当然是要及早摆脱这种带有一定模仿性质的阶段的，因此我们要求继承和发扬自己的民族传统，并在短时间内赶上世界水平；这也是建立现代科学文化水平的社会主义文化建设中的一项重要内容。当然，指出和重视外国文学所产生的消极影响对我们仍然是必要的，它可以使我们从错误中吸取教训，端正学习的态度和方法。在这方面鲁迅先生也是我们的榜样，因为在他身上就体现了一个广泛地吸收外国进步文学的有益的营养，并在民族传统的基础上形成自己创作特色的创造性的过程。因此法捷耶夫称他为"真正的中国作家"，说"他的讽刺和幽默虽然具有人类共同的性格，但也带有不可模仿的民族特点"[30]。当然，像鲁迅这样伟大的作家毕竟很少，但因为他代表了一个正确的方向，另外许多人虽然成就没有他那么高，但也是同样向着这个方向努力的。

因此当我们就主要倾向来考察问题的时候，就会感到有意识地接受外国进步文学的影响的确是构成"五四"新文学的"新"的特色之一，而且这种影响在主要方面是积极的，是对新文学的成长和发展起了促进作用的。虽然在发生这种积极作用的同时也带来了一些消极影响，但它总是处在不断地克服过程中的。特别是毛主席《在延安文艺座谈会上的讲话》发表以后，现代文学的民族化和群众化有了很大的进展，因而也就大大纠正了无批判地崇拜外国的倾向。这说明我们的现代文学已经在"五四"革命文学传统的基础上，大大地向前发展了。

1959年4月13日，为"五四"40周年纪念作
（本文原载1959年5月《新建设》，署名王瑶）

*　　*　　*

[1][9] 毛泽东：《新民主主义论》。
[2][12] 鲁迅：《中国新文学大系·小说二集导言》。
[3][13][17][26] 鲁迅：《南腔北调集·我怎么做起小说来》。
[4] 见《质文》第2卷第2期（1936年）。
[5] 见《中国新文学大系·史料索引》。

〔6〕鲁迅：《集外集·〈奔流〉编校后记三》。
〔7〕鲁迅：《南腔北调集·小品文的危机》。
〔8〕周启明：《鲁迅的青年时代·鲁迅与清末文坛》。
〔10〕鲁迅：《坟·看镜有感》。
〔11〕鲁迅：《且介亭杂文·拿来主义》。
〔14〕〔24〕〔25〕毛泽东：《在延安文艺座谈会上的讲话》。
〔15〕毛泽东：《反对党八股》。
〔16〕茅盾：《中国新文学大系·文学论争集导言》。
〔18〕鲁迅：《坟·杂忆》。
〔19〕茅盾：《中国新文学大系·文学论争集·新文学研究者的责任与努力》。
〔20〕据戈宝权：《高尔基作品的中译本》一文。
〔21〕茅盾：《社会主义现实主义永远胜利前进》，见《文艺报》1957年第30号。
〔22〕鲁迅：《二心集·关于翻译的通信（来信）》。
〔23〕见《瞿秋白文集》第2卷。
〔27〕鲁迅：《中国小说史略·序言》。
〔28〕鲁迅：《中国小说史略》。
〔29〕郭沫若：《我的幼年》。
〔30〕见1949年10月19日《人民日报》。

《中国新文学史》教学大纲（初稿）

中央教育部组织的文法学院各系课程改革小组中的"中国语文系小组"决定依照部定在1951年6月以前，把中文系每一课程草拟一个教学大纲，以便印发全国各校中国语文系。其中"中国新文学史"一课的教学大纲草拟工作，由老舍、蔡仪、王瑶和我（原定有陈涌同志，他因忙未能参加）担任。因为大家都忙，我们只在一块商讨了两次：第一次根据蔡仪、王瑶和东北师大中文系张华来三同志所拟的三份大纲，交换了一些意见；会后再由我参照这三份大纲，草拟一个大纲，第二次即讨论这个大纲，略加修改通过。而大家认为第三、四、五编内有关作品各章的那样分类和所例举的那些作家，是否妥当，是否挂一漏万，实成问题。但又觉得有这些小标题，比仅有笼统的诗歌、小说、散文、戏剧的每章大标题，对于有些人也许有些帮助。所以决定把这些小标题抽出来，作为"附注"放在后面，仅供参考（我们呈交教育部一份，是这样办的）。这里我没有把它们抽出来，而在每一章标题下面加注一句"本章各节小标题，仅供参考"，这当然由我一人负责。

由于这个大纲是四个人在极短的时间内，匆忙地草成，粗滥是在所难免的；所以不但希望全国"中国语文系"的有关教师同志们提出意见，而且还盼望文学界的同志们也能注意、研究和批评，以便将来修改。

李何林

1951 年 5 月 30 日

绪　　论

第一章　学习新文学史的目的和方法

　第一节　目的

　　一、了解新文学运动与新民主主义革命的关系

　　二、总结经验教训，接受新文学的优良遗产

　第二节　方法

　　一、辩证唯物论和历史唯物论

　　二、马列主义的文艺理论和毛泽东的文艺思想

第二章　新文学的特性

　第一节　新文学不是"白话文学""国语文学""人的文学""平民的文学"，等等。

　第二节　新文学是新民主主义的文学

第三章　新文学发展的特点

　第一节　无产阶级思想领导的发展

　第二节　新文学运动的统一战线的发展

　第三节　大众化（为工农兵）方向的发展

　第四节　新现实主义精神的发展

第四章　新文学发展阶段的划分

　　一、"五四"前后——新文学的倡导时期（1917—1921）

　　二、新文学的扩展时期（1921—1927）

　　三、"左联"成立前后十年（1927—1937）

四、由"七·七"到延安文艺座谈会讲话（1937—1942）

五、由"座谈会讲话"到"全国文代大会"（1942—1949）

第一编 "五四"前后——新文学的倡导时期（1917—1921）

第一章 "五四"前夕的文学革命运动

第一节 文学革命运动发生的原因

一、鸦片战争以来的新的社会基础

二、在这新基础之上的旧民主主义的文学改良运动

三、新文化运动，无产阶级思想及十月革命的影响

第二节 文学革命的理论及其斗争

一、胡适主张的批判

二、陈独秀、钱玄同、刘半农、周作人等的主张

三、他们的斗争——王敬轩、"国故"、林纾、严复等

第三节 文学革命的实绩

鲁迅的《狂人日记》《孔乙己》《药》和《随感录》的意义

第二章 倡导时期的创作

第一节 五四运动对新文学的影响

第二节 这一时期的创作

一、诗歌 二、散文 三、小说 四、戏剧

第二编 新文学的扩展时期（1921—1927）

第一章 中国共产党的成立与这一时期的社会政治情况

第一节 马克思主义的传播和中国共产党的成立

第二节 这一时期的社会政治情况及其和新文学的关系
第二章 文学研究会和创造社等的殊途同归
　第一节 革命的小资产阶级文学家的苦闷、彷徨与转变
　第二节 文学研究会诸人的理论和其创作
　第三节 创造社诸人的理论和其创作
　第四节 和他们近似的其他作家
第三章 鲁迅和其有关的作家
　第一节 鲁迅的前期作品和其在新文学史上的地位
　第二节 和他有关的作家
第四章 与封建的和买办的思想斗争
　第一节 与"学衡"派的斗争
　第二节 与"甲寅"派的斗争
　第三节 与"现代评论"派的斗争
第五章 "革命文学"的萌芽和生长
　第一节 1923年《中国青年》几位作者的主张
　　一、指出工农兵是革命的主力,主张知识青年应走向工农兵
　　二、批判"为艺术而艺术"与"为人生而艺术"的思想,主张文学应该为革命服务
　　三、反对写空想的革命文学而不从事革命斗争;主张深入工农兵,写工农兵生活
　　四、主张革命文学的统一战线
　第二节 郭沫若、蒋光慈、郁达夫、成仿吾等的主张
　第三节 鲁迅前期的文学主张
　　第三编 "左联"成立前后十年(1927—1937)
第一章 本时期的社会政治和文学的情况

第一节　蒋介石反动政权与人民的斗争
第二节　九一八以后的新的情势
第三节　文学方面的大略情况

第二章　革命文学或"无产阶级文学"运动
第一节　创造社和太阳社的主张
第二节　与鲁迅茅盾的论争
第三节　"左联"的成立和其主张

第三章　与反对派的斗争
第一节　与资产阶级的"新月"派斗争
第二节　与法西斯的"民族主义文学"斗争
第三节　与虚伪的"自由人""第三种人"斗争
第四节　与封建余孽的"复兴文言"斗争

第四章　理论在论争中发展
第一节　强调"进步的世界观"的正确及其偏向
第二节　机械唯物论的错误和纠正
第三节　"写最熟悉的题材"的偏向
第四节　大众文艺——大众语——新文字（拉丁化）
第五节　新现实主义的成长

第五章　救亡文艺和抗日民族统一战线运动
第一节　九一八、一·二八后的救亡文艺
第二节　"国防文学"论者的主张
第三节　"民族革命战争的大众文学"论者的意见
第四节　抗日民族统一战线的初步成立

第六章　本时期的诗歌（本章四节小标题仅供参考）
第一节　暴露与歌颂（蒋光慈、郭沫若等）
第二节　技巧与意境（"新月"派、"现代"派）

第三节　中国诗歌会（蒲风、王亚平等）

第四节　新的开始（臧克家、艾青、田间等）

第七章　本时期的小说（本章六节小标题仅供参考）

第一节　热情的憧憬（蒋光慈、华汉、丁玲等）

第二节　透视现实（茅盾、叶绍钧、王统照等）

第三节　城市生活的面影（老舍、巴金、张天翼等）

第四节　农村破产的影像（魏金枝、沙汀、叶紫等）

第五节　东北作家群（萧军、萧红、舒群等）

第六节　历史小说（鲁迅、郭沫若、郑振铎等）

第八章　本时期的戏剧（本章三节小标题仅供参考）

第一节　剧运和剧本（田汉、适夷、洪深等）

第二节　结构、对话、效果（曹禺、李健吾、袁牧之等）

第三节　国防戏剧（于伶、章泯、夏衍等）

第九章　本时期的杂文、报告、小品（本章四节小标题仅供参考）

第一节　杂文（以鲁迅这十年内的杂文为主）

第二节　报告文学的发生和发展

第三节　游记（朱自清、郁达夫等）

第四节　散文小品（如茅盾、丽尼、何其芳等）及其没落（如林语堂、周作人等）

第十章　不灭的光辉

第一节　鲁迅的伟大成就

第二节　鲁迅所领导的方向

第四编　由"七·七"到"延安文艺座谈会讲话"
（1937—1942）

第一章　抗战与文学的抗战

第一节　新的情势与新的组织（叙述抗战开始的情势，"全国文协"成立及其活动）

　　第二节　"文章下乡，文章入伍"（叙述文艺工作者特别是戏剧界为抗战服务的事实）

第二章　通俗文艺和大众化问题

　　第一节　"五四"以来的新文学服务于抗战的局限性

　　第二节　通俗文艺的大量制作

　　第三节　大众化问题的讨论

第三章　"民族形式"问题的论争

　　第一节　民族形式问题发生的原因（国内的、国外的）

　　第二节　几种不同的主张

　　第三节　这几种主张的偏向

第四章　理论斗争与不良倾向的纠正

　　第一节　与"战国策派"和"抗战无关论"的斗争

　　第二节　与"反对暴露黑暗"和"为艺术而艺术"的斗争

　　第三节　与"王实味的文艺观"斗争

　　第四节　公式主义和客观主义的纠正

第五章　本时期的诗歌——为祖国而歌（本章五节小标题仅供参考）

　　第一节　"战声"的传播（郭沫若、冯乃超、高兰等）

　　第二节　"人的花朵"（艾青、田间、柯仲平等）

　　第三节　"七月诗丛"及其他（胡风、绿原等）

　　第四节　抒情与叙事（力扬、沙鸥、袁水拍等）

　　第五节　"诗的艺术"（老舍、方敬、冯至、卞之琳等）

第六章　本时期的小说（本章四节小标题仅供参考）

第一节　后方城市生活种种（茅盾、巴金、靳以等）
　　第二节　变动中的乡镇和农村（沙汀、艾芜、丁玲等）
　　第三节　战争与人民（丘东平、孔厥、路翎、郁如等）
　　第四节　新人与新事（碧野、田涛、骆宾基等）
第七章　本时期的戏剧（本章三节小标题仅供参考）
　　第一节　抗战与进步（田汉、洪深、老舍、曹禺等）
　　第二节　敌区与后方（夏衍、陈白尘、于伶等）
　　第三节　历史故事（郭沫若、吴祖光、阳翰笙、欧阳予倩等）
第八章　本时期的报告、杂文和散文（本章三节小标题仅供参考）
　　第一节　抗战初期报告文学的成绩
　　第二节　杂文（"野草"丛书等）
　　第三节　散文
　　　　第五编　从"座谈会讲话"到"全国文代会"
　　　　　　　　（1942—1949）
第一章　苏区文艺活动的优良传统（补叙）
　　第一节　古田会议在文艺工作方面的决定
　　第二节　农村和部队里面的文艺活动
　　第三节　苏区作品的特点
第二章　"延安文艺座谈会讲话"的伟大意义
　　第一节　确定了"为工农兵"的方向
　　第二节　解决了普及与提高的关系
　　第三节　确定了小资产阶级作家彻底改造的重要性
　　第四节　其他问题的解决
第三章　与反动倾向斗争和"主观"论战

第一节 与色情倾向市侩主义和美帝文艺影响斗争
第二节 对萧军的斗争
第三节 "主观"问题论战

第四章 人民文艺的成长和"全国文代大会"
第一节 解放区新人民文艺的成长
第二节 蒋管区民主运动和文艺运动的情况
第三节 "中华全国文学艺术工作者代表大会"的意义
第四节 毛主席文艺方向的伟大胜利

第五章 本时期的诗歌（本章三节小标题仅供参考）
第一节 工农兵群众诗
第二节 叙事长诗（李季、田间、阮章竞等）
第三节 政治讽刺诗（马凡陀、绿原、臧克家等）

第六章 本时期的小说（本章六节小标题仅供参考）
第一节 新的农村面貌（赵树理、康濯等）
第二节 土改的反映（丁玲、立波等）
第三节 部队与战争（刘白羽、孔厥等）
第四节 工厂与生产（草明、李纳等）
第五节 腐败与新生（谷柳、老舍等）
第六节 烦闷与愤怒（沙汀、艾芜等）

第七章 本时期的歌剧和话剧（本章三节小标题仅供参考）
第一节 新歌剧（柯仲平、贺敬之等）
第二节 新话剧（胡丹沸、陈其通等）
第三节 国统区话剧（陈白尘、茅盾等）

第八章 本时期的报告、杂文、散文（本章三节小标题仅供参考）
第一节 报告文学（华山、刘白羽等）

第二节　杂文（雪峰、聂绀弩、朱自清等）

第三节　散文（解放区与国统区）

（以上各章标题下所注"本章×节小标题仅供参考"一句，乃因我们觉得这样分类和所例举的作家，是否妥当，颇成问题。）

教员参考书举要（初稿，请大家补充，修改）

一　总　集

1. 中国新文学大系（其中十篇"导论"另有"中国新文学大系导论集"印行）
2. 人民文艺丛书
3. "五四"文艺丛书（中央文化部编，即将陆续出版；其中已编选完成的各册的"序言"，多已发表，可参考）
4. 抗战前出版的著名作家的"自选集""选集"

二　论　文

1. 毛主席在延安文艺座谈会上的讲话
2. 整风文献
3. 鲁迅三十年集
4. 乱弹及其他（瞿秋白著）
5. 表现新的群众时代（周扬）
6. "剑、文艺、人民"（胡风著）及胡风其他论文
7. 中华全国文学艺术工作者代表大会纪念文集
8. 民族形式讨论集（胡风编）

三　历　史

1. 论民主革命的文艺运动（雪峰作）
2. 论文学的工农兵方向（雪苇著）

3. 近二十年中国文艺思潮论（李何林编著）

4. 中国抗战文艺史（蓝海编著）

5. 中国新民主主义革命史（胡华编）

注：这个书目，是王瑶同志起草，交大家讨论通过后，又由我增改了一些。其中第三部分"历史"内五种是王瑶同志原题，第一部分"总集"我加了二、四两种，并把《批评论文集》《民族形式讨论集》《文代大会纪念文集》三书移在第二部分"论文"内。这应由我一个人负责。

李何林

（本提纲由老舍、蔡仪、王瑶、李何林共同起草，原载 1951 年 7 月《新建设》第 4 卷第 4 期）

在思想改造运动中的自我检讨

　　同志们：我是一个思想上存在着很多毛病的知识分子，我的主导思想一直是资产阶级小资产阶级思想，我愿意首先采取简单叙述的方式，加以分析和检讨，希望同志们批评。

　　我是地主家庭出身，我父亲本来是个贫农，到他五十岁时变成了地主。他以为"小财不当东"，自己老了，买地牢靠；他对我的前途只是原则地鼓励，并没有具体指导。后来我离开家到城市上学了，十几年的资产阶级教育对我的影响是很大的，但这也并不是说封建思想对我完全没有影响。我常以为自己是反封建的，但是在思想和生活态度方面，也还受有一些封建思想的影响，譬如对中国旧文学的不正确的爱好，例如陶渊明，我教过这一课，也很喜欢，只怕被完全否定掉了，老想设法来肯定他。

　　我上中学的时候，正是大革命失败以后，有许多从革命战线上撤退下来的进步的知识分子当了中学教员，当时国民党的思想统治还不十分严格，传播马列主义社会科学和左翼文学的书籍都非常流行，因此我比较早地接受了一些概念式的马列主义的知识，也开始喜欢起文学来。1933年我加入了当时为党所领导的地下组织左翼作家联盟，后来进了清华，1935年又加入了党，"一二·九"学生运动时，我是一个共产党员，在表面上看起来，当时工作很积极，但我并没有从思想、从立场上解决问题，这就成了后来脱离革命的根源。根据我现在的认识,解放以前我的思想方法一直是机械唯物论的,这有几个原因:第一,那时这类的书很多,我从书本上接受了这种理论,譬如布哈林的历史唯物论,我是花了很大力气读过的,到现在近二十年了,我还能完整地说出他那力量的均衡的公式。第二,我是爱好文学的,读了当时很多的关于文学理论的书籍;机械论是当时"左联"的领导思想,这是后来批判过的。第三,更重要的,因为这种思想和我的脱离群众、惧怕斗争、崇拜公式教条的思想是合拍的。因此我就接受了,而且错误地以为这就是马列主义。当时我对理论很有兴趣,而且自居为理论家,又因为我写文章比较快,所以当时党给我担任的工作总是编辑写稿这一类。譬如我担任过《清华周刊》总编辑,"左联"领导的文艺杂志《新地》的编辑,也常写时事论文或文艺论文一类文字,于是我就自以为我是一个左翼理论家,很高傲。这个包袱拖得时间很久,而且把我拖垮了。现在想起来,就在一二·九学生运动的时候,我就有严重的看不起群众的毛病,当时我写了一些文章,以为这是像我这样人才能做的;而当大家到固安南下扩大宣传时,我却托词不去,认为这是一般群众的事情。我曾写过一篇《一二·九与中国文化》的长文章,认为一二·九是第二个"五四",是一次文化革命,还以为自己是这次文化革命中的主要人物。当时我的志愿就是能到上海,借党的力量编一个杂志,做一个文化人;这样,又可享受资产阶级式的生活,又可成名。这个思想我当时还以为很正确,而且认为自己对革命很忠诚,因为被捕过两次表现还好,我很骄傲;以为自己经得起考验。但事实证明了这全是狂妄的。七七事变起了,打碎了我的幻想。抗战初期我也曾到了晋东南解放区，但因为我的思想和立场都是非无产阶级的，我不愿在农村做工作。1939年，抗战到相持阶段以后，生活愈苦了，斗争愈长期化，愈激烈，于是我跑到了国民党统治的后方，做了一名可耻的革命阵营的逃兵。那时我也读过毛主席的《论持久战》，也相信抗战最后一定是会胜利的。但因为我看不见人民的力量，有严重的右倾思想，以为军事方面主要是要依靠国民党的军队，但文化方面左翼仍应该在全国争取领导。我希望能在像重庆这样都市生活。实际上我单枪匹马地跑到生疏的地方，费了很大力气才在成都当了一个中学教员。那时我的文章也写不出来了，写出来也卖不出去了，于是我就又向后撤退了一步，我埋头念古书。我的自高自大使我又立了这样一个追求的目标，我要在中国古典文学的研究方面成一个第一流的学者。当时我以为郭沫若研究中国古代社会就是一举成名的，在大革命失败后为什么不去江西呢？他到日本研究古书成了学者，我就向他学习好了，我就研究中国文学吧！我当时觉得要研究好这门学问必须三方面都有基础：（一）古书的知识，包括历史和文学。（二）历史唯物论。（三）马列主义文艺理论。我以为中国念马列主义的人多半不念古书，就是念也只念中国历史或中国哲学，绝没有人念中国文学，因为他如果喜欢文学就念新文学了。而一般大学学者又只懂古书，绝不会懂马列主义。我狂妄地以为这三方面我都有些基础，如果有时间条件，一定能一举成名的。抱着这样一个自高自大的思想我到了昆明，进了清华文科研究所。而且这个思想一直支配着我，一直到解放以后。事实如何呢？不只这个想法的动机是非常荒谬的，而且我这三方面的基础实际是都差得很远的。后来国民党政权日益腐败，我也激起了愤慨，1943年在昆明我加入了中国民主同盟。从此一直到解放为止，我的思想情况是差不多的，即一方面努力研究学问，希望成一个学者；一方面也对民主运动多少做点事情。这种二元的活动可以拿写文章做例子：如果是研究性质文章的时候，我就写真名字，惟恐人不知道王瑶二字；但如果是写有关时局的文章，如在《民主周刊》《文汇报》等报刊上所写的，就用假名字，不让人知道是谁写的。而且这种政治活动也是一会儿冷一会儿热的，譬如在"一二•一"学生运动高涨时，我很兴奋，也做了一些事；但复员以后吴晗同志也常来找我写文章开会，我就很不如以前积极了，因为我是要努力当学者的。我可以举几件事情说明这种腐朽思想对于人民事业的危害性：复员后在地下党的领导下，在教师中成立了几个秘密的读书会小组，我也参加了，但有一次吴征镒同志要把一个收音机放在我的家，每天收听新华社广播，记录下来油印分发出去，我怕危险就没有答应；又如我参加计划成立清华教联会，大家选我和王先冲同志为生活福利部的负责人，我觉得每天给人管买卖面粉很无聊，就一直消极怠工；又如当时中文系的同学白辅仁、刘海梁他们要上解放区，而且劝我也去，我赞成他们去，而且说我也正在考虑，结果我却不去。同志们，我就是这样的进步，不是我为人民服务，而是要人民替我服务的。1948年春天张澜庆同志要介绍我参加当时党领导的地下组织新民主主义文化学会，我听说有组织的约束性，就拒绝了。在国内革命斗争最紧张的时候，我越来越退缩了。但还以为自己很进步，会讲几句教条式的马列主义，夸夸其谈，说自己一直相信中国共产党领导的革命是必然要成功的，而且是拥护这种成功的。不错，中国革命的成功是历史的必然，但这"必然"是要用集体的力量用斗争来争取的，而我的那种机械唯物论的思想，把它看成一种宿命论的、自然就会来临的东西，看成一种类乎宗教一样的东西。在北京快解放的时候我想离开，我也的确欢迎和拥护解放，但我还想住在北京城里比住在清华园安全。我自己既已逃避于革命之外，而我还在肯定了革命要胜利的前提下钻革命的空子，实际上不只是脱离了革命，而且是严重的危害了革命的利益、人民的利益。北京解放的时候，我的确很兴奋。但我怎样对待这个解放呢？我以为我在旧社会中爬不上去，成不了名，是受别人的压迫；现在压迫没有了，我可以不必再为生活和职业发愁了，于是我就打算要好好埋头做一个中国古典文学方面的第一流的专家。在庆祝北京解放的那几天，我就把以前准备逃跑用的路费买了很多的古书；我准备埋头研究了，我狂妄地以为新社会是应该让我这样做的，我是用马列主义研究的呀！而且我是国内最具备这样条件的人呀！这是多么荒唐可耻的想法！在旧社会，我虽然动摇退缩，但我的确是憎恨它的，是有革命要求的，但这是因为旧社会压迫着我，我这要求并不是从人民利益出发的。我的这种自高自大在旧社会得不到如意的发展，因此就有一种被压迫感，使我对旧社会发生憎恨，希望有一个合理的新社会。但我想象的新社会是什么样子的呢？用冯友兰先生的话说，就是一个下棋式的社会，而不是一个打牌式的社会；我觉得一个人应该得到充分的发展机会，如果他被淘汰了，那是应该的，因为他能力不如别人。我错误地以为新社会就是一个容许自由竞争的社会，一点也不了解集体主义的精神，不了解新社会的高度组织性和计划性的精神。这一点后来虽然在学习中认识得比较清楚了，但并没有克服了自己的错误。解放后我很用功，努力写文章，把它当作我工作的中心，来追求我个人的目的。后来系里在课改中课程有了变动，古典文学只剩下了三门课，而就有三位教古典文学的教授，而且资格都比我老，教新文学的又人少课多，于是我改教了新文学；但我在思想上并没有放弃了我研究古典文学的计划，因为我以为研究新文学是很难成为一个不朽的第一流学者的。去年夏天，我曾想离开过清华，原因之一就是南昌大学来请我做系主任，而且教的课是中国文学史，于是和学校为名义、薪金讲了老半天价钱，使李广田同志在最近一次学习会中还说他长久地认为我是系里最感麻烦的一个人，足见我的自私自利思想给人民教育事业带来了多么大的损失。

　　三年以来，我把主要精力都放在追求个人名利的写文章方面，对于教学工作采取了一种敷衍塞责的不负责任的态度。教学方法是完全的老一套，教学态度是从来不接近同学的，也不了解同学的实际要求与接受能力，对同学学习的主动性和积极性也认识不够，平常对成绩好的同学还很喜欢，对一般同学则非常冷淡。我只是高高在上，讲了一套一走了事。这种不负责任的教学态度哪里是一个人民教师的态度？在教学内容方面虽然比较有一些改进，但这主要是因为和我写文章的自私自利思想统一的，出发点完全不是对人民负责的态度。而且在课堂上还常常流露出一些不正确的非无产阶级思想，这对同学是有很坏的影响的。三年来我领导的大一国文教研组的工作也是这样，我花的力气非常不够，所有的一点点成绩也都是别位同志用力的结果。但我以前还很得意，认为搞得不错。上学期我们教研组的人们到外国语学校轮流讲课，他们那里另有辅导员帮助同学学习，看了人家那种认真负责地帮助同学的态度，才知道我们的工作差得还很远。大一国文是文法学院同学的共同必修课，这个课程没有教好我要负主要的责任，对同学的影响面也更大。这一切工作上的损失，都是我自私自利的个人主义思想，对人民事业极不负责的态度所造成的。我是一个教师，但我对教学工作不负责任，而把主要精力摆在写文章方面，那么是不是我的文章就写得很好呢？同志们，这是不可能的，一个思想上对人民事业没有热诚，没有负责观念的人，一个立场观点方法都有问题的人，一个只为自己追求名利而不考虑读者利益的人，是不可能写出教育读者的好文章来的，它只有把不正确的观点传染给了读者，而且这危害更大。由于自己的思想水平不高，缺乏分析和概括的能力，由于要旁证博引来表示自己有学问，不愿写比较普及的东西；更重要的，由于写作的态度极不严肃，不是从工作出发，而是从个人利益出发，只恐怕人家不知道或忘记了我也会写文章，这样的动机怎么会写出像样的东西来呢？这对人民的危害更大。

在我的文艺思想中，也存在着很多资产阶级文艺思想的残余成分，现在检查起来，有很多想法是和毛泽东文艺思想有很大距离的。这些腐朽的思想不断地被我有意无意地带到课堂上或文章里，发生了很大的危害性。譬如对于一篇作品的分析，我最先注意的常常是人物性格是否突出，结构是否完整，是否有独特的风格，等等，而不是首先从主题思想和教育意义上着眼。我很喜欢旧现实主义的古典作品，这些作品中对于个人力量、个人感情的夸大的描写，对于社会阴暗面的刻画，很投合我的爱好。这就培养了我的不正确的文艺看法。譬如对于人民文艺丛书中的作品，我很喜欢柳青的《种谷记》，但柳青自己在一篇文章叫《毛泽东思想教育着我》中，已经认为他那种繁琐的描写是带有旧现实主义倾向的，而我欣赏的恰好正是他自己所批判掉的东西。像马烽的《结婚》，《人民日报》推荐为优秀作品，我总觉得有点干巴巴的。又如沙汀的作品，大家一致认为《还乡记》比较好，因为写了一个正面的带革命性的人物，而我却喜欢阴沉忧郁的《淘金记》。这一切说明了虽然我口头上也讲的是毛泽东文艺思想，实际上在灵魂深处却是把文艺和政治分开的，是二元的，而且实际上是艺术性第一的。这正是资产阶级文艺思想的特点。我有这种腐朽的思想，就不可能不传染给别人，不可能不发生作用。过去"大一国文"班上的课外读物曾指定过《淘金记》和《种谷记》，又如在新文学史班上我讲新月派和现代派的诗的时候，虽然批判了那些内容，但又肯定了在技巧上有一定的成就；这种脱离内容来讲技巧，正是资产阶级的腐朽的文艺思想。我看不起普及的作品，把提高和普及分裂开来看，认为大学应该是训练提高工作的干部的，而且还引毛主席的话来说明作品应该有"为干部的"和"为群众的"两种；今天检查起来，我所谓"为干部的"意思实际上正是要为小资产阶级。这种思想对同学们的危害性是很大的，不可能想象用这样的思想会培养出能够贯彻毛泽东文艺路线的文艺干部来。

　　三年以来，因为我完全被这些腐朽的思想拖住了，我的进步是极少的，极慢的。当初检查的时候，我还以为自己是思想麻痹，轻视改造；现在看起来我简直就是抗拒改造的。

不但如此，而且还不断地用各种花言巧语来为自己辩护，向同志们传播，客观上这些话还发生了阻碍别人进步的作用。譬如我常说小资产阶级思想是有其社会基础的，在新民主主义社会是合法的，是不可能完全消灭的。1949年春天，几位很熟的党员同志，以前都是在清华的，像吴征镒、杨捷、张澜庆，解放后他们都已调工作了，他们约在一块给我批评了一整天，严重地批评我的自私自利的个人主义，我的不进步，我说什么呢？我说一个人的改造像戒大烟瘾一样，过程是减速度的，是越来越慢的。一个人一个月抽十两大烟，第一个月就能改为八两，但到最后还要长期地吃两颗丸药，越往后越难，很难一下除根。这意思事实上就是说我除过个人主义都已进步得差不多了，这一点我不想改了。而且还说我又不和人民利益矛盾，党也不会不让我发展呀！但实际如何呢？在我的思想中哪里还有什么人民利益！实际就是要求落后，拒绝改造。因为自己不愿改造，又对于新鲜事物缺乏敏锐的感觉，看人就习惯看人的落后的一面，把别人的缺点过分夸大，甚至对别人的进步还表示怀疑；实际上我们的国家正在飞跃地向前发展，社会上不断发生着新鲜事物，自然也不断地出现有新的政治觉悟和道德品质的人物。我的看法只说明我自己脱离政治，脱离实际，脱离群众，而且这已经严重地成了别人前进的绊脚石。

从自私自利的个人打算出发，对人民事业缺乏热情，又不愿改造，因此我对群众工作、群众生活是极不关心的。今年工会改选，系里同志们让我当学习干事，我坚决不答应。我当民盟小组长，在学习运动开始时，曾向领导上建议把中文、历史两系的盟员合编为一组，表面上说是为了便于开展工作，实际目的就是想把工作推给历史系的那位组长。三年来我没有争取过参加土地改革。这一切都说明了我对群众工作、群众的政治生活的冷淡态度。但在我为个人利益服务的时候，我晚上写文章常常到两点以后，有时一直到天亮。我就是这样不知疲倦地歌颂自己的，这哪里像一个人民干部，这哪里是为人民负责的态度？我的一切都是从个人出发的，对于革命，对于党的各种政策，我都是采取了一种先研究分析了然后再考虑自己如何适应的态度。我当然并不打算违抗党的政策，但这种适应实际上就是一种对革命事业钻空子的态度，不是我为人民服务，而是要人民来为我服务。这种腐朽的思想严重地危害了工作，给人民事业带来了莫大的损失。

当然，我们的社会是向前进展的，在毛主席的领导下，在党的教育下，三年以来我还是多少学习到一些的。解放不久，我自以为对毛主席说的"知识分子不与工农结合，则将一事无成"一点很有体会。实际上我完全是从个人利益来体会的，是对于毛主席的话的一种可耻的歪曲。我看到很多以前的老同学和老同志们都成了领导干部，而我却拼命努力也不过如此，于是就很埋怨自己。现在对于这句话在理论上认识得比较清楚了。其次，我逐渐体会到集体主义的精神，我们的社会诚然是有无比的优越性的，每个人在这社会里都可发挥他的高度的创造性，但它绝不同于我长久所想象的那种自由竞争式的社会，在这里并不要淘汰哪一个人，而是在党的领导下，按照高度的组织性和计划性，团结一切人来在友爱互助下共同前进的。体会到了这点以后，当然就发现了与我自己的思想有了矛盾；因此在学习运动开始后，我觉得我那一套想法不行了，需要改变作风，所以在学习运动中我比较积极了一些。但现在看起来，当时并没有从思想上解决问题，也就是根本没有考虑到自己的那种腐朽思想对于人民事业的危害性，而是企图用个人主义来克服个人主义的。同志们，像这样是永远也克服不了的。毛主席《在延安文艺座谈会上的讲话》中说："小资产阶级出身的人们总是经过种种方法……顽强地表现他们自己，宣传他们自己的主张，要求人们按照小资产阶级知识分子的面貌来改造党、改造世界。在这种情形下，我们的工作就是要向他们大喝一声，说：同志们，你们那一套是不行的，无产阶级和人民大众是不能迁就你们的。依了你们，实际上就是依了大地主大资产阶级，就有亡党亡国亡头的危险。"同志们，三反运动实际上就是像毛主席所说的，向我大喝了一声，使我比较彻底地检查了一次我的思想，其中许多思想正是资产阶级的腐朽思想，比毛主席说的还要严重得多，今天如果再让这种思想发展下去，是会有亡党亡国亡头的危险的。像这样的思想怎么能培养出德才兼备的毛泽东型的青年干部来呢？像这样的人怎么配得上"人民教师"这样的光荣称号呢？这些毛病，过去我也并不是完全自己不知道，但它支配着我的一切行动，到处传播、到处发生影响，老是夸夸其谈，所采取的态度，可以说常常是客观主义地分析自己的错误，自由主义地对待自己的错误；这主要原因，根据我今天的认识，就是没有从对人民事业的危害性来看问题，而还是从个人出发来看问题的。

  同志们，在伟大的三反运动当中，在激烈的思想斗争当中，我初步检查了我的思想根源，这种腐朽丑恶的思想，三年来给人民事业带来了很大的损失，也严重地妨碍了我自己的进步，我还有什么顾虑一定要保存这些脏东西呢？我下了决心，坚决要改造自己、克服过去那种脱离政治、脱离实际、脱离群众的严重的缺点，彻底抛弃那种自私自利的、自高自大的资产阶级腐朽思想，在以后的日子中，我要坚持对马列主义、毛泽东思想的认真学习，争取参加一切群众工作的机会，改正教学态度和教学方法，以教学工作为我全部的中心工作。同志们，在这次思想检查中我认真地体会到了一点，就是"一切的问题是一个立场问题"，平常在学习中，当别人说这是"立场问题"的时候，我总以为又在搬教条，扣帽子，这次我深切地体会到，的确最重要的问题就是立场问题。因此，我诚恳地要求同志们给我批评，并在以后的工作中继续帮助我，我一定痛下决心，坚决改正这些错误，认真改造自己，跟随同志们一同前进。

（据手稿发排）

读《〈中国新文学史稿（上册）〉座谈会记录》

《文艺报》第 73 期所发表的《〈中国新文学史稿（上册）〉座谈会记录》一文的全部，我都已详细地读过了，并且根据其中的内容反复地进行了反省与思考。作为这本书的著者，我觉得有责任也有必要把我的意见写出来，以便读过我这本书的人能更清楚地认识其中的不妥、缺点和错误的地方。

首先我衷心地感谢我们领导方面对这样一件工作的重视，感谢为这部书召集一个座谈会的措施。这对我们中国新文学史的研究工作和本书的读者都是有好处的；而尤其对于作者，我亲切地体会到这种帮助对我今后的改进工作和提高认识有多大的益处。其次，出席座谈会的诸位同志那种严肃认真的批评态度，那种带原则性的中肯的意见，也是使我非常感动的，我在此敬向他们表示谢意。这决不是随便说的，我的确衷心地感觉到在新中国做一个学术文化工作者的幸福，许许多多的同志，包括领导同志和我的前辈们，都热忱地希望我把工作做好，而且及时地给予亲切的帮助，这怎么能令人不感动呢！我诚恳地在这里表示，我一定在今后努力提高自己的教学工作和写作工作的质量，并希望同志们随时地给以更多的督责和批评。

对于各位所提的那些意见，根据我现在的认识和思考的结果，我以为都是正确的；我愿意表示接受，并希望能在今后的工作中把这种结果来具体地体现出来。我这本书，总的讲来，正如锺敬文同志所说："这本书的根本弱点，是思想性低，没有站稳无产阶级立场，甚至于有敌我不分的地方，加以分析力、概括力不够，编写的态度和方法不谨严，因此就产生了一连串的错误和缺点。"产生这种现象的原因当然是作者的思想水平和文艺修养太不够，没有能力做这样一件比较重大的工作；但根本上实在是一个思想改造问题，我痛感到如果不认真彻底地改造自己，是什么工作也做不好的。

这本书的写作是从 1950 年初开始的，我之所以要写这样一本书，完全是因为学校里分配给我教这门课程的关系，而同学们对这门功课的重视和对我的督促，也给了我很大的勇气和力量。上册完成后我就接着用全部的力气来编写下册，对上册就再未能作任何修改。今年二月初下册始脱稿。当时文艺界正陆续在全国范围内开始整风运动，作为一个研究中国新文学史的人，我密切地注意了这一事实，并初步理解到这样一次非常深刻的思想改造运动对我们今后的文艺工作将会发生如何的重大意义和实际效果。接着学校中也展开了教师普遍检讨的思想改造运动，我自己做了检讨，也的确在这次运动中受到了非常深刻的教育。这当中我就曾对已完成的本书上下册的内容进行了一些自我检查和反省，觉得质量不高，评述不妥当的地方很多，感到很不满。但限于自己的认识和水平，又感到不知究应如何修改。本年八月，我知道了领导上要为本书召集座谈会的事情以后，即决定通知书店方面，嘱令下册暂缓付印。当时上册已售罄，也嘱令暂勿再版；因此目前坊间并无此书出售。我的确是希望这次座谈会能给我以指示和帮助的。今夏高等学校院系调整以后,我所分配到的工作仍是在北京大学讲授此课。这起初使我很踌躇,觉得这课程的内容很难办;解放前我一向是教古典文学方面的课程的,愿意仍教这类课程。经过同志们的帮助,我认识到这是一种逃避思想,因为如果不端正立场,是什么工作也做不好的。于是我下决心从头搞起,抛弃原来的架子,另订新的教学大纲,使这课程能逐渐充实起来。这个工作现在才刚开始,我有决心多下功夫,希望能有较好的成绩。就这一层说,此次座谈会对研究中国新文学史的方法也提出了许多有益的意见,是很有助于我的教学工作的改进的;我的确感到对我有很大的启发。

其次,就是关于这本书的修改问题。我同意王淑明同志的话:"这本书的缺点,我以为是在总的方面,不是部分的修改,可以改好的。因为这里涉及方法问题,与体例问题。"因此最好是重写;但这必须在学习和教学工作的实践中有所积累和提高,才能写得更好一点。目前我连订一个新的教学大纲都很不容易搞得好,因此这种希望就只能期之于将来了。至于已写成的这本书,根据许多同志的意见,在材料的备检上对急需的读者还多少有一点帮助,因此我打算先采取如杨晦和臧克家等同志在座谈会中的建议,根据大家所提的意见,对内容做一些重点的修改;并将下册也根据这次批评的精神,同样做一次重点的修改,然后出版(例如关于党的领导的说明,对于新月派的评述等,以及下册中关于路翎等作品的评价等)。同时还拟于书前加一新序,说明作者只是希望它在目前阶段发生一点"填空白"的作用,在"搜集材料"上供给学习者以参考的意思;并在序中向读者介绍

《文艺报》中的这篇纪录，望其参看。我在新加的序中将说明，现在也愿借此机会在此先行说明，我并不以为这部书经过修改以后就没有缺点了；这种修改只是就著者目前的能力和认识程度，所作的一些重点的修改。因为产生这些缺点的根本原因，实在是著者的思想水平和学识水平的低下，我自己当然是迫切地希望更正缺点，有所提高，并对中国新文学史的研究能有些微的贡献的；但这必须在较长的时间以内，在学习和教学工作的实践中有所积累，才有希望达到，想要一下就改过来是相当困难的。王淑明同志在座谈会中说："今天我们中国尚无一部比较正确完善的新文学史，而在教学上又是这样迫切需要，只有大家先行动手，搜集材料，就力所能及编述出一些东西来；至于说到正确完善的著作，我以为最好由领导上约集专家，集体研究，分工合作，以期完成。"当作一个教这门课程的教师，我衷心地赞成王淑明同志的建议，希望领导上能早日推动这样一部正确完善的著作的出现；这可以使我们的教学工作得到很大的方便和效果。至于我这本书，即使是在修改以后，也只是希望它能在目前阶段填补一下空白而已。因此就我个人说，除在今后努力工作与学习，以求彻底改造自己并提高自己的水平以外，在此我仍恳切地希望同志们能继续予以督责和批评；这不只对我个人有很大帮助，也是有助于一部我们所希望的正确完善的著作的早日出现的。

最后，我附带说一句，王淑明同志在发言中曾说："在史稿的第一册中，没有一页篇幅，说到苏区与解放区的文艺活动（不知道下册有没有）。"关于苏区初期的文艺活动，我在下册第十六章第三节中是有叙述的；不过因为知道的材料不够多,也许还不够详细。至于抗战以后的解放区的文艺活动,那在下册中是占着很重要的地位的,所占的篇幅也甚多。这些我就不在这里详述了。

(本文写成后曾送《文艺报》,被退稿。现据手稿发排)

从错误中汲取教训

正像肃清胡风反革命集团及一切暗藏的反革命分子之必须坚决、彻底、干净、全部一样，对于胡风反动思想在一切方面的影响，也必须坚决予以清除。作为一个文学史研究工作者，我对甘惜分同志所提出的"清除胡风反动思想在文学史研究工作中的影响"的意见[1]，完全同意，并愿在实际工作中予以坚决的贯彻。

在我所作的《中国新文学史稿》中，对这个问题就犯了不可原谅的原则性的错误。我虽然没有宣传过什么"主观战斗精神"之类的臭名远扬的理论，但读者从我的书中会得到些什么印象呢？那就是：胡风是著名的文艺理论家，鲁藜、绿原、路翎等人是有才能的作家，而且都是对于革命文艺有贡献的。现在是用不着任何说明了，这些人根本不是什么作家，而是混进革命文艺阵营内部的反革命分子，他们破坏活动（包括他们的所谓"理论"和"作品"在内）的主要目标，是针对着党所领导的进步文化战线的。但我却不自觉地替反革命分子做了义务宣传，颠倒黑白，混淆是非，帮助他们扩大了反动影响；这是严重的政治性错误，我必须从这里汲取足够的教训。

这些错误的产生并不是偶然的，我并不想把本书写作的时间较早来作为辩护的理由；这是和作者本身的立场、观点的错误密切相连的。甘惜分同志指出，由于我采取了资产阶级客观主义的立场和观点,我觉得他这批评是正确的。

有一件事很使我触目惊心。胡风分子×××对我的书说过这样的话:"王瑶的《中国新文学史稿》里敌我不分。"[2]阶级敌人×××说我"敌我不分",是因为觉得这本书对胡风反动理论的宣传还不够。×××这种恶毒的用意是昭然若揭的。但正是从这里,恰恰说明了这本书的错误的严重性。经过许多事实的揭发,我们看得非常清楚,胡风反革命集团分子的爱憎是非常鲜明的;他们对党、对人民抱有切骨的仇恨,他们"恨一切人",而对帝国主义和蒋匪帮却又是那样的忠实,他们的立场是非常坚定的。但我却是非不分,黑白颠倒,错误地把他们也算作了进步的作家。甘惜分同志说我把蚂蚁与大象并列,其实最严重的错误还不止此,而在我并没有指清楚什么是蚂蚁,什么是大象,以致使读者把"蛇窟"里的动物也当作了大象。×××的反革命嗅觉应该说是相当敏锐的,他知道我的书的问题在什么地方。

另外一件事实也足以说明问题。我在本书下册中曾有一节"关于主观问题的论争",其中简略地叙述了自抗战后期以来进步文艺界对胡风文艺思想的斗争,主要是根据1948年邵荃麟同志等在香港所写的文章写的。那里面曾述及吕荧在上海写的文章,我说那内容也是胡风理论的延长。本书出版后,吕荧就给我来了一封信,大意是说他并不赞成胡风的理论,说我不了解实际情况,并望我再版时把他的名字删掉等等。我的确并不了解"实际情况",但吕荧的文章我是看过的,而我竟回信抱歉,表示同意了(因为并未改版,故未加修改)。一直到今年5月全国文联主席团开扩大会议撤销胡风的一切职务时,那个吕荧上台大讲其世界观与创作方法的矛盾等谬论，我还说他真是书呆子；但事实很快就证明了，他一点也不书呆子，他在青岛还曾为胡风献策呢！真正的书呆子倒是我自己。"切不可书生气十足，把复杂的阶级斗争看得太简单了。"党报在公布胡风反革命集团的材料时所加的"按语"中，是这样尖锐地指出了问题的。

鲁迅先生经过了1927年国民党的背叛革命和屠杀青年，他汲取了足够的"事实的教训"；我现在才体会到"事实的教训"之严峻和深刻。当我想到我的每一错误都会有利于敌人，都会给革命事业带来危害时，我的心境是极为沉重的；这不是忏悔，不是惋惜，而是对敌人的愤怒，对自己给集体事业带来损失时的自我谴责。

我们常说"一切为了社会主义"，这"一切"当中包括许许多多人的工作，当然也包括我的工作。但毛病就发生在这里，在进行具体工作时，我并不是都把它来和整个国家的社会主义建设连得那么紧的。我们为什么要进行文学史的研究工作呢？这难道可以和社会主义文化建设分得开吗？而且实际上也并没有分得开，不过我并不是给社会主义文化建设做出了贡献，而是带来了损失。我想，这一切错误产生的根源都可以在立场观点上找到解释。所谓客观主义是什么，它的危害性在哪里，再没有事实的教训表现得最清楚了。如果对于人民事业、对于革命没有强烈的热爱，那结果就一定会给反革命分子带来方便，给革命带来损失，在立场问题上是没有什么好"客观"的。

我想，我的一切错误的根源就在这里。由于自己的出身、经历、教养，等等的关系，思想上长期地受着资产阶级的浓重影响；一贯地脱离实际、脱离政治，这就使自己在尖锐的阶级斗争面前，反而表现了一种为学术而学术的客观主义倾向。好像文学史的研究并不是为了揭示文学发展的规律，运用正确的观点方法来具体地分析作品的成就和教育意义，而只是罗列一些材料和知识，叙述一些已经发生过的现象而已。这与作者自己思想水平的低下固然有密切关联，但最根本的原因却在于缺少那种"浸透着对于革命和劳动人民之无限量的欢喜，对于反革命和吃人的剥削者之不可调和的仇恨"的感情。所谓客观主义实际上就是立场模糊的表现，就是作者含有浓厚的资产阶级思想的表现。这种思想当然会在各方面都给工作带来错误和损失，譬如在评述文艺作品时，就常常脱离了作品的政治内容来强调它在艺术上的成就，忘记了艺术性原是为表现一定的思想内容而服务的；而且所以会产生这种情形，也正是因为在我的情感和爱好上还常常对某些不正确的思想会引起共鸣的缘故。由于这种资产阶级文艺思想的作祟，遂使这部书在许多问题上都犯了错误；而这正说明了在我自己的思想上是存在着严重问题的。

中国新文学史所研究的对象是"五四"以来的中国文学发展的历史，是中国共产党所领导的新民主主义革命时期在文学战线上的斗争经历和辉煌成果。毛主席《在延安文艺座谈会上的讲话》的"引言"中，首先就说明开文艺座谈会的目的就是为了"研究文艺工作与一般革命工作的关系"，"就是要使文艺很好地成为整个革命机器的一个组成部分"，因此在文学史的研究工作中，首先就应该贯彻这一精神，把它作为研究工作时的重要指针。但就是在这种重要的关键问题上，我犯了原则性的错误；道理也很显然，因为这是文学的党性原则，它是与资产阶级客观主义根本对立的。

除了在对待胡风反革命集团分子的所谓"作品"上的错误以外，这部书在其他方面的错误还有许多。例如在对于中国新文学性质的说明上，就是与第二次文代会的决议精神不相符合的。我于今年5月，已正式通知出版社对本书停止再印，并已取得了出版社方面的同意。

我现在正在做改写的工作，希望尽可能地提高质量，改正错误，写出一本比较好的书来。这是因为，第一，我现在仍在北京大学讲授这一课程，提高教学质量是目前全国高等学校的最重要的任务，当全国人民正在为实现第一个五年计划而努力奋斗的时候，我首先必须把我自己的岗位工作做好，我有责任来为提高教学质量而努力，我必须修正这一门课程的教学内容。第二，我要对我所犯的错误和它所散播的不良影响负责，我一定要用实际工作来改正错误。我应该从错误中汲取足够的教训。

当然，以我目前的思想水平和文艺修养来说，担负这样一件工作实际上是力不胜任的，我不敢说我就一定能够把工作做好。但我相信，只要不断地提高自己的政治觉悟，认真地学习马克思列宁主义，坚决贯彻文学的党性原则，彻底清除资产阶级的思想影响，那么我的工作质量就一定会逐渐得到提高，错误就一定会得到避免。我有充分信心来改正我的错误，并希望能随时得到文艺界同志和读者们的帮助。

（本文原载《文艺报》1955年第20号）

*　　*　　*

〔1〕此为甘惜分文章（载《文艺报》1955年第19号）的标题，副题为《评〈中国新文学史稿〉下册》。

〔2〕《文艺月报》6月号：《×××在复旦大学的阴谋活动》。

关于现代文学史上几个重要问题的理解

——评雪峰《论民主革命的文艺运动》及其他

一

谁都知道中国现代文学是从"五四"文学革命开始的，因此对于"五四"文学革命的性质和领导思想问题，我们和资产阶级学者们一向就抱有根本分歧的观点。不要说像胡适的《逼上梁山》中那样把这一伟大的历史事实归因于几个美国留学生的偶然争辩，从而认为"若没有胡适之、陈独秀一班人，至少也得迟出现二三十年"，这当然完全是胡说；就是后来的许多在表面上摘用马克思主义词句的人，在这个问题上也常常是要暴露他们的根本错误的。因为承认了从"五四"文学革命起我们的现代文学就是无产阶级思想领导并向着社会主义现实主义方向发展的观点，就必须承认文学的党性和以社会主义精神教育人民的作用，就必须承认党对文艺事业的领导和社会主义的文艺路线，而这是为他们的资产阶级立场和文艺观点所不能接受的。胡风便是一个明显的例子。他就认为"以市民为盟主的中国人民大众的'五四'文学革命运动，正是市民社会突起了以后的、累积了几百年的世界进步文艺传统的一个新拓的支流"，而他是处处以

"保卫'五四'革命文艺传统"自炫的，他所要保卫的正是"以市民为盟主"的资产阶级文艺路线，他是毫不怀疑地认为"五四"文学革命的领导者是资产阶级，而它的性质是属于世界资产阶级文学的范畴的。这种观点在雪峰的《论民主革命的文艺运动》一书中也同样有所阐述。这是他在1946年写的一本综论"五四"以来文艺运动和路线的理论性质的书，其中牵涉到现代文学史中的很多重要问题，但正像书名所昭示，他完全忽视了在我们的现代文学中从"五四"起就具有的社会主义思想因素，而且对于文艺运动的根本方向和路线是阐述得极其模糊的。他以"民主革命"来概括我们革命文艺运动的全部，而对于这个"民主革命"是无产阶级所领导的新民主主义革命，因而对于文艺运动的方向和路线就决不同于一般资产阶级民主革命这一重要方面却完全是混淆不清的。这样，在对于"五四"文学革命的性质和领导思想的看法上，他就不能不与胡风趋于一致了。在关于"统一战线"的论述中，他认为"五四"期"在思想革命的统一战线中最坚决和居着领导地位的，就正是资产阶级和小资产阶级的激进知识分子及分明地反映工农要求的革命先进知识分子——中国马克思主义的先驱者。并且靠了这两种革命的知识分子，'五四'的革命战斗就接连到以后的时期了"。如果说在这里他的提法还和胡风有所不同，他只是混淆了"五四"期左翼和右翼的区别，以及忽略了1921年党成立以后在统一战线内所引起的分化，而把资产阶级知识分子列于极重要的领导地位的话，那还是并没有真正了解到他的意思；因为关于这一点他在别的许多地方也发挥过，需要我们综合起来去考察。在关于《大众化》的一节中，那提法就明白多了。他说：："'五四'是科学和民主的启蒙运动，这启蒙运动最初虽主要地为资产阶级所领导，也迫切地要求着扩大，因为它无论作为反帝反封建的思想革命，作为单纯的新文化运动，或作为现实社会改造的政治斗争的准备，都非有落后而最广大的人民做后盾不可。"这就是说，无论是工农大众或"分明地反映着"他们要求的马克思主义先驱者，虽然也都可以是属于统一战线的组成部分，但都是作为资产阶级领导的正在迫切要求扩大的启蒙运动的"后盾"而存在的；而且这"后盾"还是为资产领导所领导的"现实社会改造的政治斗争"服务的。这当然不只是对于现代文学史的理解的错误，也正是对于中国新民主主义革命史的歪曲，但这种错误也必然会归结到关于文学发展的方向和路线的问题。在关于《革命的现实主义》的一节中，他就明白地说："'五四'是这近代人本主义的文学的一个最后的遥远的支流。"在他1949年写的《鲁迅和俄罗斯文学的关系及鲁迅创作的独立特色》一文中，他更加以发挥地说："中国'五四'以后的新文学，如果从近代资产阶级民主革命的世界范畴上说，那当然可以说是十八、十九世纪那种以所谓批判的现实主义和否定的浪漫主义为其主流的世界资产阶级民主文学之一个最后的遥远的支流。"这里他即把中国的民主革命归于"近代资产阶级民主革命的世界范畴"，而如他所说，"从'五四'以来的革命的新文艺，全盘地看，那基本思想是民主主义的革命思想"，那么这种所谓"革命的新文艺"也就不能不是为资产阶级所领导，并属于世界资产阶级文学的主流了。这和胡风所宣称的"以市民为盟主"的市民社会文艺传统的"一个新拓的支流"不正是完全一致的吗？这和我们所认为的由

"五四"开始的中国新民主主义革命是无产阶级社会主义世界革命的一部分、而当作新民主主义革命有力一翼的中国现代文学也是世界社会主义文学的一个组成部分的观点,是毫无共同之处的。

应该承认,在他1952年写的《中国文学中从古典现实主义到无产阶级现实主义的发展的一个轮廓(中)》一文里,关于这个问题的提法是较前有所改变的。在他引用了毛主席《新民主主义论》中关于新民主主义革命的性质的一段话以后,他说:"这样,据我们了解,新民主主义的'五四'新文学运动,是反映了资产阶级民主革命的文学运动,然而不能说它是资产阶级的文学运动。但新民主主义的'五四'新文学运动,也还不是反映无产阶级社会主义革命的文学运动,而是反映无产阶级领导的、人民大众的(各革命阶级联合的)民主革命的文学运动。"这里他修正了他以前的说法,把他所一贯宣称的"民主革命的文艺运动"上面加上了"无产阶级领导的资产阶级革命"的字样,并使之与资产阶级、无产阶级的文学运动区别开来。这虽然与他以前的说法有所不同,但仍然是片面的、不正确的。毛主席所说的新民主主义革命"依然是资产阶级民主主义的"上面,就明白地说这是"按其社会性质"说的,而且是"基本上"的;如果按其领导关系来说呢?《新民主主义论》中也同样有很明确的指示:"新民主主义的政治、经济、文化,由于其都是无产阶级领导的缘故,就都具有社会主义的因素,并且不是普通的因素,而是起决定作用的因素。"又说:"我们在政治上经济上有社会主义的因素,反映到我们的国民文化也有社会主义的因素。"我们说"无产阶级领导的"并不是一句空话，尽管都是所谓"民主革命的文艺运动"，但它既是无产阶级所领导的，就必然会在文学发展的方向、路线以及作品的思想倾向上，都与一般的资产阶级民主革命的文艺运动带有根本性质的分别，就必然会具有起决定作用的社会主义因素。我们说从"五四"起，中国现代文学就是向着社会主义现实主义的方向前进的，那根本原因就在于它是由中国新民主主义革命的性质和对文学的要求，以及文学创作的现实主义和"改造这人生"（鲁迅语）的要求所决定的，而这些要求之所以产生和可能实现，正是因为有无产阶级的领导和起决定作用的社会主义因素的缘故。可知社会主义的因素并不一定只有在反映社会主义革命时期的文学运动中才可能存在，而是在为社会主义扫清道路和准备条件的民主革命时期也实际存在的，就因为这个文艺运动是由无产阶级所领导的缘故。我们这样说，当然并不是说由"五四"开始的文学革命就是单纯的无产阶级文艺运动，也不是说中国现代文学的性质就是完全的社会主义的文学。当时许多参加"文学革命"的先驱者都还只是民主主义者，是小资产阶级知识分子；现代文学史上有许多进步的作品也不能说成就是社会主义现实主义的，但作为现代文学主要精神的反帝反封建的性质，却是从"文学革命"开始就是为无产阶级思想所领导的，因而也是具有社会主义因素的。我们说现代文学总的说来是无产阶级思想指导下的革命民主主义和社会主义的文学，是指从"五四"开始就是如此的；以后随着革命形势的发展和无产阶级革命文学运动的前进，社会主义因素的比重和决定作用就愈来愈加明显了。雪峰在他的论文中非常喜欢用革命民主主义这个名词，但所谓革命民主主义者实际上是在一种无产阶级力量还不十分显著或没有进行过彻底的资产阶级革命，而马克思主义思想也还没有十分成熟和强大的社会主义条件下的存在，这种思想也只能说是在当时社会条件下的进步的资产阶级和革命的小资产阶级的思想。它在当时当然是一种革命的思想，如在中国的"五四"时期，但我们仍然必须了解它与马克思主义之间的联系和原则区别，是绝不能彼此混为一谈的。就它们之间的联系说，在中国民主革命时期，特别在"五四"期，是有许多民主主义者参加了反帝反封建的文化战线的，而且有些人的态度还非常坚决和彻底；这些人既然参加了无产阶级所领导的民主革命，如果他真是一个革命民主主义者，如鲁迅那样自觉地遵革命前驱者的领导和命令，并坚决彻底地进行战斗的话，那么在革命实践的过程中和无产阶级的思想影响下，他是可以逐渐改变自己的世界观的。鲁迅、瞿秋白，还有许多人都曾经走过了这样一条道路。我们当然不能简单地认为既然当时他们的世界观在思想体系上还是属于资产阶级的范畴，就断定他必然和永远是为资产阶级利益服务的。实际上资产阶级的文化思想在"五四"以后已经失去了领导作用，而且在反帝反封建的文化革命中也不可能坚决和彻底，所以一个真正的革命民主主义者是有可能逐渐摆脱他自己在思想上的阶级局限的。这种革命民主主义和马克思主义的联系正是在无产阶级领导的民主革命的具体历史条件下所发生的。但另一方面，一个民主主义者在他还没有经过思想立场上的根本变化之前，他与马克思主义者又是有原则区别的。他们的在世界观上的限制不可能不影响到他的一切社会实践，包括文学活动在内。我们既要看到它们之间的联系，也要看到其间的区别。"五四"

以来无产阶级对文化战线的领导作用的表现之一，也就在于经过团结和斗争来推动了许多革命民主主义者改造成为马克思主义者。由此可见，低估了无产阶级领导的作用和意义，混淆了民主主义思想与马克思主义思想的原则区别，而概称之为革命民主主义的文学或民主革命的文艺运动，也就必然混淆了我们文学发展的方向和路线，就一定看不到从"五四"起中国现代文学就向着社会主义现实主义方向前进的历史事实。

雪峰既然对"五四"文学革命运动持有如上的理解，因此在《什么是主要的错误》一节中当他对现代文学运动作检查的时候，就根本不从"五四"开始，认为那时即使有弱点和错误也是"更多由于历史的限制"，而把1928年以后党所领导的革命文艺运动作为检查错误的对象，而且认为这才对我们"更有教训的意义"。错误和缺点当然是应该检查和批判的，至于结论的正确与否那是另外一个问题；但"五四"期是否就不值得我们检查和批判呢？雪峰不但自己没有作，而且也根本反对别人对"五四"新文艺运动加以批判。他曾说：

例如对"五四"运动的反对"孔家店"的猛烈，如果那猛烈是从运动者在现实里感到了力量而来的，是适应着伟大的暴风雨的预感的，那么，袖着手批判"五四"的贤人们，说那是"过火"，那是"盲目的否定"云云，就不过证明了这些贤人自己看不见在现实里潜在着和发展着的人民力量罢了，他们的公平恰正是不公平。他们都没有"纠正"了"五四"。但"五四"的这种对于历史真理的碰触，却是产生科学的历史方法的

根源。(《论文集》第一卷:《历史的分析和批判》)

"五四"新文化运动和文学革命所进行的彻底地反封建的战斗当然是伟大的。正如毛主席所说,"自有中国历史以来,还没有过这样伟大而彻底的文化革命"(《新民主主义论》),但这并不是说这个运动就是毫无缺点的,不可以进行批判的。毛主席在《反对党八股》一文中就说过如下的话:

> 但五四运动本身是有缺点的。那时的许多领导人物,还没有马克思主义的批判精神,他们使用的方法,一般地还是资产阶级的方法,即形式主义的方法。他们反对旧八股、旧教条,主张科学和民主,是很对的。但他们对于现状,对于历史,对于外国事物,没有历史唯物主义的批判精神,所谓坏就是绝对的坏,一切皆坏;所谓好就是绝对的好,一切皆好。这种形式主义地看问题的方法,就影响了后来这个运动的发展。

雪峰这篇文章是1943年11月在重庆写的,我们虽然不必一定说他的意图就是针对毛主席在1942年所写的这篇文章而发的,但那论点却显然是完全针锋相对的。为什么雪峰对"五四"文学革命运动这样"爱护"呢?那根源就在于他认为这个运动是资产阶级所领导的,并属于近代资产阶级文艺的世界范畴的缘故。他既然对资产阶级文学感到那么多的兴味,就自然反对别人对"五四"新文化运动作马克思主义的分析和批判了;而对于以后的党所领导的革命文艺,他却必须从各方面来加以贬低和批判。这除了说明从根本观点上流露出他的资产阶级文艺思想以外,恐怕是很难找到别的解释的。我们当然是要继承和发展"五四"以来的文艺传统的,但这种继承和发展也有两种不同的态度和两条不同的路线。毛主席说:"五四运动的发展分成了两个潮流。一部分人继承了五四运动的科学和民主的精神,并在马克思主义的基础上加以改造,这就是共产党人和若干党外马克思主义者所做的工作。另一部分人则走到资产阶级的道路上去,是形式主义向右的发展。"[1]就现代文学发展的主流和基本倾向说,我们是顺着前一条路线发展下来的;由于有党的领导和许多革命作家的努力,就保证了我们的文学能够坚定地向着社会主义现实主义的方向前进。但在前进的道路上并不是没有斗争的,对于各种的资产阶级、小资产阶级文艺思想的斗争是贯串在整个现代文学史中的;这是对于"形式主义向右的发展"的资产阶级文艺路线的斗争,而像冯雪峰这样的修正主义文艺思想正是属于这种向右发展的文艺路线的。

二

雪峰是曾经亲聆过鲁迅先生的教诲,并以鲁迅的继承人自居的。他写过许多有关研究鲁迅的文章,就在《论民主革命的文艺运动》一书中,凡是在他提出某一论点的时候,也都举鲁迅先生作为典范或例证,鲁迅已被他当作"招牌"似的来引为某个论点的根据了;因此有必要指出他对鲁迅的看法上所存在的错误。在《革命的现实主义》一节中,他以鲁迅为实例,认为现实主义"和科学与民主的思想一样,都是从先进国输入进来的","是近代人本主义文学的一个最后的遥远的支流",说鲁迅"取法着或继承着十九世纪世界文学的主潮"。这里不只完全割断了鲁迅创作与中国古典文学的联系,而且对鲁迅的现实主义精神的了解也是有问题的。我们不否认从"五四"开始的中国现代文学曾受到过外国进步文学的很大影响,但它与我们的民族传统并不是没有继承关系的,中国的古典文学中也并不是就没有现实主义作品的;特别像鲁迅这样伟大的作家,他的作品到处闪耀着我们民族传统的光辉,他对于中国古典文学的深邃修养是尽人皆知的。雪峰对鲁迅作品的这一论点在他后来所写的《中国文学中从古典现实主义到无产阶级现实主义的发展的一个轮廓》一文中有更为明白的说明。他说:"他前期的现实主义,具备有世界文学中资产阶级革命期的现实主义的基本的优点,而且发挥了那些优点,成为这样的现实主义的世界的高峰之一的。所以,从世界文学史的这一方面的关系说,鲁迅前期的现实主义也是可以划归在资产阶级古典现实主义中去的,他是非常有资格和世界文学史上那些近代的伟大的古典现实主义者并肩站在一起的。"在这篇1952年写的论文里他开始承认了中国文学上有所谓"古典现实主义",而主要在宋元以后,"即所谓市民文学或平民文学开始有比较显著的发展的时候";在论述了鲁迅的现实主义的特征的下面,他说:"中国近代文学中的现实主义者如施耐庵、罗贯中、关汉卿、王实甫、曹雪芹等,我认为也是列在世界文学史上近代古典现实主义的伟大代表者的行列中的,但鲁迅,自然和他的这些前辈不同,因为他才富有资产阶级革命期的特色,他所具有的民主革命时代的历史性质和特征,是这些作家所不能比较的。"从以上各段文字可以明白,他之所以忽然承认了中国古典文学在近代（宋元以后）有现实主义的缘故，是因为他把从施耐庵到曹雪芹都划到所谓"市民文学"有比较显著发展的时候；但总觉得把这些作品当作"市民文学"还有点显得"历史性质和特征"不够完备，在世界文学史上比不上外国的资产阶级作家，于是他就把鲁迅当作资产阶级文学的典范，把他摆到"十九世纪"文学高峰的行列，让他并肩与那些十九世纪（所谓近代）的大作家站在一起，这才觉得够得上"资产阶级革命期"的"历史性质和特征"了，因为他以为鲁迅正是"取法着或继承着十九世纪世界文学的主潮"，是"非常有资格"的。在《〈太阳照在桑干河上〉在我们文学发展上的意义》一文中他说："我们这里说的无产阶级现实主义作品，只能从 1942 年延安文艺座谈会以后算起，而不能从鲁迅算起。"他是把鲁迅的创作完全划入所谓资产阶级古典现实主义的行列的，只有丁玲的《太阳照在桑干河上》才"有代表或标记无产阶级现实主义文学的初步的成长的意义"。在他写的一篇《伟大的奠基者和导师》中，他认为"学习鲁迅的文学遗产，特别要学习他的现实主义"。这就清楚地说明他对鲁迅作品的评价了。所谓"伟大的奠基者"只奠定了资产阶级的现实主义文学的基础，而特别值得我们学习的就在于此。从字面上看，他把鲁迅肯定得非常之高，置之于"十九世纪"世界文学史的高峰，实际上却是无视于鲁迅创作的根本精神，对鲁迅无疑是一种贬斥。从动机上说他这样讲也许不是恶意的，因为他实在太醉心于"资产阶级革命期的特色"了，太倾倒于资产阶级的文明了；而中国又"不幸"缺少了一个完全的资本主义社会，于是他就不得不苦心补缀，把《水浒》等拉下来，算作"市民文学"的初步特征；把鲁迅推上去，算作资产阶级文学的高峰之一，但这些都只不过说明他自己的根深蒂固的资产阶级文艺思想而已。

我们并不以为鲁迅前期的创作就已经是社会主义现实主义的作品，但作为中国现代文学的奠基者，他的作品在中国文学史上开始了一个新的时代；这个时代的轨道和方向正是向着社会主义现实主义前进的，而鲁迅自己就体验了这种前进，他的创作就准备了向着这个方向发展的条件。鲁迅的伟大绝不在于他标志着一个旧的时代的结束，即所谓资产阶级文学的遥远的支流；而正在于他代表了一个新的文学时代的开始，他是属于世界无产阶级社会主义革命时代的伟大作家。他的前期虽然还没有具备马克思主义的世界观，但因为他的文学活动是在无产阶级领导下的人民革命统一战线之内进行的，因此表现在他作品中的精神也就有了新的因素和时代特征。他对于旧社会的强烈的憎恨和对于未来的新的生活的渴望和追求，都表现了一个革命作家在中国无产阶级所领导的人民革命时代的坚强的战斗精神和自觉地献身于祖国和人民的态度。毛主席在《新民主主义论》中说："鲁迅的方向，就是中华民族新文化的方向。"这个方向应该说是从"五四"开始的。毛主席明白地说："在'五四'以后，中国产生了完全崭新的文化生力军，这就是中国共产党人所领导的共产主义的文化思想，即共产主义的宇宙观和社会革命论。……而鲁迅，就是这个文化新军的最伟大和最英勇的旗手。"鲁迅从"五四"起就是无产阶级所领导的文化战线的伟大旗手，他的一切文学活动都是属于这个文化新军的战绩，这正是他之作为"中国文化革命的主将"的伟大的地方；而这决不是任何十九世纪的古典作家所可比拟的。中国的人民革命无疑地要导向人类历史的一个新方向的；鲁迅的方向，或者说"中华民族新文化的方向"，也标志着人类进步文化的一个新方向；就文学领域说，它就是社会主义现实主义的方向。毛主席在《新民主主义论》中说："民族的科学的大众的文化……就是中华民族的新文化。"我们要使我们的文化带有我们民族的特性，带有它自己的形式，这到现在仍然是我们努力的方向。而所谓科学的和大众的，就必然是社会主义的；因为只有社会主义的文化才是真正符合客观真理、理论与实践一致的；资产阶级的许多东西都是非科学的，甚至反科学的，例如唯心论哲学和资产阶级社会科学。我们的文化既然是为工农大众服务的，而工农大众当然是衷心拥护社会主义的。可知建设"民族的科学的大众的"文化方向，也就是建设民族的社会主义的新文化方向。而建设社会主义现实主义的文学，使之能有效地为工农大众服务，并带有自己民族的特色，正是我们社会主义文化建设的一个必要的组成部分。这就是"中华民族新文化的方向"，这个方向的起点是"五四"，鲁迅就亲自体验着向着这个方向前进的道路。我们说鲁迅是现代文学和社会主义现实主义在中国的奠基者，正是就这种"鲁迅的方向"的意义说的。现代文学史中的鲁迅传统，也正是在无产阶级思想领导下的自觉地使文学为人民服务的传统。像雪峰那样无视于鲁迅的主要精神，把鲁迅实际上作为资产阶级文学的代表，当然是非常错误的。

我们并没有忽略了鲁迅的前期和后期的区别。因为上述雪峰的论点主要是指他的前期创作而言的，因此我们着重说明虽然鲁迅在前期还不是一个马克思主义者，但他的文学活动在现代文学史上仍然是有向着社会主义现实主义发展的方向意义的，他的成就和现实主义的特色也是与十九世纪外国古典作家根本异趋的。至于他的后期，虽然雪峰也承认他已经是一个成熟的马克思主义者，并且有《回忆鲁迅》一本专书来描述鲁迅在左联时期的活动，但他的意见也并不就是没有问题的。我们看了《回忆鲁迅》（根据初版）以后所得的总的印象是什么呢？那就是，"左联"是党直接领导的革命文学团体，"'左联'主要的功绩，也还是在思想斗争上尽了任务，而这大部分又得归功于鲁迅先生"[2]。这里是指鲁迅后期杂文而言的。在《回忆鲁迅》中也说："'左联'对于当时国内革命文化运动的影响以及政治的意义，也主要经过了以鲁迅先生为主的文学斗争和思想斗争的表现的。"当时的"党中央对于文艺斗争和文艺创作问题，不仅缺少经验，并且关心是很不够的，同时也没有给我们以明确的方向"，党中央"只是通过我们这些年轻的党员来执行党的领导的"。"鲁迅先生自己是最清楚的，是'左联'在借用他的地位和名誉"，"左联有过许多错误"。（在《论民主革命的文化运动》一书中，他把讲"左联"时期的一节就叫作《在左倾机械论之下》，认为"机械唯物论和教条主义的影响及错误是很大的"。要直到1936年，就是他又到了上海之后，"才彻底改正了这错误"。）但只有"这件事情是做得完全正确的"，就是"我们这一批年轻的党员，首先团结了鲁迅先生"。而且"这类青年的革命性和坚强性格，对于鲁迅先生有很大影响，使他增加对于青年的信任心，同时也是使他接近我党的原因之一"。所谓"我们这批年轻的党员"，不但在全书中除过初次带他去见鲁迅先生的已经牺牲了的柔石以外，就只看见他自己；而且他还曾经说有一次他批评鲁迅的"文章里面多用'我'，少用'我们'；而我以为是用'我们'来得壮旺些"，因为这可以公开地宣布自己"代表巨大的势力"。看来他用"我们"已经成为习惯了，他书中的"我们这批年轻的党员"其实主要是指他自己的；这由书中经常出现的"根据我的印象""照我的感觉"等文句的含意就可明白。在《党给鲁迅以力量》一文中，他说在和鲁迅接近而且取得了相当深的友谊的青年中就有共产党员起着联系党与鲁迅的关系的作用，并且说"我就是起这种作用的党员之一"。根据他的印象和分析，鲁迅在"1927年和1928年之间"是一个危机，"很可能回到学术的研究上去"，但终于没有回去；1928年年终时他就和鲁迅先生来往了，而鲁迅虽然"不算喜欢谈他自己"，但"触到他思想情况的谈话是跟我谈的要多一些"，而且"每次谈话之后，他都仿佛消除了心中一些积郁似的快乐"。雪峰认为直到1929年，鲁迅还在"思想上向科学的共产主义的伟大跃进"的"开始的过程中间"，这年和他"谈了许多话"，于是"给我一个非常深刻的印象，就是他的思想已经从前期跨到了后期了"。以后就关系更加密切起来，一直到鲁迅逝世之前，他看到了鲁迅"思想上又有新的发展的征象"；但知道这种心情最清楚的只有他和许广平先生两人云云。

　　以上我们择要摘录了《回忆鲁迅》一书中的一些文句，用来说明这本书所给予读者的印象。很明白，照书中看来，当时党对文艺工作是既不关心，又无明确方向，而只是冯雪峰这个年轻的党员来贯彻党的领导的，而他就主动地做了团结鲁迅先生这样一件完全正确的事情。他站的地位远比鲁迅高得多，是他给鲁迅以革命的影响并帮助鲁迅进行思想改造的，以后又使鲁迅参加了"左联"。"左联"的错误很多，它之所以能在革命文化战线上发生影响，就单纯是因为有了鲁迅，利用了鲁迅的地位；而别方面的错误则是要到1936年由他来亲自纠正的。总之，从这本书中读者只能得到这样的印象，那就是鲁迅很伟大，但冯雪峰更伟大；至少也是没有雪峰就完成不了鲁迅的伟大。

这种叙述当然是不符合事实的，对于我们了解鲁迅和了解左翼革命文学运动，都不会有帮助，而只能产生一些错误的印象。毛主席《在延安文艺座谈会上的讲话》中说："革命的文学艺术运动，在十年内战时期有了大的发展。这个运动和当时的革命战争，在总的方向上是一致的，但在实际工作上却没有互相结合起来，这是因为当时的反动派把这两支兄弟军队从中隔断了的缘故。"左翼革命文学运动在当时的困难情况下已形成了一支很大的力量，虽然在实际工作中不可能没有缺点和错误，但它毕竟是革命文化战线上的"一个重要的有成绩的部门"，而这种成绩的取得如果没有党的坚强领导和许多革命作家的努力，那是完全不可能设想的。鲁迅当然是这条战线的一面旗帜，他的后期作品更带有了深刻的马克思主义的思想特色，对读者起了很大的教育作用；但无论如何，是不能够把鲁迅个人的战果和左翼文学运动的整个成绩等同起来的。鲁迅自己就不是这样一种看法，他在左联成立大会上的发言已经指出"战线应该扩大"和"应当造出大群的新的战士"。而且他坚定地相信"无产阶级革命文学却仍然滋长，因为这是属于革命的广大劳苦群众的"道理[3]。在雪峰的许多有关鲁迅的文章中，凡是讲文学发展和现实主义的时候，经常是着重谈鲁迅的前期作品的，只有在讲到革命文学运动和思想斗争的时候，才谈到鲁迅与"左联"以及鲁迅后期杂文的价值；而对于鲁迅思想发展的道路则常常是谈得很空洞。这里说明了他对于现实主义的理解上的问题，也说明了他想夸大他自己与鲁迅之间的关系。其实鲁迅前期的作品固然有它的伟大的不朽价值，但后期杂文又何尝不是社会主义现实主义的伟大作品，而他之所以取得后期那样深刻的思想特色的原因，正是因为他经过了根本性质的思想变化，受到了马克思主义光辉的照耀的缘故。至于雪峰自己在"左联"时期的活动和工作的评价，经过许多同志的揭发，明确了他所坚持的修正主义的文艺运动路线，在当时起的消极作用是很大的，这方面还需要另外去分析。但即使退一步说，就算他作过一点有益的事情，一个共产党员执行党的指示做了一些工作又有什么理由来到处夸大地表现自己呢？有什么理由故意贬低党的作用而大大强调个人的作用呢？我们现在倒是可以真正懂得像《回忆鲁迅》这类著作的内容了，因为他既然可以把自己摆在党之上，那当然更可以摆在鲁迅之上了。因此，深入地研究"左联"时期革命文艺运动的成就，正确地理解鲁迅的文学道路和鲁迅遗产的丰富意义，排除过去流行的一些错误论点的影响，对于理解现代文学的发展线索是非常重要的。

三

在《论民主革命的文艺运动》一书中讲到文艺运动的原

则时他说：“总之，思想斗争，统一战线，大众化，是我们运动的基本原则，它们是错综地交织着的，而大众化更是运动的总路线。”我们也以为大众化可以说是贯穿在现代文学史中的一条中心线索，问题在于对于大众化问题的理解。我们认为所谓大众化实际上就是如何促使文学更好地和更有效地为人民服务的问题，如何促使文学与群众相结合的问题。从"五四"的提倡白话文开始，"左联"时期的提倡大众文艺和大众语，抗战时期的关于通俗文艺的创作和关于民族形式的讨论，直到毛主席明确地提出了文学的工农兵方向，都是沿着现代文学是中国人民革命机器的一个组成部分这个基本原则发展下来的；因此把大众化作为向着这个方向追求和前进的一条线索来理解，是并不错。但在雪峰的著作中，一向是回避了文学究竟为谁服务的这样一个根本性问题的，因此他对于大众化的理解就不可能没有问题。他认为"全般的大众化运动"分两个方面，"一方面是提高大众文化水平的启蒙工作"，"另一方面即是创作"。并且说："我们绝对不能忽视大众文化水平的低下的事实，这决不是创作所能解决的。"他常常夸张地描述人民群众的落后麻木，并且强调启蒙运动的重要；实质上他是把大众化作为"唤醒民众"的手段来理解的，而并不是强调作家与群众相结合，并使文艺为群众服务的方向。他认为"人民落后层的广大自然超过觉醒者"，并且说："这落后的最为本质的严重意义，是它不仅为过去的历史和反动统治的压迫的结果，并且它自身还成为旧的压迫势力和反动统治之群众的消极的基础；因为所谓落后，就是不自觉地屈服在被压迫被剥削的旧生活之下，消极地迎受反动统治的支配，也麻木地疲乏地保守着旧的生活观念。"这种论调已经很近似于胡风的所谓"精神奴役的创伤"了。在《善良》一文中他甚至说:"他们(人民)被压得太重太久了,他们就几乎把自己的善良永久化了,甚至于在做一切势力的奴隶之先,先做自己的善良的奴隶。"根据他的这种看法,对于大众化问题,就明白地认为"艺术大众化决不是迁就大众";又说:"而且就因为大众艺术不在'迁就大众',却是提高和改造大众;所以,先进的革命作家的参与,便成为实际的媒介革命的新的思想和文化传统于大众的一个契机,成为大众艺术的迅速成长的契机之一。"[4]这种把人民看成麻木落后,把作家看成先进,要作家去"提高和改造大众"的观点,完全是一种本末倒置的唯心主义观点;这与毛主席号召作家与工农兵结合来改造思想的指示是根本违背的。因此他所理解的大众化也是与现代文学发展中的大众化问题完全不对头的。毛主席《在延安文艺座谈会上的讲话》中说:"许多同志爱说'大众化',但是什么叫作大众化呢?就是我们的文艺工作者的思想感情和工农兵大众的思想感情打成一片。"在《反对党八股》一文中也说:"如果不但口头上提倡提倡而且自己真想实行大众化的人,那就要实地跟老百姓去学,否则仍然'化'不了的。"毛主席的《讲话》是总结了"'五四'以来的革命文艺运动——这个运动在二十三年中对于革命的伟大贡献以及它的许多缺点"这样的事实,才一针见血地指出了问题的关键的。文学的大众化本来是要求解决文学更好地为人民大众服务的问题,而这首先就必须解决文学工作者自己与群众相结合的问题。因此我们说,从"五四"开始就体现着的大众化方向,虽然在不同的历史时期对这个问题的某些方面也有所进展和收获,但一直到毛主席《讲话》以后，才真正找到彻底解决这一问题的正确的途径。而在雪峰1945年写的这本书中，虽然已经涉及到毛主席《讲话》的内容，但对于这个问题的理解却完全是与毛主席《讲话》的精神相违背的。

因为他根本不是从文学为谁服务的问题出发，因此他对于与文艺大众化有关的许多问题，例如普及与提高，民族形式、文艺与政治的关系，等等，都采取了本末倒置的错误的观点。在普及与提高的问题上，他反对对大众化的二元的看法，就是将普及与提高对立起来的看法，这当然是对的；但他却把二者完全等同起来，并实际上取消了"普及"。他说：

> 在这里，"提高"与"普及"的原则，应该有进一步的深刻的理解与展开。在一般革命的新文艺的现在的基础和状态上，它的不"普及"（大众化）是它的不"提高"，而取得它的"提高"（高度地反映广大人民的现实生活，斗争要求和力量，以及和这内容相适应的民族形式之创造），必须取得它的"普及"（大众化，也就是高度地反映广大人民的现实生活，斗争要求和力量，以及和这内容相适应的民族形式之创造）。在我们现在，大众化将完全体验着新文艺的"提高"的发展的历史过程；"普及"体验着"提高"，而"提高"要求着"普及"。我觉得我们这样的理解，是因为我们文艺的发展正要通过这样的历史阶段；而我们将"普及"（大众化）看成为新文艺的"提高"，就决非将"普及"的历史意义及其实际的任务减轻了。

这一段文字非常明白，他把普及看成就是提高，因此他认为《阿Q正传》是"典型的大众文艺"；而把一般普及作品斥为"低级艺术""仅仅通俗的作品"，以及"市侩主义的和小市民性的迎合"，等等。这就不只是如毛主席所说的"片面地孤立地强调提高"，而且干脆把提高作为普及的前提了。因为他根本回避了一个文艺"为什么人"的问题，所以在"如何为法"上当然就看不到"雪里送炭"的必要，看不到为人民群众所迅速接受的重要性；而所谓"提高"也就不能不是"从空中去提高"了。

　　同样的错误也表现在他对"民族形式"的看法上，表面上他并不否认民族形式的重要性，但他认为"民族形式的根本关键是在人民大众的语言的把握"。在《我对于新诗的意见》一文中也说："新诗形式要完全解决，我觉得只有在真正人民大众的统一的语言完全确立的时候。"语言诚然在形式问题中是很重要的，但把民族形式的关键仅仅限制在语言的把握上，则实质上就是根本否定了现代文学的民族化问题。这是和他对于民族遗产和民间文学的看法有联系的。在《论艺术力及其他》一文中他说："由于具体作品的试验，更由于人民现实生活与斗争的猛飞发展的情势，证明旧形式可利用的有效的是非常的少；而'民间文艺'的实质也渐被照明，大家不能不承认那里面有很多有毒的反动的要素和过于落后的东西，只有极少的要素才能和民众在生活上求进步的要求相联结着。"而且认为"旧的章回小说却可说是没有东西可以利用"[5]，既然民间文艺和章回小说等古典作品都是有毒的和反动的，那么究竟应该采取什么样的形式呢？在《形式问题杂记》一文中他说："又由于我们民族的文化之一般的落后，这就使我们对于世界文艺的现存的和旧的形式的追求和袭用，远超过我们对于它们的改造和对于自己新的独创的精进。"[6]这就说明他是要袭用所谓"世界文艺"的形式的；由于他对我们的民族文化传统采取了虚无主义的态度，因此他所理解的民族形式就成为"必须是新创的，是为了民族文化的最终目的——世界文化而建立的；它决不是一种当作被扬弃的过程看的民族形式"[7]。他以为我们的文学遗产和民间文学都很落后，应该完全袭用"世界文艺"的形式；那么为什么他还要提倡民族形式，又说"必须是新创的"呢？这就因为他是把民族形式的"新创"单纯看作"语言的把握"的。别的方面都可以"袭用"外国的，语言当然不能够；因此他对于民间文艺的看法是："我以为应将旧的形式完全拆开，将其中可用的言语或音节等取来，和我们新的形式的要素，及民众在新的生活与环境和事件中所产生的新观念及新警句和新言语等，综合地重新构成新的大众艺术。"[8]他认为民族遗产的内容和形式都无可取，只有将它拆开，将可用的词汇等取来，用在"世界文艺"的旧形式上，就构成我们新创的新形式了。因此在《论艺术力及其他》一文中当他讲创造民族形式的原则时，就强调必须"最大限度地主动接受世界文学的影响"，"要将外国文学的高的成果成为真真有益于我们自己的营养"。我们并不反对向世界的进步文学学习，而且"五四"以来的现代文学事实上也是受到了外国进步文学的积极影响的；但我们提倡民族形式的用意却在于促使现代文学与我们的民族传统和人民爱好发生紧密的联系，以改善"五四"以来文艺群众化不够的弱点，这正是向着大众化方向发展的标志之一，在这一点上来强调接受世界文学的重要性是完全不解决问题的。雪峰既然对我们文学的民族传统采取了否定的态度，又完全无视于人民对于文学的爱好，他当然不能正确理解文学与它的服务对象之间必须密切结合的问题。在他看来，只要艺术力提高了，像十九世纪的外国著名作品那样，只不过是用中国语言写的，就可以达到普及、达到大众化了，同时也就完成了所谓新创的民族形式。他就是以这样无批判地崇拜外国形式来取消民族形式的重要意义的。请看他是怎样来理解毛主席所说的"为中国老百姓所喜闻乐见的中国作风和中国气派"呢？他说"老百姓喜闻乐见的是民主的政治"，并斥"有些人却不深刻地领悟'喜闻乐见'和'中国气派'等话的真实的革命内容和意义"，只"崇奉一些有害的旧大众文艺，而抹杀大众的真实的要求"[9]。这样，与胡风的强调现实主义来取消民族形式相类似，他是以民主的政治要求来取消了文艺必须和它的服务对象紧密结合的大众化的必要的，当然同时也就取消了提倡民族形式的根本意义。

因为他根本回避了一个文艺为谁服务的问题，因此在文艺与政治的关系上，就必然会夸大文艺的特殊性，而不是如何使文艺成为整个革命机器的一部分。他认为"文艺反映生活就体验着一种政治的关系"，又说："政治决定文艺的原则，是现实和人民的实践决定文艺实践的原则；这原则，在文艺的实践上，即实践政治的任务上，又须变成文艺决定政治的原则。"这里语句虽然说得很隐晦，但却显然是说文艺反映生活这种关系本身就已经是为政治服务了，而且文艺的社会价值还可以决定政治；这不但是把政治和文艺的地位平列起来，而且是要求政治服从文艺的。这里就清楚地显露出了他的资产阶级文艺思想的本质。由此我们也可以明白他的所谓批评的标准"不成问题"或所谓"统一的观点"的意义了,这实际上就是反对"政治标准第一"的提法,认为文艺作品中的思想性就在于它的艺术价值;因此他说批评标准"决非根据什么抽象的'思想'和'真理'而定出的不变的标准"。他所写的许多批评文章的内容就是这样,不是首先去看作品的政治思想内容,看它对于人民所起的作用和影响,而是从所谓现实主义的成就,实际上就是单纯从艺术水平来加以评价的。因此他就只能倾倒于十九世纪的外国文学了,而对我们现代文学的成就则横加贬抑,这是与文学大众化的真实意义完全背驰的。

由此可见,他虽然说大众化是我们文艺运动的总路线,但他的具体论点却正是违反真正大众化的方向的。

四

既然他根本不重视文学为劳动人民服务的问题,那他为什么又要特别强调大众化的重要性呢?这是和他对于现实主义的理解有关系的。在雪峰的论著中,现实主义是被提高到头等重要的地位的,而且实际上正是以此来回避了文艺究竟应该为谁服务这样一个根本性的问题。在《论民主革命的文艺运动》中,他把"革命的现实主义"也当作现代文学发展上的一条主线,认为"是'五四'以来的革命文艺的最重要的传统精神"。在《论艺术力及其他》一文中,他认为大众化的要求"就是决定着现实主义文艺能否大踏步地前进的非常本质的问题"。为什么呢?他说:"因为'大众性'的形式和语言的要求不仅真真实际地要求着现实大众生活和斗争的内容，而且这恰正要走上艺术之真实的实践。"他是为了要达到现实主义的写真实的要求，才感到对于生活内容和语言形式都有大众化的必要，因此下面就说"大众化原则是在革命现实主义文艺的发展中获得的，它成为我们艺术创造的基本原则"；他是把大众化当作现实主义获得成就的条件来看的，是艺术创作的原则。因之他的强调大众化实质上和强调现实主义不过是一回事。

我们也认为"五四"以来的现代文学是向着社会主义现实主义的方向前进的，现实主义可以说是现代文学发展的主流。在这里就有必要分析一下雪峰所常讲的现实主义的真正意义，并提出我们的看法。他说："根据人民的现实的要求，也根据艺术的要求，只有现实主义能够解决和说明例如艺术与生活，文艺与政治，主观与客观，以及作者与人民等正确的关系及其本质。"而且认为"现实主义最根本的精神"就在于"现实主义文艺自身的法则，能够解决现实主义文艺自身的矛盾和问题"。这说明他以为一切问题，包括文艺与政治的正确关系，都只有现实主义能够解决；这里他不提旧现实主义与社会主义现实主义的区别，不提作家的世界观的作用，而把现实主义看成抽象化了的高于一切的法则。那么作家如何才能达到现实主义的要求呢？在《论艺术力及其他》一文中当他批判客观主义的创作态度时说：

在那里，我们看不见现实主义所要求的创作的战斗过程，即反映着现实的激烈斗争的作者的内心斗争和艺术创造。这斗争和过程，其实是任何天才都不能凭空地超越过去的,没有这种战斗和战斗精神,也是任何经验、观察、分析、体贴和想象,都无济于事的。

这里他是以所谓现实主义原则来批判他所认为的两种主要的反现实主义倾向的;上面所批判的是客观主义,对于公式主义他也批判道:"很明白,在这里并没有艰苦的创作的斗争和过程,并没有肉搏着艺术,因此也没有不能不肉搏着人生的事;在公式主义者那里,经由艺术的追求而追求着人生的事是没有的。"可知他所说的现实主义的最重要的部分就是所谓肉搏着艺术和人生的斗争和过程,即作者的内心的斗争;这就需要作者自己有一种力量,用他的话说,就叫作艺术力,或对人民力的追求。作家有了这种力量,就可对现实进行搏斗,进入艺术创造。他曾说"我们根本的要求,是写真实的人"[10],也就是说创造典型是现实主义的最重要的任务,而在《论典型的创造》一文中又说:"典型的这种创造的过程,是一切艺术家大抵相同的,是一种战斗的过程,艺术家和他的人物搏斗,他的人物和艺术家搏斗,在这种搏斗中艺术家又将他的人物送回到现实生活或历史中去和他们自己的命运搏斗,而且艺术家也跟着一同去搏斗。"简略地说,就是他在《论民主革命的文艺运动》中所概括的:"也就是说,使客观的力量变成为自己的主观的力量,并使自己的主观的力量变成为客观的存在。因此,要求主观力,首先必须要求投入这样的斗争;要求主观力的发扬,必须要求这样的斗争的发扬。"在《论艺术力及其他》一文中认为只有现实主义才能产生艺术力,而究竟什么是艺术力呢?他说:"解释地说,就是必须从艺术里表现出来的人民与作者的主观战斗力。"以上已经可以说明他所强调的现实主义精神主要是作家的主观战斗力，作家如果有了这种力量，就可以进入创作的战斗过程，进行激烈的内心斗争，与自己创造的人物搏斗，与艺术和人生搏斗了。他认为如果没有这样的主观力量是非常危险的，他说："人民就是复杂的矛盾的统一体，有进步的一面，也有落后的一面；……倘若没有坚强的主观，可不是也会跟着落后的人民走吗？"他认为"这的确是重要的问题"，所以说"在我们，明彻坚强的批判力是首先必要的"。作家有了坚强的主观之后，就可以根据他的主观对现实加以肯定和否定，进入创作的战斗过程了。"就是：我们无所假借地用了自己的生命去肉搏，于是也从用了生命的肉搏中获得着自己和艺术的生命。"[11]如果作家不是如他所描述的这样，那就要被认为是反现实主义的倾向。他说："假如他们抱的是公式主义的，客观主义的，或甚至市侩主义的态度，那么，他们和现实生活与斗争之间的关系便不是战斗的，也不是最密切和最深刻的了。"[12]他对现代文学中许多作品的成就加以贬抑，就是用了公式主义和客观主义这样的名词的；他认为这都是小市民性的市侩主义的态度，而不是他所说的大众性的现实主义。当然，任何作家都是有他的某种性质和程度的主观力量的，这里雪峰不只是没有从真实的和充分地反映现实生活来理解现实主义，而把主观力夸张成为现实主义的决定力量，根本他的所谓主观力就是脱离了作家的阶级立场而被抽象化了的。这只要看他对于世界观和创作方法的关系的理解就可以明白，他认为"世界观对我们的指导是决定着我们实践的方向，同时也为我们实践的任务所决定"。这里"实践的任务"具体说来就是艺术创造，他认为它同时也是可以决定世界观的。所以下面就说,"世界观指导着创作方法,但也是正确的创作方法和创作实践在建立着人生的和文艺的理想"。又说:"一个革命作家,他对人民的贡献,自身的发展和成就,都系之于他对现实的把握,就是我们所说的思想的到达。"这就是说作家通过创作实践,就有了对现实的把握,也就有了思想的到达,可以建立正确的世界观了。在《论典型的创造》一文中他说:"对于现实的认识,首先是从实际的社会生活的实践去达到,但也可以从艺术的追求去达到;创作方法的研究和注意,对于现实的认识,生活的实践,艺术的到达,就都有着帮助。"他认为通过艺术的追求就可以达到对现实的认识,因之他的所谓主观力实际上只是一种精神力,是脱离了阶级内容的;而且通过这种艺术的追求还可以决定世界观。在雪峰的论著里,一向认为强调世界观的作用就是机械论和教条主义,就是公式主义产生的原因。他说:"照机械论看起来,文艺就是被公式化了的政治口号或被抽象化了的世界观了。"他这样说的用意就在贬低革命的世界观对于创作的作用,提倡通过艺术追求来取得思想的到达。因此他虽然把现实主义强调为高于一切的东西,但却从来不讲作家应该深入群众生活和改造思想的道理;在他的笔下,现实主义与社会主义现实主义之间是没有什么区别的。在全国解放之后他所写的文章里,虽然讲到了无产阶级现实主义,但那内容和他以前所讲的现实主义的含义基本上是相同的。根据他的这种对于现实主义的理解,他认为革命现实主义就是"五四"以来以鲁迅为代表的现代文学的重要传统;但这种似是而非的说法,如果我们把他所讲的具体内容搞清楚,那就知道无论对于鲁迅或对于现代文学传统说,都是一种很大的歪曲。

毛主席在《讲话》中号召作家:"必须长期地无条件地全心全意地到工农兵群众中去,到火热的斗争中去,到唯一的最广大最丰富的源泉中去,观察、体验、研究、分析一切人,一切阶级,一切群众,一切生动的生活形式和斗争形式,一切文学和艺术的原始材料,然后才有可能进入创作过程。"我们认为这是现实主义文学的基础,但雪峰却以为首先必须要有主观的战斗精神才能进入创作过程,而且说:"没有这种战斗和战斗精神,也是任何经验、观察、分析、体贴和想象,都无济于事的。"他的论点显然是针对毛主席的《讲话》而发的。这里我们很容易记起了胡风分子张中晓在给胡风的密信中讲到毛主席《讲话》时的一段话:"作家与对象在创作过程进行搏斗,在我觉得这是真假现实主义的分歧点,但,他只说:'观察、体验、研究、分析。'多冷静!"而且下面说"这完全是形式的理解和机械的看法","统观全书,其本质是非现实主义"!这和雪峰的论点是多么相似呢?这和我们的理解真可以说是"真假现实主义的分歧点"了。《人民日报》编者在这信后面所加的"按语"说:"在这封密信里,就完全暴露了胡风分子仇恨这个讲话和反党的真面目。"不知雪峰对此将何以自解!我们知道胡风曾在坚持五四革命文艺传统、坚持现实主义的幌子下,认为提倡共产主义世界观、提倡作家和工农兵相结合、提倡思想改造、提倡民族形式、提倡为政治服务,是"放在作家和读者头上的五把刀子",实际上却如许多同志所批判过的,正是他用来反党反社会主义的"刀子";奇怪的是,类似的"刀子"在雪峰这里都有。有的同志提出了胡风和雪峰的文艺思想究竟是谁受了谁的影响的问题,这当然可以研究,但我们看到的却是好像一些王麻子刀剪铺里的货色一样,谁是"老牌"固然尚待考查,"生意兴隆"的时期也互有起伏,但"刀子"的货色却是差不多的。毛主席《在延安文艺座谈会上的讲话》中曾说:"小资产阶级出身的人们总是经过种种方法,也经过文学艺术的方法,顽强地表现他们自己,宣传他们自己的主张,要求人们按照小资产阶级知识分子的面貌来改造党,改造世界。"而如果依了他们,"实际上就是依了大地主大资产阶级,就有亡党亡国的危险"。这种人的热衷于宣传自己的主张,企图改造世界的顽强态度,在这次资产阶级修正主义的逆潮中又得到了一次说明。这就有力地证明了作家如果不和工农兵结合,不经过思想感情的根本变化,是绝谈不到什么现实主义的。

五

毛主席《在延安文艺座谈会上的讲话》最后说,他相信今后"一定能够把革命根据地的文艺运动和全中国的文艺运动推进到一个光辉的新阶段"。从这一伟大著作发表以后在现代文学面貌上所引起的巨大变化看来,全中国的文艺运动的确是由此推进到了"一个光辉的新阶段"的。因此,对于这一伟大著作在现代文学史上的历史意义和现实意义的充分估计,是任何人在回顾和检查我们的文学发展历史时都不应该忽略的;但在雪峰的《论民主革命的文艺运动》中却不是这样,他既然对《讲话》中的许多根本论点都不同意,如我们在上面几段中所谈到的,那他当然就不可能充分估计到这一著作的伟大历史意义和指导作用。他不仅把关于民族形式的论争和延安文艺座谈会平列地认为是"抗战期间民主主义革命文艺运动上的两大事件",而且把前者的重要意义是估计得远超过后者的。他说关于民族形式的讨论"涉及了整个的新文艺运动史和文艺上的所有问题,结果是使问题的性质能够在历史的检讨及人民斗争的思想要求之下有了更深彻的阐明,而大众化作为革命的现实主义文艺运动及创作的基本方向的一点,也赢得了更广阔更深刻的确认",并且要读者"查看胡风先生收编的民族形式问题讨论集及其自作的《论民族形式问题》"。事实上他自己与胡风的观点也是基本上一致的。但对于所谓另一"大事件"的延安文艺座谈会他是怎样看的呢?他把毛主席的《讲话》内容缩为主要的三条,并加以歪曲的叙述;譬如对于作家和工农兵相结合一点,他就说"在互相影响与提高之下,缩短以至消灭和大众之间的距离",而这种说法与作家首先应该向工农兵学习并改造自己思想感情的论点实际上是完全违背的。除过对于内容的错误解释之外,他把毛主席《讲话》的意义缩小为只是针对延安的具体环境中的实际问题而说的,他说:"在延安,因为环境不同,这就更迫切要立即实践的实际问题,并且都立即在实践着了。"在他 1945 年写的这本全面地综论文艺运动的书里,谈到了文艺运动的任务和原则,也谈到了"现实主义在今天的问题",但一点也没有讲到毛主席所指示的文艺方向和作家的思想改造等问题。在他看来,"方向"是早已明确了,这就是他所常讲的"五四"文艺传统的说法,而所谓革命作家则是不存在思想改造问题的。可以看出,他正是以"五四"文艺传统来对抗毛主席《讲话》的精神的,好像这一著作是抛弃了"五四"文艺传统，只是临时解决某一特定地区的某一个具体问题的说法。那么他自己是怎样理解所谓"今天的问题"的呢？他说："'五四'以来的革命现实主义传统的发展，在今天，毫无问题是要向着民主主义的新的一代的国民文艺的建立，即求得反映广大人民的生活和力量的高级而广泛的大众文艺的实现。"这里很明显，他以抽象的所谓民主主义的"国民文艺"来代替工农兵方向，以"高级而广泛的大众文艺"，即提高与普及统一，实质上是只要提高的方针来代替普及第一，这就是他所理解的"五四"文艺传统的发展方向；他正是以保卫"五四"传统的姿态来对抗毛主席《讲话》，并把《讲话》的精神理解为抛弃了"五四"传统的。

我们也是要继承和发扬"五四"的革命文艺传统的，但我们的看法和雪峰不同。第一，我们认为"五四"以来的现代文学就是在无产阶级思想的领导下，向着社会主义现实主义的方向前进的，并贯穿着追求如何更好地为劳动人民服务的精神的；关于这方面我们在前面已经谈过许多了。第二，毛主席的《讲话》正是在"五四"以来革命文艺发展的基础上，总结了以前的成就和缺点而提出的，可以说正是"五四"传统的最正确的继承和发扬；这个发扬当然也包括着要求改造的意思。毛主席在《讲话》中明确地指出了看问题"要从客观存在的事实出发"，而重要的事实之一就是"'五四'以来的革命文艺运动——这个运动在二十三年中对于革命的伟大贡献以及它的许多缺点"；毛泽东正是总结了现代文学的发展历史并结合中国革命的实际需要，以"求得革命文艺的正确发展的"。雪峰把这一著作的伟大意义从时间上和空间上加以切断，把它局限为只是针对当时当地的具体问题的解决办法，而且好像这些问题早已就都不成问题了，这当然不可能理解这一著作的巨大的现实指导意义。在当时的国民党统治区是否也可以提倡文艺的工农兵方向和作家与群众相结合等问题呢？不但可以，而且这正是当时文艺运动的最重要的问题。这不仅因为毛主席《讲话》的根本性质本来就是具有全国意义的，而且在当时群众性的民主运动高扬的环境下，虽然仍有反动统治的迫害，但作家自觉地学习马克思主义和中国革命问题的理论，并且在一定程度内与人民的现实斗争相结合，向人民和人民生活学习，努力明确自己文艺工作的方向，是完全有可能的。事实上也是这样，茅盾在第一次文代大会上关于《十年来国统区革命文艺运动》的报告中就说："无论如何，因为有了毛泽东的《文艺讲话》，有了解放区的文艺运动的范例，国统区内的文艺思想也就渐渐地有了向前进行的正确的轨迹了。"雪峰既然在思想上与毛主席《讲话》的精神相违背，轻视甚至反对文艺的工农兵方向，他当然也就看不到1942年以后在我们现代文学面貌上所起的巨大变化。在《中国文学中从古典现实主义到无产阶级现实主义的发展的一个轮廓》一文中，他对毛主席《讲话》发展以后的创作成就是估价很低的。他说："除过极少数的几种，内容都还不够丰富和深广，艺术水平都还低下。"他看不到这是"新的人民的文艺"，是贯彻了毛主席文艺方向的初步收获，而只是用得那一套固定的十九世纪现实主义的框子来套用，那他当然就要倾向于否定了。这样，我们可以了解，他所宣扬的"五四"文艺传统正是为了要代替毛主席的文艺方针的；从他的文艺思想出发，根本不可能正确理解毛主席《讲话》在现代文学史上的伟大历史意义。

当然，在雪峰的论著中，对某些问题有时也是有一些比较好的见解的；但从根本上说，他的文艺思想是违反马克思主义和毛主席的文艺方针的。尽管他也用了许多马克思主义的词句，甚至引用了毛主席的著作，但那根本思想是资产阶级的。从现代文学史的发展情形看来，由于左翼革命文学运动的壮大和深入人心，像胡适、梁实秋等那样公然地标榜人性、超政治以及艺术至上主义等的赤裸裸的资产阶级文艺观点，早已在读者中失掉了市场，收不到欺骗人的效果了。鲁迅早在1931年就说："现在，在中国，无产阶级的革命的文艺运动，其实就是惟一的文艺运动。因为这乃是荒野中的萌芽，除此以外，中国已经毫无其他文艺。属于统治阶级的所谓'文艺家'，早已腐烂到连所谓'为艺术的艺术'以至'颓废'的作品也不能生产……"[13]这个"荒野中的萌芽"逐渐"在诬蔑与压迫之中滋长"，终于日益茁壮，蔚然成林了。但激烈的阶级斗争总是会在思想战线上和文艺领域中得到反映的，于是在各种各样炫惑人的马克思主义词句的装饰下，资产阶级的文艺思想不得不混在"惟一的文艺运动"的内部来扩大它的影响。从三十年代以来，修正主义可以说就是资产阶级文艺思想在中国的主要表现形式。试想想，连荆有麟之流也要标榜鲁迅先生以自重，连胡秋原之流也要引恩格斯和蒲力汗诺夫的文句，就可以明白在现代文学史上这种文艺思想斗争的特殊面貌了。胡风集团的情况是大家都清楚的，它的主要特点就是披着马克思主义的外衣长期在革命文艺运动内部来进行活动的。由于资产阶级思想还有它存在的社会基础，特别是在全国解放之前，因此虽然我们说胡适、梁实秋等的赤裸裸的资产阶级观点已经在读者中搞臭了,但修正主义的文艺思想还是有它的很大一批读者和群众的;这些读者由于阶级出身和环境教育等的关系,可以说是本能地愿意接受这样一种不提倡思想改造和共产主义世界观、不强调文艺应该为政治和为劳动人民服务的文艺思想的。当然,随着中国人民革命的胜利和社会的向前进展,这批读者也在分化和转变;但直到今天,我们还是不能不充分重视这一问题,并加强我们文艺思想的宣传工作的。这就说明了为什么资产阶级右派在向我们猖狂进攻时要为胡风翻案,同时也就说明了为什么雪峰的文艺思想会在读者中产生许多幻觉的原因。

  中国现代文学史的年代虽然不长,但内容却十分复杂和丰富;而我们对它的整理和研究工作则是非常不够的。在全国解放之前,作为中国人民革命的有力的一翼的现代文学,它本身的彻底的反帝反封建的性质就是和旧日的反动学术思想和教育体系不相容的,因而不可能希望对于这段历史能有什么科学的研究和分析。建国以来,我们开始重视了这门科学,并在我们新型的高等教育的教学计划中取得了它应有的位置。但由于基础不够,更由于从事这项工作者的认识水平的限制,工作的进展是很微小的;对于许多重要问题、许多杰出的作家和作品,我们都没有展开应有的深入的研究。不但如此,而且还在工作的摸索中犯过各种各样的错误,我自己就在许多问题的理解上犯过严重的错误。这使我们认识到,现代文学史并不是一门可以脱离政治、脱离实际的科学,它是与中国人民革命、社会主义文化建设密切关联的。因此,有计划地展开对于现代文学史的研究,认真地总结"五四"以来革命文艺运动的经验,就不只有它本身的科学意义，而且对于我们贯彻社会主义文艺路线，建设社会主义的民族的新文化也是同样具有重要意义的。

1957 年 11 月 10 日

（本文原载 1958 年 1 月 11 日《文艺报》1 期，署名王瑶）

*　　*　　*

〔1〕毛泽东：《反对党八股》。
〔2〕冯雪峰：《党给鲁迅以力量》。
〔3〕鲁迅：《中国无产阶级革命文学和前驱的血》。
〔4〕〔8〕冯雪峰：《关于艺术大众化》。
〔5〕冯雪峰：《有进无退》。
〔6〕冯雪峰：《过来的时代》。
〔7〕冯雪峰：《民族性与民族形式》。
〔9〕〔11〕〔12〕冯雪峰：《论艺术力及其他》。
〔10〕冯雪峰：《〈太阳照在桑干河上〉在我们文学发展上的意义》。
〔13〕鲁迅：《黑暗中国的文艺界的现状》。

注：本文所引雪峰论著，除注明出处者外，均引自《论民主革命的文艺运动》一书。

《中国新文学史稿》的自我批判

一

我所写的《中国新文学史稿》中有许多严重的错误，虽然这部书已经停印了四年，我也曾在《文艺报》上做过公开的检讨，但不只那个检讨很不深刻，而且由于这些错误的产生并不能简单地归咎于客观条件，例如写作时间较早或资料不足等原因，而是都与我自己的立场观点和学术思想密切联系的。经过这几年来党的教育和同志们的帮助，特别是在伟大的整风运动中所给予我的教育，使我深切地感到必须对自己的资产阶级学术思想和文艺思想作一次彻底的批判，才有可能向红透专深的目标跃进。因此我愿意就表现在这一部书中的严重错误，重作一次认真的检查，一方面促使自己与资产阶级的立场观点做彻底的决裂，在思想深处插上红旗，一方面也消除一些这部书在读者中所散播的不良影响。现在就我所认识到的一些严重错误，写在下面，并给予批判，希望能够继续得到同志们的帮助。

首先，我对"五四"以来新文学的性质的认识就是错误的。我强调中国新文学是一贯反帝反封建的，它的基本性质是新民主主义的，虽然我也说明以反帝反封建为内容的新民主主义革命是由无产阶级领导的，而且这是为社会主义扫清道路的必须工作，但对于毛主席所明确指示的在文化中所存在的"社会主义因素"这一重要原则却并未领会，这当然就会给工作带来根本性质的错误。毛主席说:"新民主主义的政治、经济、文化,由于其都是无产阶级领导的缘故,就都具有社会主义的因素,并且不是普通的因素,而是起决定作用的因素。"又说:"我们在政治上经济上有社会主义的因素,反映到我们的国民文化也有社会主义的因素。"[1]这是"五四"以来的新文学与一般的资产阶级民主革命的文艺运动带有根本性质的分歧所在,就因为我们的新文学是为无产阶级所领导的缘故。但在我的书里,根本看不到对于社会主义因素的任何重视,而只是片面地强调反帝反封建的性质,这就混淆了我们的新文学和一般的资产阶级民主主义文学的区别,它的客观效果只能是为资产阶级张目的。这实际上也同样是对于无产阶级的领导、对于党的领导作用的忽视和贬低。虽然我在绪论中也指出从"五四"起新文学的领导思想就是无产阶级思想,并且随着中国革命的发展,党的领导作用也逐渐加强和巩固;但所谓"领导"并不是一句空话,正因为我们的新文学是在党的领导和关怀下成长起来的,因此在它发展的方向、路线以及杰出作品的思想倾向和创作方法上,就都带有明显的社会主义的因素和倾向。我虽然也谈党对文学战线领导的逐渐加强和巩固;但我只着重在反帝反封建的彻底性方面,而忽略了社会主义因素的成长方面。这实际上就是忽视了党的领导作用;因为反帝反封建的民主革命如果不是由无产阶级领导的话,即使民主革命胜利了(这在中国的历史条件下是决不可能的),那结果也只能是走向资本主义道路,正因为有了党的坚强领导,才能保证我们新文学的发展路线向着社会主义的方向。由于我在这一点上犯了严重的错误,因此虽然我也提到党的领导作用,但从全书来看，我是把这种作用抽象化了，并没有能够贯彻下去，使读者感到党对现代文学发展的重大作用。其次，和这相联系的，对于社会主义文艺路线的发展方向，在我的书中也是非常模糊的。这是很自然的。我们说从"五四"起，中国新文学就是向着社会主义现实主义的方向前进的，那根本原因就是因为有无产阶级的领导和起决定作用的社会主义因素的缘故。文学中的社会主义因素并不只是在反映社会主义革命和建设时期的文学中才存在，而是在为社会主义扫清道路和准备条件的民主革命时期就实际存在的，就因为这个文艺运动是由无产阶级所领导的缘故。我既然忽视了社会主义因素的重大意义，又把党的领导作用抽象化了，那么对于社会主义的文艺路线，对于社会主义现实主义的前进方向，当然就都不可能明确地体现出来了。而社会主义的方向路线如果模糊，那在客观意义上当然就没有解决两条路线的问题，当然就不能不是为资本主义方向张目了。我当然没有这样明白主张过，但我不能不承认事实上存在着这样的客观意义。我在全书中的每一时期都写了一节关于思想斗争的论述，我也扼要地叙述了每次论争的经过，但对于思想斗争的意义，特别是对于资产阶级文艺思想斗争的重大意义，我的理解是非常不够的。我只是一般地从经过、原委、正确与错误来理解，而并没有联系到方向路线的问题、领导权问题、谁战胜谁这样与政治密切关联的问题来考虑，那结果就使得现代文学中两条道路的斗争非常模糊，使读者看不清楚社会主义的文艺路线和党的领导作用了。

我们说"五四"以来的现代文学总的说来是在无产阶级思想领导下的革命民主主义与社会主义的文学，我既然忽视了社会主义因素的巨大意义，又看不出革命民主主义与社会主义之间的联系和原则区别，而是将二者混淆了，统称之为新民主主义的，反帝反封建的，那实质上就只剩下了民主主义的文学。这种错误理解的根源，当然是和我自己的资产阶级立场观点密切关联的；由于自己的出身、经历、教养等关系，资产阶级思想非常浓重，解放后又没有认真地进行改造，仍然站在资产阶级立场，因此不可避免地就会在工作中产生一连串严重的错误。由于我在旧社会也受到压迫，对反帝反封建具有一定程度的热情，也喜爱读一些新文学作品，因此就片面地夸大了自己的感受；现在检查起来，我个人对反帝反封建的某种热情和要求，从根本上说都是由自己的资产阶级立场出发的，而如果用资产阶级的立场观点去看新文学的历史，那当然就会看不到它的社会主义因素和方向路线了。对于党的领导作用也一样，关于无产阶级的反帝反封建的彻底性和不妥协性方面我就比较容易理解，而对于为社会主义准备条件方面就感到很抽象，好像社会主义还非常遥远。现在检查起来，这一切都是由我的资产阶级立场和观点来的；我觉得这是一切错误的总的根源，它使我在新文学的性质、方向路线、领导思想这样一些关键问题上都产生了一连串的错误，那这部书中的其他具体论述的错误百出的地方，就可想而知了。

中国新文学史所研究的对象是中国共产党所领导的新民主主义革命时期在文学战线上的斗争经历和辉煌成果，毛主席在《在延安文艺座谈会上的讲话》中，首先就说明开文艺座谈会的目的"就是要使文艺很好地成为整个革命机器的一个组成部分"，这应该也是研究现代文学史的重要指针，但我恰好就在这种最重要的问题上犯了原则性的错误。道理也很显然，这是文学的党性原则，是与我的资产阶级立场观点根本对立的。

二

这部书最突出的、带有原则性的错误，是我当作正面论断来引用了许多胡风、冯雪峰的意见。人们从我的书中只能得到这样的印象，就是胡风、冯雪峰是著名的理论家，鲁藜、绿原、路翎等人是有才能的作家，而且都是对于革命文艺有贡献的。仅只这一点，也就足够说明这部书对于社会主义事业所发生的危害作用了。当然，在我写这部书的时候，他们的反动的政治面貌尚未揭露，但这是否可以为我的错误辩解呢？完全不能。因为他们的所谓文艺理论以及"作品"中的反动性是从来就存在的，而我对此并无觉察，那除了说明在我的思想上有和他们共同的地方以外，是很难有其他解释的。我虽然在书中还写过一节关于革命文艺界对于胡风文艺思想批判的论述，但我是怎样理解的呢？书中说："这些人都是进步的小资产阶级，主观上都是倾向革命的，自然与那些根本反动的思想不同。但也正因为如此，那些错误的因素就更容易在一些文艺青年中散布作用。"这种说法只能说明我对他们根本的反动思想毫无认识。一直到1955年胡风的反革命活动被揭露以后，我在政治上是划清了界限的，并较早地写了批判文章，但对于他的文艺理论的根本错误，就理解得很不清楚，因此我没有能够写出从理论上批判的文章来。经过文艺界在1955年对胡风的批判，我仔细阅读了每一篇文章，思想才逐渐有所提高，我开始对冯雪峰的理论有了一些怀疑，因此在反右以后，我才能比较系统地写出了一篇批判冯雪峰的文章。现在问题很清楚，在文艺理论上的根本观点上，胡风和冯雪峰是完全一致的。对于我来说，我写的批判冯雪峰对于现代文学史的错误观点的文章中虽然还有许多缺点，但实际上是带有很大的自我批判的性质的。因为仅就我所批判的那几个问题说，其中就有一半是表现在我的《中国新文学史稿》中的，因此我在那篇文章的最后说："我自己就在许多问题的理解上犯过严重的错误。这使我认识到，现代文学史并不是一门可以脱离政治、脱离实际的科学，它是与中国人民革命、社会主义文化建设密切关联的。"虽然当时我还没有认识到根本问题是一个立场问题，但我写这些话时的心情的确是很沉重的，因为我初步认识到了一些自己的错误。

由于革命文艺界1948年在香港已经比较深入地对胡风的思想做了批判，因此我在引用胡风的意见时，是多少有一点警惕的；而对雪峰，则我几乎是把可引用的话都引用了，并没有什么抉择。我引用胡风的材料大半集中在他的《剑·文艺·人民》一书中，因为我对抗战初期的史料掌握甚少，这一时期的材料又不易觅到，而这本书中大部是论述这一时期的文艺运动的；我当时想把它当作材料来用一下也许无妨，因为这是在毛主席《讲话》以前发表的。现在看起来，他的每一论述都是浸透了他的反动思想的，而我对此并无识别，这是和我在引用冯雪峰意见时的情况完全一样的，只能从我自己的思想中来检查。

如果说我的思想和他们的完全一致，那也是不合事实的，我的书中也有许多和他们的意见完全不符合的地方；但我现在要检查的不是这些，而是和他们的反动理论的共同点。应该说，凡是为我所正面引用的材料，都是在我写作的当时所认为正确的，也就是在我思想中存在问题的地方。资产阶级的思想虽然可以五花八门，但归根到底总是一脉相通的；我现在想以大众化这一问题为例，来检查我和他们的思想一致的地方，并进行批判。

　　大众化是贯穿在现代文学史中的一条中心线索，它的真实意义就是如何促使新文学更好地和更有效地为劳动人民服务的问题，如何促使文学与群众相结合的问题。从"五四"的提倡白话文开始，"左联"时期的提倡大众文艺和大众语，抗战时期的关于民族形式的讨论，直至毛主席明确地提出了文学的工农兵方向以及普及和提高的辩证关系，都是沿着现代文学是中国人民革命机器的一个组成部分这个原则发展下来的。在这个根本性的问题上，最容易暴露出资产阶级的真面目，而且也最容易看出它与毛主席文艺方针相违背的地方。而恰好就在这里，我同意了胡风、冯雪峰的荒谬论点。胡风在关于民族形式的论述中，完全无视提倡民族形式的重要意义，孤立地抓住"内容决定形式"这一命题，目的只在阻碍文学的群众化，宣扬资产阶级的反动文艺思想，而我却引用了他的一段话，并说这是接触到了问题的中心的。在普及与提高的问题上，我引用了冯雪峰的说法，说什么"就一般新文学作品说，它的不普及实在是因为它的不提高——它还不够高度地反映了人民现实生活中的要求和力量，以及创造了和这内容相适应的民族形式。这就是说作品的所以不够大众化，是因为它的思想性和艺术性还不够很高"。这事实上是把普及和提高完全等同了起来,并实际上取消了"普及"。为什么在这样关键性的问题上我会接受他们的反动意见呢?从根本上说,就是我和他们一样不重视文学"为什么人"的问题,不重视文学为政治服务的问题,因此就看不到为人民群众所喜闻乐见和迅速接受的重大意义。现在我们知道胡风和雪峰都是极端轻视劳动人民以及他们的萌芽状态的文艺的,胡风宣扬过反动的"精神奴役的创伤",他认为人民是落后的,而知识分子则是人民的先进;雪峰也常常夸张地描述人民群众的落后麻木,而且认为"大众艺术不在迁就大众,却是提高和改造大众",他们的这种反动论点是根本违反毛主席的指示的,是与马克思主义相敌对的。劳动人民是历史的主人,文学当然首先应该为他们服务,因此必须普及第一,这是方向性质的问题;知识分子则必须与工农兵结合,向他们学习,来改造自己的思想。由于我仍然站在资产阶级的立场,根本没有建立群众观点和劳动观点,思想深处轻视劳动人民,常常不自觉地夸大知识分子的作用,因此对于他们的这些反动论点就很容易接受,我想这就是使我犯了许多错误的根本原因。

  这部书中和他们论点的共同地方并不只上述的这些,但因为这不但是根本的、有代表性的,而且是直接违反毛主席《讲话》的精神的,那么其余的错误百出,就可想而知了。这里深刻地说明了资产阶级知识分子思想改造的必要性和迫切性。如果没有与工农群众相结合,思想深处没有插上红旗,那么尽管自己主观上有一些良好的愿望,但在工作上是不可能抵抗反动思想的侵蚀,不可能不给社会主义带来危害的。我必须从这里汲取足够的教训。

三

  在对具体作家作品的评述中，这部书中也同样严重地暴露了我的资产阶级文艺思想。我错误地肯定了许多反动的作品，把毒草当作香花，起了很坏的影响。胡风分子的作品，我大部是加以肯定的，还特别立了一节谈《七月诗丛》，究竟我肯定这些作品的什么东西呢？翻开我的书，不外是"情感丰富"之类的词句，而脱离了作品的思想内容和政治倾向，抽象地谈什么"情感丰富"之类的东西，正是资产阶级文艺思想的特点。情感是有阶级内容的，而且当资产阶级的文艺家抽象地谈问题的时候，其实也还是贯穿了资产阶级的阶级内容的，这在我身上也毫不例外。由于自己根本没有得到改造，立场仍然站在资产阶级一边，那么由自己的思想感情来体味作品，自然就浸透了阶级的偏见。除过胡风分子的作品以外，我还肯定过丁玲的反党作品《在医院中》和《我在霞村的时候》，冯雪峰的《灵山歌》和《乡风与市风》等杂文集。对这些毒草的内容我毫无批判，而是当作香花来肯定了，这除了说明在我的立场和思想感情上有和他们共同的地方以外，是很难用其他原因解释的。

  就是对于许多应该肯定而且我也肯定了的作品，也并不就是没有问题的。既然我的文艺思想仍然是资产阶级的，它就不可能不在许多地方表现出来。譬如对于一篇作品的分析，我最先注意的常常是人物性格是否鲜明，结构是否完整，以及是否有独特的风格，等等，而不是首先从主题思想和教育意义上来着眼。在我个人对于文艺作品的接触中，长期以来我很喜欢旧现实主义的古典作品,这些作品中对于个人力量、个人感情的夸大的描写,对于社会黑暗的刻画,很投合我的爱好。在中国的古典文学中,我喜欢陶渊明、李白的诗,《世说新语》式的散文,我欣赏那种孤独寂寞而又孤芳自赏的抒情,喜欢那种冷嘲热讽式的"隽永",这种种影响长期以来就培养了我的资产阶级的文艺观点。由于自己根本没有得到改造,这种腐朽的思想感情就不断地表现在我的文章里,发生了很大的危害性。譬如对于《人民文艺丛书》中的小说,我很喜欢柳青的《种谷记》,但柳青自己在一篇文章叫《毛泽东思想教育着我》中,就检查他在《种谷记》中的那种烦琐的描写和心理刻画是带有旧现实主义倾向的,可见我欣赏的恰好正是他自己所批判掉的东西。这就说明,虽然我口头上也讲毛泽东文艺思想,但由于立场问题没有解决,根本不可能理解毛主席《讲话》的根本精神,而在灵魂深处却仍然是保存着资产阶级的文艺观点的。在我关于"新月派"和"现代派"诗的叙述中,虽然我也批判了那些作品的内容是要不得的,但又肯定了他们的技巧有一定的成就,而所谓"技巧"却正是为那种内容服务的。这种脱离内容来讲技巧,正是资产阶级文艺思想的特点。

表面上看,这是把政治性和艺术性割裂开了,而且把艺术标准当作了文学批评的第一标准。其实毛主席所指示的政治标准第一的原则乃是客观的规律,资产阶级的文艺家即使他标榜的是艺术至上主义,实质上也仍然是政治标准第一的。不过对于政治的看法和要求,不同的阶级有不同的内容罢了。这在我身上也不例外,像鲁黎、绿原的诗,丁玲的《在医院中》等毒草,即使脱离了它们的反动内容来看,究竟又有什么艺术性可言呢？这就说明，根本原因仍然是这些作品的反动内容与我的资产阶级思想有相通的地方，而不是什么艺术成就。从这里也可以看出，在我对具体的作家作品作评述的时候，当然不会不是错误百出的。

在我开始作检查的时候，我以为我的评价作家作品只是从反帝反封建的民主主义要求出发的，不管一个作家站在哪一个阶级的立场，只要作品的内容有一点反帝或反封建的要求，我就一律都肯定了；而资产阶级知识分子，在民主革命时期也还是有一定的反帝反封建要求的。这种评价标准实质上就已经说明这部书中所表现的立场观点是从资产阶级出发的，它不可能显示我国新文学发展的真实面貌。但仔细检查的结果，我的错误的程度还远不只此；有些作家作品是根本没有什么反帝反封建的内容可言的，而且可以说是已经为时代淘汰了的，也都被我拾起来写到书中了。李金发的诗、沈从文的小说、余上沅的剧本、梁遇春的散文，类似这些作品又有什么必要来写进文学史中去呢？那内容又有什么反帝反封建可言呢？虽然我在评述这一类作品时是都作了一些批判的，但不只非常不够，而且根本就不应该把这些作品也写在文学史里。这样处理的结果势必使现代文学中的发展线索混淆不清，使主流、支流和逆流搅成一团，使蚂蚁和大象并列，结果当然是因而降低了重要作家作品的突出的地位和影响。这就使我意识到，我所介绍的作品除了有一定的反帝反封建的内容以外，还有一些其实主要是资产阶级知识分子的抒发个人主义情绪的东西，因为这种情绪在我身上也有类似的存在，因而即使这些作品在当时并没有什么进步意义可言，我也就把它们收罗进去了。

1955年我曾在《文艺报》上检讨过这部书中的客观主义的写作态度和它的危害性，现在检查起来，那时的认识还远没有接触到关键问题。在评价作家作品的标准上可以看出，我的态度是一点也不客观的，处处都流露着我自己的感情和爱好，而有些毒草之被当作香花，就明显地说明了这个问题。这里也同样说明了资产阶级客观主义的虚伪性，因为在立场、观点的根本问题上，是没有什么超然的"客观"可言的。所谓客观主义正是资产阶级立场观点的一种掩饰，如果仔细分析起来，掩藏在客观主义下面的正是作者的主观随意性，我在评述作家作品时所犯的严重错误，就明显地证明了这个事实。

四

　　由于立场观点根本错误，在我写作的态度和方法上也就不可避免地带有同样严重的错误。我们为什么要研究文学史或者写一部文学史呢？归根到底当然应该是为政治服务，为了社会主义文化建设的；但在我的工作中，我就很少考虑到研究文学史的目的和会产生什么样的社会影响这类问题。我在解放前写的《中古文学思想》的自序中，在谈到传统所谓"八代之衰"的问题时说："即使是衰的，也自有它所以如此的时代的和社会的原因，而阐发这些史实的关联，却正是一个研究文学史的人最重要的职责。……本书的目的，就在对这一期中文学史的诸现象，予以审慎的探索和解释。作者并不以客观的论述自诩，因为绝对的超然客观，在现实世界是不存在的，只要能够贡献一些合乎实际历史情况的论断，就是作者所企求的了。"这可以说明我一向作学术工作的态度。现在姑不论那些文章中的错误百出的内容，首先在我的追求目标上就只是着重在说明现象和解释史实，而并没有想过这种工作有什么社会意义和为谁服务的问题。现在看起来也很容易理解，一个站在资产阶级立场的人，根本没有改造世界的无产阶级世界观，那他怎么会自觉地为革命的政治服务呢？当然，从客观意义上说，任何工作总是和政治有密切联系的，何况像文学史研究这样富于思想意义的工作，事实上我的文章也还是为政治服务的，不过不是为社会主义，而是为资产阶级罢了。这种写作态度当然也就可以说明我的文章的内容和质量，因此在我的那些关于中国古典文学的书籍中，也同样是错误很多的。在《中国新文学史稿》的写作中，这种态度仍然没有改变，而且由于中国现代文学是在党的领导和社会主义的方向下发展起来的，我的这种资产阶级客观主义态度的虚伪性就暴露得特别明显，危害性也就特别大。

由于抱着这种态度从事写作，在方法上也就暴露出了许多问题。首先是材料主义，研究文学史当然必须掌握丰富的材料，但材料主义的特点并不在于它掌握的材料多，而在于它把材料不分主次和真伪，平列地铺陈出来，实质上是以材料来掩蔽观点，宣传资产阶级思想。我的这部书中就不能不承认带有这样的性质。其次是形式主义，这在这部书的体例和章节安排上表现得最为显著；我不是按照文学史的真实面貌、有重点有主次地来写的，而是像切豆腐一样地弄成了一些方块块，表面上章节分明、很整齐，实际上正是割裂了文学史发展的内在联系的。治学方法本来是服从于世界观的，像我这样在立场观点上都有严重问题的人，在方法上的错误是必然会产生的。

　　马克思主义研究问题的根本态度是从科学地分析研究对象开始的,是实事求是的。而我写这本书的根本态度就是不严肃的,可以说是粗制滥造的。当时的教学任务要求我快点编出讲义来固然是事实,但根本原因却在于我的抢先出版的个人主义动机。写得好和出版早并不能算是坏事,但我把"快"和"好"对立起来,不负责地粗制滥造,不考虑它给读者的影响,那就不能不由我的资产阶级立场来负责了。我也知道这个工作很不好搞,容易犯错误,但我当时想到的只是这门学问以前很少人研究过,在旧大学里根本没有这一课程,基础不够,无成规可循,等等,却并没有认识到所谓"容易犯错误"的主要原因根本在于我自己的立场、观点和方法。由于我想到这一工作容易犯错误,于是我就在写作中力求"稳妥",办法之一就是多引用文艺界的一些著名批评家的意见,而少发表我个人的看法。这是和我的所谓客观主义的方法相联系的,我以为这样可以少犯错误。胡风、冯雪峰等人的言论就是在这样的动机下为我所引用的,当然我也引用了许多正确的意见,但不论是正确的或错误的,我都没有经过很好的消化,只是觉得这样做比较"稳妥",可以少犯错误。在对作家作品的评述方面,我也努力避免尖锐的批评,总是设法去肯定他们的成就,因此总的说来,凡是值得肯定的作品,不管我写的是否中肯和得当,都肯定下来了,很少有遗漏的;这也许可以叫作"肯定无边"吧,我不但对许多作品中所显明存在的思想上或艺术上的缺点没有批评,而且肯定了许多的毒草。当时我也注意到许多作家的政治面貌,但只是注意他们是否和国民党政权有关系、是否逃到台湾，等等，而并不是从作品中所表现出来的阶级实质来作细致分析的。从第一次文代大会的文件中，我体会到毛主席《讲话》的发表是在现代文学发展中严格地划清了无产阶级文艺思想与一切资产阶级、小资产阶级文艺思想的界限，因此我就确定了1942年以前的作品评述从宽、1942年以后的从严的办法，也是觉得这样做比较稳妥。以上种种说明一个事实，就是我的写作态度是不严肃、不科学的。它不是从客观实际、从研究对象的认真分析出发，而是用各种小心谨慎的办法来力求稳妥的。其实这种资产阶级作风就是最不稳妥的，现实的发展给我带来了深刻的教训。一个人如果坚定地站在工人阶级立场，富有敢想敢说敢做的共产主义风格，他知道他工作的目的和意义，他是不怕失败和错误，也绝不追求所谓"稳妥"的。我的这种想法就充分说明了我的从个人主义出发的立场，那我的工作怎么会替社会主义文化建设不带来危害呢？

在伟大的整风运动中，在社会主义大跃进的时代气氛中，我的觉悟也开始有所提高，痛切地感到在自己身上所存在的问题的严重性。从以上的检查中可以看出，我的立场、观点和方法都是资产阶级的，这部书当然也是一面产生了很大危害性的白旗，是白旗就必须迅速、彻底地拔掉它，坚定地树立起共产主义的红旗来，我有决心也有信心能够在自己的思想深处努力来完成这个插红旗的光荣任务。从这次的检查中我也认真地体会到了一点，文学史的研究工作最根本的不是知识和材料的多寡问题，而首先是一个政治立场问题，思想感情问题。如果立场问题得不到解决，政治没有挂帅，那么我就再小心谨慎，在文字的斟酌上再力求稳妥，仍然是丝毫不能解决问题的实质的。而文学研究工作或教学工作本身就是思想工作，如果它不能为社会主义服务，就必然要为资本主义服务，就必然要对人民产生危害作用。这点感受虽然很肤浅，但对我说来的确是非常深切的。在全国人民向着共产主义大跃进的今天，客观现实已经为我的加紧改造提供了最良好的条件和机会，我一定要鼓足干劲、力争上游，首先在自己的思想中拔白旗，插红旗，兴无产阶级思想，灭资产阶级思想；一定要在政治立场上、学术思想上、生活作风上争取红透，然后以红带专，向着共产主义的明天勇敢地跃进。

（本文曾收入1958年9月人民文学出版社出版的《文学研究与批判专刊》第3辑，署名王瑶）

* * *

[1] 毛泽东:《新民主主义论》。

根深叶茂

——学习毛主席《在延安文艺
座谈会上的讲话》笔记

一

文艺工作者与群众结合、文艺为工农兵服务的问题，是革命文艺的中心问题。革命的文艺作品既然"是人民生活在革命作家头脑中的反映的产物"[1]，人民群众的生活和斗争既然是作家观察和描写的对象，那么为了使作品得到真实的反映和生动具体的描写，作家就必须深入群众、熟悉他们的生活和斗争。同时文艺作品又是"团结人民、教育人民、打击敌人、消灭敌人的有力的武器"，是"整个革命机器的一个组成部分"，那么为了使它能够充分地和有效地发挥武器的作用，作家就必须和他所要努力团结教育的人民群众同脉搏、共呼吸，在思想感情上打成一片。这同时自然也就加强了"打击敌人、消灭敌人"的作用，正如毛主席所说，"革命的文化人而不接近民众，就是'无兵司令'，他的火力就打不倒敌人"[2]，因此就文艺的特点和它的社会作用说来，就文艺作品跟它的描写对象和服务对象之间的关系说来，文艺和群众结合的问题都是一个带有方向性质的根本问题。二十年前毛主席《在延安文艺座谈会上的讲话》中。就明确地指出文艺问题的中心"基本上是一个为群众的问题和一个如何为群众的问题"。而且正是由于许多的革命文艺工作者学习了毛主席文艺思想，遵循了这一光辉著作所指示的方向和途径，到人民群众中去，到火热的斗争中去，和自己的服务对象打成一片，因而才出现了我们二十年来文艺创作的丰收，才使文艺在革命和建设中发挥了巨大的作用，才把我国的文学史推进到了一个光辉的新阶段。

  文艺和群众的关系，早在我国近代文学史上就接触到了，因为这本来是由民主革命的性质和任务所决定的。在旧民主主义革命时代，为了适应资产阶级领导的民主革命的需要，类似十八世纪初期欧洲启蒙运动的性质，晚清也有过不少的"启迪民智"的普及文化的活动。梁启超的《论小说与群治之关系》的著名论文，正是由"群治"的角度来提倡"新小说"的；而白话谴责小说的盛行，也正反映了民主革命的这一启蒙要求。话剧的形式是清末传入中国的，而春柳社的首先上演《黑奴吁天录》，正看出了同一的倾向。其他如新民体散文、新派诗等，皆在同一时代气氛中产生，而这些都是和"群治""新民"等政治要求相联系的。因为革命总不能完全脱离广大群众而进行，资产阶级在它还领导革命的时代，它也是企图以全民代表的身份来领导群众向封建统治者进行斗争的。可见仅只从"唤起民众"的需要、从教育和引导群众的愿望出发，而丝毫也没有向群众学习的要求，则不但并不能使文艺与群众相结合，而且也不可能很好地收到教育和引导群众的效果。要求不居于群众之上，而是和群众打成一片，这是无论资产阶级的革命家或文艺家，都决不可能理解和实行的，他们根本不会真正认识或相信群众的智慧和力量。晚清许多著名的进步文人，在他们所留下来的篇札中，几乎无不对义和团的反帝运动加以诋毁，就是明显的事例。即使如孙中山这样伟大的革命先行者，他曾提出过许多进步的政治纲领，例如"平均地权""唤醒民众"，等等，但认为先"训政"而后"宪政"的建国程序，却对群众相信的程度仍然有所保留，而这一点后来竟然被蒋介石窃用为其反动统治的理论根据。可见仅只要求文艺为革命服务、起教育群众的作用，虽然也接触到了文艺与群众的关系问题，但并不是真正的文艺与群众相结合，它只提到了文艺"化群众"的作用，而完全没有提到文艺"群众化"的必要，但这两方面不只是不可或缺的，而且只有真正做到文艺群众化，才可能最有效地收到教育群众的作用。但在旧民主主义革命时代，连那些很不彻底的文学改良运动也都不久就偃旗息鼓了，哪里还谈得上什么文艺为群众服务呢？如毛主席所说，"因为中国资产阶级的无力和世界已经进到帝国主义时代，这种资产阶级思想只能上阵打几个回合，就被外国帝国主义的奴化思想和中国封建主义的复古思想的反动同盟所打退了"[3]；因此晚清的文学改良运动不只谈不上正确解决文学与革命群众之间的关系问题，即对民主主义的启蒙工作也是做得极有限的。

　　那时也有些革命者同情于人民群众的悲惨处境，痛感于群众觉悟程度对于革命事业的重要意义，因而想通过文艺来教育群众，提高他们的觉悟，从而探索改变他们处境的道路，但这在当时是很难有所作为的。鲁迅在他的青年时代，就对农民群众采取了"哀其不幸、怒其不争"的态度，决定把文艺作为改变人民精神的手段（用他的话说就是"改造国民性"），并以此作为自己奋斗的目标。但正如他在《呐喊》自序中所追述的，当时"如置身毫无边际的荒原，无可措手"，结果感到的只是"寂寞"。如我们所熟知，一直到"五四"时期，在新的历史条件下，他才又在遵奉"革命的前驱者的命令"的心情下"呐喊"起来。

中国的现代文学史是与中国新民主主义革命一同开始的。"五四"以后，革命的性质和领导力量发生了根本变化，因而文艺与群众的关系也就有可能发生比较紧密的联系。"五四"文学革命以提倡白话文开始，抨击文言文为少数人的"鬼话文"，并要求白话不只作为启迪民智的工具，而是作为文学的"正宗"，使文学容易普及，这正显示了文学与人民革命的深刻联系。毛主席把"大众的"与"民族的、科学的"同规定为新民主主义文化的主要特征，正体现了无产阶级领导的新文化中具有起决定作用的社会主义因素的存在。这样，在实践过程和在理论探索中，就有可能使文艺和群众的联系渐趋密切。历史也证明了这一点，二十年代初"民众文化"的提倡，"到民间去"的主张在作家中的反应，就表现了作家们的这种努力。但在当时提出的所谓绝不能将文学"低就民众""只能由少数领着多数跑"，等等，都说明距离文艺与群众关系问题的真正解决还相当遥远。"左联"时期提出了"大众文艺"的口号，并把"大众化"作为革命文艺运动和创作的中心，尽管当时在理论上或具体措施上还存在着一些不尽恰当的地方，但在当时明确地提出了文艺应该为工农大众服务，正显示了在革命形势发展下文艺与群众结合的程度有了一定的进展。由于当时客观环境的限制，国民党反动统治的现实阻碍了文艺工作者与群众的结合，而作家在认识上或理论探讨上也还没有把向群众学习、改造自己的世界观提到应有的高度,因此"左联"的活动虽然在语言形式等问题的探讨和革命文艺的普及上取得了一些成就,但并没有认真地接触到文艺大众化问题的实质。抗战初期的通俗文艺创作活动和民族形式的讨论等,都标志着在文艺和人民结合的道路上的一定进展,但都未曾达到如毛主席《在延安文艺座谈会上的讲话》中所精辟地分析的那样,没有把文艺工作者到群众中去,向群众学习,改造自己的思想感情作为首要的和中心的问题。毛主席说:"许多同志爱说'大众化',但是什么叫作'大众化'呢?就是我们的文艺工作者的思想感情和工农兵大众的思想感情打成一片。"这就从根本上揭示出了革命文艺工作者与群众之间的正确关系。文艺是教育人民的武器,作家有用先进思想教育人民的职责,但"教育者必须受教育"这一马克思主义原理是与资产阶级启蒙主义有根本区别的,文艺工作者不是群众之上的人物,作家和群众的关系也并不是单方面的教育者和受教育者的关系,而是如毛主席所教导的,"只有代表群众才能教育群众,只有做群众的学生才能做群众的先生"。文艺怎么才能更有效地发挥它的作用呢?怎么才能得到人民群众的欢迎呢?首先就必须文艺工作者自己的思想感情与群众打成一片。因此深入工农兵群众、深入实际斗争,对于革命作家来说,就不仅只是熟悉生活、熟悉题材的问题,而首先是与群众结合,学习他们的劳动、斗争和优秀的精神品质,从而改造自己世界观的问题。这样,我们就不仅从认识上明确了文艺与群众关系问题的实质,而且也找到了具体实践的方向和途径。这是二十年来我们有了许多为群众所喜闻乐见的优秀作品和形成了一支忠于人民群众的作家队伍的根本原因,我们的文艺事业正是沿着工农兵文艺方向发展过来的。

毛主席在《五四运动》一文中说："在中国的民主革命运动中，知识分子是首先觉悟的成分。辛亥革命和五四运动都明显地表现了这一点，而五四运动时期的知识分子则比辛亥革命时期的知识分子更广大和更觉悟。然而知识分子如果不和工农民众相结合，则将一事无成。"由于文艺具有敏锐地反映时代精神的特点，"五四"以来的中国革命文艺工作者绝大部分是由这种有觉悟和有革命性的知识分子所组成的。因此毛主席说："小资产阶级文艺家在中国是一个重要的力量。"又说："他们比较地倾向于革命，比较地接近于劳动人民。"这些人主观上对革命抱有强烈的要求和具有为人民服务的愿望是不容置疑的，但由于和工农结合的情况和程度不同，他们的实践效果也就有了显著的差异。这是可以由现代文学史中的许多事例来证明的。这说明他们一方面固然倾向革命，但由于"任何没有无产阶级化的小资产阶级分子的革命性，在本质上和无产阶级革命性不同，而且这种差别往往可能发展成为对抗状态"。因此在他们的思想感情还未发生根本性质的变化之前，他们又总是在行动中或作品中顽强地企图表现自己，要求按照自己的意图来改造世界。这当然无论对革命或者对文艺本身，都只能是有害的，是为群众所决不允许的。解决这个矛盾只有从根本上改造文艺工作者的思想感情，因此毛主席坚定地指出："我们知识分子出身的文艺工作者，要使自己的作品为群众所欢迎，就得把自己的思想感情来一个变化，来一番改造。没有这个变化，没有这个改造，什么事情都是做不好的，都是格格不入的。"文艺工作者只有在与群众结合的过程中，在学习马克思列宁主义、学习毛主席著作的过程中，逐渐改造自己的世界观，才有可能在熟悉群众的生活与斗争的基础上，创造出为人民所喜闻乐见的优秀作品。

自从毛主席这一伟大的文献发表以来，文艺为工农群众服务，文艺工作者与群众相结合，就一直成为中国革命作家所努力奋斗的目标和方向。二十年来我们已经产生了许多富有思想性和鲜明的艺术特色的作品，并受到了群众的热烈欢迎。在许多著名作品的作者谈他们创作经验的文章里，他们无不怀着感激的心情申述他们对毛主席文艺思想的体会，他们在深入群众生活中所得到的启发和教益，而这些的确都是使他们在创作上获得成就的根本原因。这就说明作家和工农群众相结合固然是改造思想的必要途径，而由于群众生活同时也是作家的描写对象和取之不尽的创作源泉，因此熟悉这样的生活也是作家能够写出为群众欢迎的优秀作品的必要条件。二十年来我们在文艺领域内所取得的一切收获都标志着毛主席文艺方向的胜利，而且只要我们坚持这个方向，就必定能够在继续前进中获得更大的胜利。

二

文学史上的某一时期的收获，或某一作家的成就，归根到底总是要以所出现的作品的质量来铨衡的。我们要促进社会主义文学艺术的繁荣，也总是必须从加强创作实践、提高创作质量来致力的。作家有了明确的方向，在学习马克思列宁主义、在与工农群众结合的过程中，他的思想修养和认识能力也必然有所提高；更重要的，在深入生活的过程中，作家对文艺作品的唯一源泉,对于创作素材和生活知识,也自然会有比较深厚的积累;根深自必叶茂,这些都是提高作品质量的必要条件。但是否作家在有了这些条件之后就一定能保证他的作品即具有较高的水平呢?事实并不这样简单。姑且不说无论就作家的思想修养或生活积累来说,就都是无止境的,并无所谓已经具备了的"极境";即使一般说来这些条件作家并不贫乏,要产生较高质量的作品也还必须具有其他的条件。必要的、根本的东西并不一定就是充足的东西,作家要把他所熟悉、所正确理解的生活用艺术的形式表现出来,就必须具有一定的艺术修养,具有比较完善的艺术表现能力。这就是我们必须在文艺问题上进行两条战线斗争的道理。毛主席说:"我们的要求则是政治和艺术的统一,内容和形式的统一,革命的政治内容和尽可能完美的艺术形式的统一。缺乏艺术性的艺术品,无论政治上怎样进步,也是没有力量的。因此,我们既反对政治观点错误的艺术品,也反对只有正确的政治观点而没有艺术力量的所谓'标语口号式'的倾向。我们应该进行文艺问题上的两条战线斗争。"当然,由于某一时期在文艺问题上所表现出来的倾向或问题的性质不同,因此所谓两条战线的斗争在现代文学史中的不同时期是有所侧重的。比如在1942年的解放区,像毛主席在《讲话》中所指出的,当时的主要事实是文艺工作者中间"还有很多的唯心论、教条主义、空想、空谈、轻视实践、脱离群众等等的缺点",因此针对作家政治观点的问题而进行的切实严肃的整风运动就是非常及时的,当时着重这一方面也是非常必要的。但即使在当时,也并没有忽视了艺术表现方面的重要性。毛主席不只指出了"政治并不等于艺术,一般的宇宙观也并不等于艺术创作和艺术批评的方法",不只提出了"应该容许各种各色艺术品的自由竞争",而且明白地指出当时的文艺工作者也"有忽视艺术的倾向,因此应该注意艺术的提高"。如果说在民主革命和社会主义革命时期由于阶级斗争的尖锐复杂而迫使我们在两条战线的斗争中必然更多地侧重于政治方面的话,那么在社会主义建设时期就必须在不放松政治方面的同时,较之过去更多地注意于艺术质量的提高,这才更符合于毛主席所指出的应该进行的两条战线斗争的意义。

某些作品中存在一些概念化的痕迹,存在一些所谓"标语口号式"的倾向,那并不是作家努力追求的结果,一般倒是他努力避免而仍然残存的痕迹。没有什么人会从理论上为"标语口号式"的倾向作辩护,也没有任何作家主观上愿意写出概念化的作品;这样的作品之缺乏艺术力是尽人皆知的,但事实上在一些作品中仍然会或多或少地随时出现这样的倾向。这主要不外两方面的原因:第一是生活积累不足,作家对描写对象或其中的某一部分缺乏体验和感受,而就作品的整体说来,似乎这一部分又是不宜省略的,于是"戏不够,神仙凑",就不能不求之于概念的弥补。这样,就难免出现干巴巴的图解式的段落了。这只有作家深入生活、熟悉描写对象才能补救,因此鲁迅在回答"创作要怎样才会好?"的问题时,就提出了下面的重要的两条:"一、留心各样的事情,多看看,不看到一点就写。二、写不出的时候不硬写。"[4]除去生活不足的原因以外,其次便是缺乏艺术表现方法与表现力,不能替自己的写作内容找到完美合适的艺术形式。事实上并不是一个人只要有了某种生活体验,就一定能够有能力把它表现出来，这当中有个创作过程，还必须经历一连串提炼、集中、表现等复杂的劳动；而作品最后所能达到的高度和深度，归根到底是与作家自己的艺术修养和艺术表现能力相联系的。举例说，每个成年人都经历过他的童年时代，几乎所有的成年人都有自己的子女，他们对于儿童的生活和心理很难说是一无所知的，但如果请他写一篇儿童文学的作品，那就完全是另外一件事；这里牵涉到他对生活现象的观察、理解的能力，而他是否具有一定的艺术表现力就不能不认为是十分重要的了。作品是作家写出来的，要想提高作品的艺术质量，要求革命的政治内容能够和尽可能完美的艺术形式相统一，则正像在政治方面必须要求作家与群众结合一样，这里也同样必须从提高作家的艺术修养和艺术表现能力着手。作家不只必须具有为人民服务的立场、态度，等等，他还必须具有为人民服务的能力和本领。毛主席说："真正的好心，必须顾及效果，总结经验，研究方法，在创作上就叫作表现的手法。"为了更有效地为工农群众服务，作家必须具有丰富的艺术修养和熟练的表现能力，这是文艺问题上的两条战线斗争中的一个重要方面。

怎样才能提高文艺工作者的艺术修养和艺术表现能力呢？除了加强创作实践、在创作过程中积累经验以外，关键的问题在于学习。

《在延安文艺座谈会上的讲话》中，毛主席也谈到了学习问题。他谈到了学习马克思列宁主义和学习社会，谈到了"应当认真学习群众的语言"，也谈到了"必须继承一切优秀的文学艺术遗产，批判地吸收其中一切有益的东西，作为我们从此时此地的人民生活中的文学艺术原料创造作品时候的借鉴"。这和毛主席在《改造我们的学习》一文中所概括的注重研究现状、注重研究历史，注重马克思列宁主义的应用，其精神是完全一致的。文艺工作者是教育人民的人，他应当学习更多的东西。无论学习哪一方面，都可以分为直接向群众、向现实学习，和间接从书本学习的两种方法，而这二者是不可偏废的。从现实中可以"观察、体验、研究、分析一切人"，可以"研究社会上的各个阶级，研究它们的相互关系和各自状况，研究它们的面貌和它们的心理"，可以学习"人民群众的丰富的生动的语言"和"人民生活中的文学艺术原料"，这些都是提高作品艺术质量的重要方面，也是作家在与群众结合的过程中必须认真注意的。但除此之外，只要不是教条主义的学习方法，则从书本学习也同样是非常重要的。一个人一生所能经历的时间或范围毕竟有限，要扩大眼界，扩大知识领域，就不能拒绝前人所已经取得的经验和成果；因此无论学习马克思列宁主义理论、学习社会生活知识，都不能完全离开从书本学习的方法。尤其在谈到提高作家的艺术修养和艺术表现能力的时候，则认真向一切优秀的文学艺术遗产学习，批判地吸收其中的养料这一点，就显得特别重要。毛主席说："所以我们决不可拒绝继承和借鉴古人和外国人，哪怕是封建阶级和资产阶级的东西。"又说："有这个借鉴和没有这个借鉴是不同的，这里有文野之分，粗细之分，高低之分，快慢之分。"问题就在我们所要求的作品是属于文、细、高、快的一类，而不满足于野、粗、低、慢的质量不高的情况，因此就必须要求作家认真向文学史上的优秀作品学习，丰富自己的艺术修养，提高自己的表现能力。根深叶茂，像生活的根必须扎深一样，艺术的根也必须扎得深厚一点,才可能更快地提高作品的质量和水平。

　　文艺作品叫作"创作",当然贵在独创;但任何创造事实上都不能完全没有生活基础和作家的艺术造诣基础,很难设想一个完全没有看过电影的人会写出一部完整的电影剧本来。群众创作为什么以七言体诗歌最为盛行呢?这和他们从民歌小调以及戏曲唱词中所受到的文艺影响和锻炼是密切相关的。艺术创作和表现的方法、规律是为许多伟大作家所全身心地探索过的,而且在他们所获得的成功中常常可以给人以有益的启示。因此认真学习、多接触过去的著名作品,是提高作品质量的必要条件。这同样也是过去许多伟大作家所留给我们的一条重要经验。李白的"五岁诵六甲,十岁观百家",前后三拟《文选》;杜甫的"读书破万卷,下笔如有神";以及前人常说的"读万卷书、行万里路",等等,都说明认真读书是他们之所以获得成功的一个重要原因。这样的例子,多到不可胜数,就因为这其实是一条大家都遵循的途径,《文心雕龙·神思》篇说:"积学以储宝,酌理以富才,研阅以穷照,驯致以怿(绎)辞。"而且认为这是"驭文之首术,谋篇之大端"。这些话今天看来仍然适用,就因为刘勰指出了作家从事创作所必须具备的一些基本条件。"知识就是力量"这一句培根的名言,目前已为自然科学界所接受,并以之作为一个刊物的名称。其实无论社会科学或文学艺术,如果真正掌握了正确有用的知识,是同样会形成一种力量的。很难想象一个伟大作家竟是一个缺乏生活知识和文艺知识的人,我们所知道的倒是相反的例子,好些伟大作家甚至同时竟是著名的学者。以现代文学史为例,鲁迅、郭沫若、茅盾总是大家所公认的杰出作家吧，难道他们的学术著作不同样是具有很高的科学水平吗？而且这二者之间并不是互不关联的，鲁迅的关于中国小说史、郭沫若的关于中国历史和中国古代社会、茅盾的关于中国古代神话和古典小说的研究，都是形成他们各自的创作特色的重要因素，这是只要稍加阅读就可以看出其中的联系的。对于外国文学名著的借鉴也同样可以说明这种情况；"五四"以来我们有许多著名作家都曾介绍翻译过外国文学的作品，如鲁迅、郭沫若、茅盾、巴金、夏衍、曹禺等作家所译的许多作品，今天仍然为读者所传阅。我们并不想生硬地把他们所翻译过的某一作品即和他们自己的创作联系起来，但这件事实至少说明，他们通晓某一种外语和外国文学作品也是他们那种深厚的文化知识和文艺修养的一个重要部分，而这种修养却是和他们在创作上所到达的高度密切联系的。当然，无论研究或翻译，都并不是每一个作家必须仿效的一件事情，我们举这些较显著的事例，目的只在说明学习和借鉴的重要性；每个人有不同的基础和不同的艺术爱好，在艺术探索的道路上是不能"齐步走"的。我们常把"眼高手低"作为一种贬义来应用，其实一个人在阅读了许多艺术大师的杰作以后，而自己还缺乏生活基础或艺术表现力时，是常会遇到这种情况的。这时"眼"和"手"的水平形成了一定差距，但如果不是在这种差距前"缩手"，而是更加严格地要求自己，从而加强"手"的锻炼的话，则"眼高手低"并没有什么可怕，它是我们在学习和实践过程中很容易遇到的现象，而且是可以鞭策我们前进的。反之，如果"眼"也不高，所见有限，则希望"手"会忽然高起来，那可能性恐怕倒是很小的。从这种意义讲，要求作家扩大眼界，扩大知识领域和艺术修养，正是为了要促进他的手"高"起来的缘故。

提高创作质量是我们努力的目标，尽管二十年来我们已经有了许多不仅在思想上而且在艺术上也富有特色的优秀作品，但我们是从来不会满足于已得的成就的。为了反映伟大的社会主义现实，为了满足人民对文艺创作的日益提高的要求，我们必须遵照毛主席的指示，在文艺为工农兵、为社会主义服务的方向下，努力提高创作的质量和水平，这是文艺问题上两条战线斗争的一个重要内容。

三

文艺是现实生活的反映，随着民主革命和社会主义革命的胜利，在社会主义建设时期，现实生活也发生了巨大的变化。大规模的急风暴雨式的阶级斗争已经基本结束，社会生活中表现出了大量的人民内部矛盾、这就给我们的文学艺术提出了新的课题。文艺既然是为工农群众、为社会主义服务的，它就应该表现作为国家主人公的人民是如何正确处理他们之间的矛盾、如何处理个人与集体之间的关系；通过矛盾的克服和解决，通过旧的影响的消灭和新的事物的胜利来推动社会主义的前进和发展。在这方面，文学史上所能提供给我们的经验确实不多；究竟应该如何认识和反映人民内部矛盾，仍然是需要作家在创作实践中认真解决的问题。但是正如毛主席所说，"人民内部的矛盾不是现在才有的"[5]，而且正确处理人民内部矛盾的方法也是很早就在实行的，毛主席说："在各抗日根据地里，我们处理领导和群众的关系，处理军民关系、官兵关系、几部分军队之间的关系、几部分干部之间的关系，都采用了这个方法，并且得到了伟大的成功。"[6]既然人民内部矛盾和它的正确解决方法已在各抗日根据地成为现实生活中的重要部分，则在当时的文艺作品中也必然有所反映；而且不只在创作中过去已经接触到这个问题，在毛主席的《讲话》中其实也已经从原则上讲到了这个问题，而这正是我们应该认真学习和体会的地方。

我们知道，解决人民内部矛盾的方法"是在1942年整风的时候采用的"，而《在延安文艺座谈会上的讲话》就是当时整风中的一个重要文献，因此尽管当时敌我矛盾仍然很尖锐，但关于正确反映人民内部矛盾的精神和原则是必然会在文艺问题中接触到的。今天我们学习《讲话》，对这一点深有体会。毛主席说："人民大众也是有缺点的，这些缺点应当用人民内部的批评和自我批评来克服，而进行这种批评和自我批评也是文艺的最重要任务之一。"文艺的这种用批评和自我批评来克服人民内部缺点的任务，其实就是正确地反映人民内部矛盾的任务。毛主席把它规定为"文艺的最重要任务之一"，就是因为矛盾既然在现实生活中是客观存在的，那么作家正确地反映它们，就有利于对人民的教育和提高，有利于克服矛盾，加强人民内部的团结。有些人感到人民内部矛盾不好写，分寸难掌握，特别在表现"领导同被领导之间的矛盾、国家机关某些工作人员的官僚主义作风同群众之间的矛盾"的时候，觉得如果处理不当，很容易写歪，于是就往往采取回避这些矛盾的办法。但如果作家回避了现实生活中已经大量存在的矛盾，就很难反映出生活的真实面貌；回避矛盾和夸大矛盾同样是既不利于社会主义事业，也有害于文艺本身的真实性的。怎样才能正确地反映人民内部矛盾呢？这虽然由于作品的题材不同，需要作家在创作实践中根据不同情况具体处理，但根本原则却是毛主席在《讲话》中已经指示了的，即关键在于作家对人民的态度。作家"必须是真正站在人民的立场上，用保护人民、教育人民的满腔热情来说话"。例如"领导同被领导之间的矛盾"，它所产生的根本原因在于"有些群众往往容易注意当前的、局部的、个人的利益，而不了解或者不很了解长远的、全国性的、集体的利益"[7]。而我们的党和政府，是真正代表人民利益的、为人民服务的政府，因此这种矛盾就是在利益根本一致基础上的矛盾。作家如果对人民利益抱有满腔热情，他必然是会对这种矛盾采取正确态度的。这里就有一个如何对待文学遗产的问题。凡是在阶级社会中所产生的有人民性的作品，在描写到人民与统治者之间的矛盾时，它总是对统治者采取暴露和批判态度的，因为那种矛盾的性质本身就是对抗性的，作家是用文艺的武器来为人民讲话，他的进步作用就在于他根本不满那种社会制度；而我们今天所以要反映领导与被领导之间的矛盾，却在于教育和提高人民群众，在于以文艺来保护和巩固我们的社会主义制度。如果不恰当地以暴露和批判的态度来写这种作品，则首先对人民就是有害的。毛主席说："对人民的劳动和斗争，对人民的军队，人民的政党，我们当然应该赞扬。"人民虽然也有缺点，但"他们在斗争中已经改造或正在改造自己，我们的文艺应该描写他们的这个改造过程"。应该说，这个改造过程就是矛盾的克服过程。文艺作品反映人民内部矛盾的目的在于促进人民的团结与进步，而不是相反。因此毛主席在赞扬鲁迅用杂文形式尖锐地嘲笑敌人的同时，又着重指出鲁迅"也不曾嘲笑和攻击革命人民和革命政党"，鲁迅对人民和革命政党的满腔热情的态度，仍然是值得我们学习的榜样。对于官僚主义者与群众的矛盾也是一样的，在我们的制度下，官僚主义者不但是个别的，而且是很难长久存在下去的。群众反对官僚主义的胜利，总是在依靠他们利益的根本代表者党的领导下取得的。作家在处理蜕化变质的官僚主义者的形象时，不管这个人物居于何种职位和具有何种身份，他必须深入地挖掘这种人腐化堕落的特有的原因，把他处理为不只损害了在他权力控制下的群众的利益，而且根本上损害了全体人民、党和政府的利益，因而是不可能不失败的。这样，由于作家根本态度的不同，自然就不会产生如同文学史上那些讽刺官僚贵族作品的效果了。过去作品中的那些反面形象是他们那个社会统治集团的代表和必然产物，而今天的官僚主义作风却是旧社会思想习惯的遗留，是我们社会中领导者与人民群众所一致反对的现象。因此所谓掌握分寸的问题，基本上是作家对待事物的态度问题。毛主席在分析讽刺的不同情况时说："但是有几种讽刺：有对付敌人的，有对付同盟者的，有对付自己队伍的，态度各有不同。我们并不一般地反对讽刺，但是必须废除讽刺的乱用。"对待各种不同的描写对象应该有不同的态度，而不应该不择对象地乱用一种手法；这对于我们今天如何地正确反映人民内部矛盾，仍有极大的现实指导意义。

当然，人民内部矛盾包括甚广，绝不只上述两类。毛主席说："在我国现在的条件下，所谓人民内部的矛盾，包括工人阶级内部的矛盾，农民阶级内部的矛盾，知识分子内部的矛盾，工农两个阶级之间的矛盾，工人、农民同知识分子之间的矛盾，工人阶级和其他劳动人民同民族资产阶级之间的矛盾，民族资产阶级内部的矛盾，等等。"[8]其他如比较正确地反映社会主义建设的客观规律的一些人和比较不正确地反映客观规律的一些人之间的矛盾，国家利益、集体利益同个人利益之间的矛盾，各民族相互之间的矛盾等，都应该属于人民内部矛盾的范畴。不过在反映上述这些矛盾时，不只我们近来已经有若干成功的经验，而且在文学史上也还是有可以借鉴之处的。中国古典文学中单纯表现人民内部矛盾的作品确实不多，但像元杂剧《李逵负荆》这样的作品应该说是属于这一类的；而且某些表现统治阶级内部矛盾的作品，如果加以研究和批判，也还是可以给人以启发的。京剧《将相和》之受到今天群众的欢迎，便可以说明一部分的问题。特别是现代文学史中自第二次国内革命战争以来在苏区和抗日根据地所出现的一些作品，已经较多地反映了这一类的矛盾。毛主席说："自从1927年我们在南方建立革命军队和革命根据地开始，关于处理党群关系、军民关系、官兵关系以及其他人民内部关系，就是采用这个方法的。"[9]例如大家所熟知的人民解放军的三大纪律、八项注意，其精神就是解决部队内部和军民之间的矛盾的，只是由于过去敌我斗争很尖锐，人民内部矛盾还没有像今天这样居于重要地位罢了。我们现在看到的苏区作品，如《志愿当红军》《反对开小差》《不识字的害处》等话剧[10]，内容就是反映人民内部矛盾的；尤其在毛主席《讲话》以后所出现的一些作品中，就更比较多地反映了这个方面的问题。例如赵树理的《孟祥英翻身》《传家宝》，刘白羽的《无敌三勇士》，欧阳山的

《高乾大》等小说，以及《红布条》《大家喜欢》等歌剧，《把眼光放远点》《炮弹是怎样炼成的》等话剧，虽然其中或者在时代气氛的渲染上，或者在某些情节的穿插上，有些仍然有敌我矛盾的存在，但作者的笔触主要是指向人民内部矛盾的。过去大家曾讨论过描写从落后到转变的问题，这方面的作品也的确出现过不少，那其实也是人民内部矛盾的问题。开国以来，反映人民内部矛盾的作品出现得比较更多了，虽然比之"回忆革命史、歌颂大跃进"的题材来，数量还是较少的；但已经有了一些为读者所欢迎的作品，例如赵树理的《锻炼锻炼》、李准的《不能走那条路》、杜鹏程的《在和平的日子里》等小说，以及夏衍的《考验》等剧作。因此我们可以说，由于有了毛主席的指示，由于许多作家的实践，我们在这方面并不是毫无经验的。当然，如果进一步要求的话，则不只数量和质量都还不足以满足读者的需求，所反映的范围也还是比较狭窄了一些。在《讲话》以后所写的这类作品中，最多的是写部队生活、军民关系以及先进与落后之间的矛盾的；而在开国以后出现的这类作品中，则较多的是写农民之间，特别是富裕中农与贫农、下中农之间的矛盾，以及进步与保守之间、工农群众与知识分子之间的矛盾的。这些当然都是应该写的，但正如毛主席所分析，人民内部矛盾的内容包括甚多，而我们的题材则尚远远不够多样化。生活是复杂的，而且是经常变化的，人的性格也是丰富多样的，这就要求作家站在时代的前列，对现实生活中的矛盾能够深刻理解和正确把握，多方面地反映人民在作了自己命运的主人以后的生活和斗争，从而促进人民的团结，推动社会主义的前进。

我们强调正确反映人民内部矛盾的重要性，目的并不在排斥其他题材。事实上我们现在出现的比较优秀的作品绝大部分都是写民主革命阶段的对敌斗争的，而且已经受到广大读者的欢迎，起了很大的教育作用。文艺作品是不能单纯由题材来决定质量的，"回忆革命史、歌颂大跃进"的作品对我们也决不是太多，扩大创作题材、促使风格与体裁的多样化，仍然是提高作品艺术质量的重要途径。我们只是想说明，毛主席的《讲话》对我们有多么伟大的指导意义，即使如正确反映人民内部矛盾这类近来才被广泛注意的问题，在《讲话》中我们仍然可以学习到关于它的根本原则。我们有了这样明确的文艺方向，在文艺工作者努力提高自己的思想修养和艺术造诣的基础上，根深叶茂，我们一定会出现更多的富有思想性的艺术优秀的作品。在毛主席文艺方向的指导下，我们已经取得了很大的胜利，今后必然将继续取得更多更大的胜利。

1962年4月29日，为《在延安文艺座谈会上的讲话》
发表二十周年作

（本文原载1962年《新建设》5月号，署名王瑶）

* * *

〔1〕〔2〕毛泽东：《在延安文艺座谈会上的讲话》。以下不注明出处的引文，皆出此篇。

〔3〕毛泽东：《新民主主义论》。

〔4〕鲁迅：《答北斗杂志社问》。

〔5〕〔6〕〔7〕〔8〕〔9〕毛泽东：《关于正确处理人民内部矛盾的问题》。

〔10〕见江西人民出版社出版的《红色戏剧》一书。

在"文化大革命"中的检查

一、关于我的资产阶级学术思想和文艺思想

解放以来我出了十本书和发表了许多篇文章，这些东西不但是充满了资产阶级学术思想和文艺观点的毒草，而且明显地是和我的政治立场相联系，是通过学术形式为修正主义政治路线和资本主义道路服务的。现在检查起来，我对研究文学史的目的任务的观点就是根本违背历史唯物主义的。我在《中古文学史论》自序中曾说："（中古文学）即使是衰的，也自有它所以如此的时代的和社会的原因，而阐发这些史实的关联，却正是一个研究文学史的人的最重要的职责。……本书的目的，就在对这一时期中文学史的诸现象，予以审慎的探索和解释。作者并不以客观的论述自诩，因为绝对的超然客观，在现实世界是不存在的；只要能够贡献一些合乎实际历史情况的论断，就是作者所企求的了。"可见我着重的仅只是说明文学现象和解释一些历史事实，这是一种地道的资产阶级客观主义的态度。它的特点就是不考察写作的目的性和可能产生的社会影响，回避了为谁服务的根本问题来掩饰它为资产阶级服务的实质。它以貌似客观的虚伪面目，来掩饰自己的阶级偏见和主观随意性。"如果我们不自觉，不重视阶级、阶级斗争、阶级观点，不注意阶级分析，就会变成客观主义，而客观主义，就是资产阶级的一种思想体系。这种客观主义的思想，在表面上是否认阶级的。但是，实际上用这种形式来掩盖他的阶级面貌，阶级的愿望，阶级的政策，阶级的行为，便于欺骗群众。"这是非常警辟的分析。开始时我还觉得自己并没有否认阶级，而且有些地方自己还是尝试着运用一些马克思主义的文艺观点来解释文学现象的。现在我认识到，我的这种态度从根本上说就是违背马克思主义的。毛主席教导我们："马克思主义的哲学认为十分重要的问题，不在于懂得了客观世界的规律性，因而能够解释世界，而在于拿了这种对于客观规律性的认识去能动地改造世界。"由于我不是一个革命者，没有改造世界的觉悟和要求，因此就不可能掌握马克思主义的学术观点。我写的东西不但谈不上改造世界的意义，就连解释世界和说明现象的作用也是达不到的；因为像我那种不分主流、支流、逆流，把各种现象搅成一团，使蚂蚁和大象并列的说明方式，是根本找不出什么规律性的东西的，因此也就谈不到正确的解释世界。它只能起一种效果，就是以隐蔽的面貌来宣传资产阶级的思想和观点，达到欺骗群众的作用。我写的关于古典文学的书籍和《中国新文学史稿》中的文学史观点和指导思想，就是这种性质。由于现代文学是在党的领导和社会主义方向下发展起来的，我的这种客观主义的虚伪性就暴露得更为明显，危害性也就更大。

我过去曾盲目地认为自己关于文学史的观点和指导思想是从鲁迅的《中国小说史略》和《汉文学史纲要》等著作中体会得来的。自以为从青年时代起就是崇拜鲁迅的，我研究魏晋文学是受到鲁迅的著名文章《魏晋风度及文学与药及酒之关系》一文的启发的，我开始写的研究文章就是《文人与药》和《文人与酒》，我是接受鲁迅的影响开始了自己的学术道路的。到写《中国新文学史稿》的时候，我不只把所有鲁迅的有关现代文学的意见都引用了，而且是努力从他的《中国新文学大系·小说二集》导言和《中国小说史略》来体会和考虑全书的结构和安排的。现在检查起来，我的这种做法正是歪曲了鲁迅的根本精神。不只《中国小说史略》等书籍都是他在获得马克思主义世界观之前的早期著作，而且我根本没有去考虑他写这些著作的目的性和当时的现实意义，也就是他究竟是为什么人服务的根本问题。鲁迅读古书和研究古代是为了批判旧世界的，而我则把他当作一位学者似的去接受他研究文学史的经验和方法；鲁迅的作品是为了适应现实战斗的需要的，而我则烦琐地研究他的艺术特点和他所受古典文学和外国文学的影响。这样，虽然我也记诵了若干鲁迅作品的词句，并且自以为对他衷心热爱和敬佩，其实我对他的伟大革命精神是根本无法领会的。原因正如鲁迅所说，就在于我不是一个"革命人"，"从喷泉里出来的都是水，从血管里出来的都是血"，从我这样的人所产生的只能是资产阶级的思想和观点，因此不论我对于文学史的所谓学术观点，以及后来我所写的许多有关鲁迅的文章，都是从根本上歪曲了鲁迅的。我所热衷宣扬的是鲁迅的文学修养、学术成就、艺术水平，等等，把他说成是一个伟大的学者和作家，而不谈最根本的在于他是一个伟大的革命家，他的一切活动都是为了革命这个目标服务的。这样，我虽然是受了他的启发而对中古文学和现代文学发生了兴趣，但在立场观点、学术思想和文艺思想上，都是根本和他的革命精神背道而驰的。我并没有理解鲁迅，反而歪曲和亵渎了他这个伟大的名字，这是和我在政治上的反动立场密切联系的。

我的文艺思想同样是彻头彻尾的资产阶级的。其中的主导部分是资产阶级现实主义。这在我自己文艺爱好的倾向和对作家作品的评价方法，表现得很明显。譬如对于作品的分析和评价，我最先注意的常常是人物性格是否鲜明，结构是否完整，以及是否有独特的风格，等等，而不是首先从主题思想和教育意义上来着眼。我是旧大学和研究院中文系毕业的，学了一大套封建时代士大夫抒情咏怀的东西，我开始阅读现代的和外国的文艺作品约在三十年代初期，长期以来，我很喜欢旧现实主义的古典作品，这些作品中对于个人力量、个人感情的夸大的描写，对于社会黑暗的刻画，对于知识分子个人主义的孤独感情的抒发很投合我的爱好。在中国古典文学中，我喜欢陶渊明、李白的诗，《世说新语》式的散文，《红楼梦》之类的小说，我欣赏那种孤独寂寞而又孤芳自赏的抒情，喜欢那种冷嘲热讽式的"隽永"，以及一些所谓缠绵悱恻的爱情悲剧，这种种影响长期以来培养了我的资产阶级的艺术趣味和文艺观点，在三十年代我还读了许多"五四"以来的作品以及翻译过来的苏联作品和文艺理论，有一个时期我还参加过"左联"的活动，编过文艺刊物，当时自以为很进步，其实自己的腐朽的思想感情和文艺观点一点也没有改变，是彻头彻尾的资产阶级的。这一大堆封资修的垃圾，就是我的文艺思想和来源。我在《中国新文学史稿》中曾当作正面论断引用了许多胡风、冯雪峰的意见，近十年来，我又忠实地贯彻了周扬对于编写现代文学史的许多"指示"和观点，而且还荒谬地认为这些内容是符合党的文艺政策和路线的，我确实是把周扬当作马克思主义的文艺理论家和党的政策的权威阐释者来看待的。现在看来，无论胡风、冯雪峰，还是周扬，他们的文艺思想实质上并没有什么不同，而我之所以惯于引用和接受他们的意见，也只有从阶级本质上去找根源，我的文艺思想在根本上是和他们一致的。江青同志所主持的《部队文艺工作座谈会纪要》中一针见血地指出周扬等人的文艺思想是"资产阶级、修正主义和所谓三十年代的结合"；它在政治上是为王明机会主义路线，刘少奇反革命修正主义路线服务的，是直接违反毛泽东思想的。这些话也完全适合于我的情况。如果说有什么不同，就是在我的文艺思想中除了资产阶级修正主义和所谓三十年代样样俱全以外，还多了一些封建主义的糟粕。可见我之所以主动地接受周扬等人的意见，忠实地贯彻修正主义文艺路线，吹捧三十年代作品和所谓"左联"功绩，是有着深刻的思想根源的。我的《中国新文学史稿》在"五四"时期夸大陈独秀的作用，三十年代夸大瞿秋白、周扬、夏衍等人的功绩，吹捧的完全是一条与毛主席革命文艺路线相对立的路线，而它在解放以后的出版和讲授，当然也只能是为刘少奇的反革命修正主义路线服务，为资本主义复辟制造舆论。这里我想举关于两个口号的论争一事来检查一下我的这种文艺思想的阶级实质和为谁服务的问题。现在很清楚，在周扬妄图篡改历史、打击鲁迅、吹捧三十年代和自居为革命文艺的祖师爷的滔天罪行中，肯定国防文学这一口号的正确性和正统地位是一个关键性的问题，正如江青同志在《部队文艺工作座谈会纪要》中所警辟地指出的，这个口号是周扬等人"在王明的右倾投降主义路线的影响下，背离马克思列宁主义的阶级观点"下提出的，是"资产阶级的口号"，而"民族革命战争的大众文学"这个无产阶级的口号，却是鲁迅提出的。可见关于两个口号的论争是现代文学史上两个阶级，两条路线的斗争的集中表现。那么，我对这次论争是怎样认识的呢？长期以来我一直是对两个口号都加以肯定，而以鲁迅的《答徐懋庸并论抗日民族统一战线问题》的长文作为论争的结束和收获的，说什么两个口号各有优点，可以互相补充；"民族革命战争的大众文学"准确鲜明，"国际文学"通俗普及，不必把它们对立起来。从表面上看好像我与周扬等人强调肯定国防文学的唯一正确性有所不同，其实内容是完全一致的。我只是由于感情上不愿意把鲁迅说成是完全受了蒙蔽的人，既受冯雪峰的，又受胡风的，好像此人并无独立思考能力，有损于鲁迅的伟大，就想为"民族革命战争的大众文学"这个口号争一席之地，于是就采取了一种折衷主义的态度。但口号的提出是为了号召和引导群众的行动的，这两个口号既然是无产阶级同资产阶级两个对立的阶级和两条对立的政治路线的标志，那怎么能说二者还可以互相补充呢？这就是明显地在搞合二而一的阶级调和论，就是企图取消阶级斗争，实际上则是更狡猾地为资产阶级的政治服务；从这里也可以看出折衷主义必然要导致错误的危害性。我这种表面上不偏不倚的客观主义态度，实质上是同样肯定了"国防文学"和它所代表的阶级内容的，同周扬等人的观点并无根本差别，只是在说法上或形式上略有不同罢了。照我的这种说法，那1936年长达半年之久的论争岂不成了无原则的笔墨官司，而事实上那正是以鲁迅为代表的革命作家对周扬等人的投降主义立场的严肃的斗争。可见我在许多问题上所以那么容易地接受周扬等人的观点和影响，是由于我的文艺思想的阶级属性是和他们根本一致的。因而我所写的文章的效果也只能是为资产阶级、为修正主义的政治路线服务。

在评价具体的作家作品时，我肯定了大量的毒草，这里同样可以明显地看出我的资产阶级文艺观点来。从表面上看，好像我是把政治标准和艺术标准的地位摆颠倒了，其实毛主席所指示的政治标准第一的原则乃是客观的规律，资产阶级的文艺家即使他标榜的是艺术至上主义，实质上也仍然是政治标准第一的。不过无论对于政治标准或艺术标准，不同的阶级都有不同的内容罢了。由于我从自己的阶级世界观去观察问题，对于民主革命时期的反帝反封建的思想比较容易理解，以为那就是革命的，是符合党在民主革命时期的总路线的，而并不更深入地去分析这些反帝反封建的要求的阶级实质和指导思想的具体差别。这样我就肯定了大量的从资产阶级知识分子个性解放要求出发的所谓进步作品，实际上也就是美化和歌颂了资产阶级及其知识分子，宣传了资产阶级思想和资本主义道路。资产阶级民主主义者从他们为发展资本主义扫除障碍的阶级要求出发，对反帝反封建也可以有一定程度的积极性，这是我们党在民主革命阶段建立统一战线的根据。但他们无论从世界观和奋斗目标方面来看，或就反帝反封建本身的不彻底性和动摇性来看，都是与无产阶级有根本区别的。另一方面，我对现代文学发展过程中的社会主义因素都熟视无睹，讲得很少。毛主席教导我们说："新民主主义的政治、经济、文化，由于其都是无产阶级领导的缘故，就都具有社会主义的因素，并且不是普通的因素，而是起决定作用的因素。"又说："我们在政治上经济上有社会主义的因素。反映到我们的国民文化也有社会主义的因素。"由于我从资产阶级的立场和世界观去观察问题，自己在思想上就划不清民主主义和社会主义的原则界限，对于毛主席的教导根本不能领会，因此对社会主义因素就引不起我的注意和重视，而只片面地肯定了现代文学史的反帝反封建的性质。这样就不但混淆了我们的现代文学和一般的资产阶级民主主义文学的根本区别，而且必然要导致忽视和贬低党对文学战线的领导作用和两条路线斗争的重大意义。我既然不能从政治标准去体现文学作品的社会主义的方向路线问题，在效果和影响上就必然是为资本主义的方向、道路宣传和服务了。对于艺术标准也是一样，不同的阶级是有不同的观点的。我衡量作品艺术成就的样板和框框说穿了，就是过去资产阶级的所谓古典作品，例如，巴尔扎克、托尔斯泰的长篇和莫泊桑、契诃夫的短篇等。从这样一些腐朽的观点出发，我所肯定的除了有一定反帝反封建意义的作品以外，也肯定了一些实际上只是资产阶级知识分子抒发个人主义情绪的东西，并无任何进步意义可言。这是只能在自己的思想感情上找原因的。这里可以举出我在1957年写的《论巴金的小说》一文为例，在这篇文章里，我不但夸大和美化了巴金某些作品中的所谓反帝反封建的进步意义，而且也肯定了他的许多含有明显的消极因素的作品，对他的艺术成就大为吹捧，而对他的资产阶级世界观和无政府主义思想，他的对封建家庭的脉脉含情和对资产阶级知识分子的美化，我却批判得很少，并且十分无力。任何人对文艺作品的欣赏都是离不开他自己的感受的，由于我的思想感情都是资产阶级的，因而在评价和论述作家作品中所表现出来的文艺思想也完全是资产阶级的；不论是政治标准，还是艺术标准，都同样是打着很深的资产阶级的阶级烙印的。这样，它的社会效果只能是为修正主义的政治路线服务，起着为资本主义复辟制造舆论、动摇社会主义经济基础的反动作用。

所有以上这一切归结到一点，就是我的文艺观点都是直接违背毛主席文艺思想的。现代文学史从"五四"开始就是在无产阶级的思想领导下成长和发展起来的，而毛主席的《在延安文艺座谈会上的讲话》就是"五四"以来革命文艺运动的最科学、最权威的总结。我本来应该很好地学习和运用这一最高指示，把它当作指针和武器，在工作中努力宣传和贯彻，但由于我的资产阶级立场和世界观没有得到改造，因此，虽然我也引用了毛主席的许多重要语录，但它在我的文章中只起了一种标签式的作用，我对毛主席的伟大思想并不能领会，更不用说学到手了。毛主席在讲到对立统一规律时曾经说："这个规律，在我国，懂得的人逐渐多起来了。但是，对于许多人说来，承认这个规律是一回事，应用这个规律去观察问题和处理问题又是一回事。"我对于毛主席的文艺思想的学习就属于类似的情况，我自以为是承认和懂得的，但在具体观察问题和处理问题时，例如对某些作家作品的评价，则仍然是贯彻了自己的反动的资产阶级文艺观点，严重地违背了毛主席的文艺思想，犯下了不可容忍的罪行。这里我可以举出我在1962年写的一篇《根深叶茂》的文章为例，这是我为了纪念毛主席的《讲话》发表二十周年而谈自己的学习体会的。但今天看来，其中的许多观点都是歪曲地理解了《讲话》的精神的，完全是一篇打着红旗反红旗的毒草。这篇文章中除第一段论述作家与工农兵结合和改造思想的重要意义以外，第二段则强调了提高艺术质量的重要性，并且把多读书和增加知识看作是提高艺术修养的重要途径，这显然是和周扬等人修正主义文艺黑线的论点相一致的。更其严重的是我认为应该强调提高艺术质量和提倡表现人民内部矛盾的理由是我们已经进入了全面建设社会主义的时期，因此应当与存在着大规模疾风暴雨式的阶级斗争的民主革命时期和社会主义革命时期有所不同。虽然我在文章中也提出了"在不放松政治方面的同时"的前提，但这里明显地反映了在我的头脑中存在着阶级斗争熄灭论的思想。在第三段讲表现人民内部矛盾的重要性时，我也没有特别强调两个阶级、两条道路的矛盾，而且还错误地把赵树理的《锻炼锻炼》等毒草当作优秀作品来举例。这篇文章所暴露的问题完全说明由我的资产阶级立场和世界观出发，是根本不可能正确领会毛主席的文艺思想的；因此虽然在我写的文章和书籍中也有许多地方引用了毛主席的指示，但从本质上说是和毛主席的文艺路线相对立的，是严重地犯了违背毛主席文艺思想的罪行的。

　　文学是阶级斗争和路线斗争的工具，文艺观点是世界观的一个组成部分。像我这样充满了资产阶级的腐朽反动的学术思想和文艺思想的人，我的一切文章、书籍和学术活动都是受我的资产阶级世界观的支配的，也就是在资产阶级和修正主义的政治路线的指引和影响下从事工作的；这样，它所起的客观效果和社会影响当然也只能是为资产阶级服务、为资本主义复辟作舆论准备。解放以来二十年中，我在意识形态领域内就是充当了这样一个资产阶级思想的吹鼓手的可耻角色，对党和人民犯下了严重的罪行，这完全是由我的资产阶级的反动立场所决定的。

二、我是怎样贯彻修正主义教育路线的

在教学工作上，我同样地贯彻了修正主义教育路线，对同学产生了直接的有害影响。由于我没有担任行政工作，和一般同学接触不多，因此这种影响突出地表现在平日在工作和学习上同我接触较多的助教和研究生方面。我忠实地贯彻了修正主义的"研究生培养条例"和"师资进修培养规划"，给他们开书单，要求写读书笔记，结果当然是以所谓业务来拖住了同学政治上的进步，引导他们走上埋头读书、只专不红的资产阶级道路。在学习过程中，按照"培养条例"，采取的又是"自学为主，个别辅导"的形式，辅导时对面交谈，形式比较自由，范围又很广泛，因此无论在解答问题、书刊介绍、或提出启发性意见方面，都存在着许多严重错误和散布了许多的资产阶级观点。这里我想举出在1957年的反右斗争中，跟我工作和学习的助教和研究生六个人中就有三个堕落成为右派的沉痛事实，来检查一下我所散布的影响的严重危害作用。他们三个人的罪行各不相同，对于他们的具体言论和行为，我确实并未参与，但是促使他们堕落的严重的资产阶级反动思想，三个人基本上是一样的，而这种思想的形成却无疑是和我平日对他们的影响分不开的。作为青年人的"导师"，引导他们首先要有一个坚定明确的政治方向，本来应该是我的责任，但我不但对此毫不注意，反而引导他们用功读书、写文章、准备教课，这就促进了他们向资产阶级个人成名成家的道路上的发展。这种往上爬的名利思想日益增长，到他们感觉到党所给予他们的正面教育是一种压力，听不进去的时候，在1957年右派猖獗的社会气候下，就自然地堕落成为右派了。当然，他们自己是有责任的，但就我这方面所给予他们的影响来说，事实证明我是扮演了一个替资产阶级争夺青年、培养资产阶级接班人的可耻角色，我所犯的罪行是十分明显的。

现在检查起来，他们接受我的资产阶级影响，主要是通过下述的几个方面：第一，他们都是跟我学习有关现代文学史的业务的，而在有关业务的谈话中，就贯穿了我自己的浓厚的资产阶级文艺思想和学术观点，而且这些观点是同材料和知识结合在一起的，很容易产生迷惑作用。例如我在讲"五四"时期文学研究会、创造社等文学社团和刊物的时候，缺乏应有的马克思主义的分析和批判，只是罗列史料、说明情况；着重肯定了当时资产阶级民主主义的反帝反封建的进步意义，而对它的资产阶级个性主义、个人奋斗的局限性和反动性却并未加以有力的批判；它的有害后果就是引起了我的一个青年助教竟然想在社会主义革命时期来模仿"五四"青年办同人刊物的思想动机，可见我在这一方面的恶劣影响的严重程度了。在这次"文化大革命"中1967年的一次学习会上，这个人在发言中曾说，1957年她和另外几个青年人要办同人刊物"当代英雄"，虽然当时我对这种举动不赞成，但她之所以产生这种想法，却是在听我讲"五四"以后文学社团和同人刊物数量很多之后得到启发的。这就不能不引起我的深思和反省。第二，在同他们平日接触和谈话中，我也散布了许多资产阶级毒素，虽然那些闲谈的具体内容很难一下想起来，但它都是浸透着资产阶级的人生观和生活趣味，则是毫无疑问的。在谈话中我常常信口开河，追求风趣，而毫不考虑它所产生的不良后果和危害作用；而且这些闲谈的内容非常广泛，牵涉到生活、文艺、戏剧等许多方面。有时虽然只说了一两句话，自己也说过就忘记了，却往往给人留下了深刻的印象。这是我散播毒素的一个重要方面。第三，最重要的，我自己所走的道路和生活情况就是一个走白专道路的"活榜样"，它对青年人起了某种"诱导"作用，好像脱离政治、埋头业务就是追求个人名利和资产阶级生活方式的有效手段，这对平日和我接触较多的研究生和助教，影响特别恶劣。从资产阶级个人主义的观点看来，我是有所"成就"的，实际上当然是在资产阶级的泥坑中越陷越深了。解放以后，我从讲师升到了教授，有了一定的社会地位；从生活贫困到积存了许多钱，过着腐朽的资产阶级生活；这一切就给某些意志不坚定的青年树立了一个走白专道路的"活标本"。他们眼看着我所走的道路和我所过的资产阶级式的生活，耳听着我所说的一些充满资产阶级观点的谈话和所谓学术研究工作的方法和经验，实际上就是一条个人奋斗，成名成家的白专道路的描述，耳濡目染危害特别严重。而且我曾把他们所写的文章加工修改、介绍到《新建设》等刊物上发表过，使他们出了名、拿了稿费，这无疑是促使他们向着资产阶级方向滑下去的重要因素。我当时不但一点也没有考虑这会在他们思想上引起什么样的反应，反而以为这是自己对青年人的一种培养和帮助，可见我的资产阶级思想是如何严重的了。

　　上述这一沉痛事例有力地说明了我在教学工作方面放毒的严重程度和危害作用。虽然在1958年以后，鉴于以往的教训和我在1958年受到批判的事实，我确实有所警惕，情况不像以前那样严重。我没有再主动给别人介绍发表过文章，谈话的内容也大致都在业务范围之内，但现在检查起来，我引导青年白专道路的方向，并没有任何根本性质的改变。因为发生这种情况的原因在于我的资产阶级世界观、资产阶级学术思想和文艺观点，这决不是在言谈上加以注意或小心谨慎就可以解决问题的。而且我还积极地贯彻了修正主义的"研究生培养条例"和"师资进修培养规划"，这些规章条例明白要求把研究生和助教在一定时期内培养成为能在高等学校担任一门基础课和一门专门化课程的所谓专家，片面强调业务水平和论文规格，实际上就是要求培养成为新的资产阶级知识分子，培养成为资产阶级的接班人。我不但对此毫无认识，而且在工作中忠实地执行，通过业务大量放毒，引导青年走向埋头读书的白专道路。仅只因为党的教育和他们政治上的坚定，才没有发生像1957年那样的沉痛事例，这丝毫也不能说明我的思想和工作有了任何根本性质的改进。在修正主义的《高教六十条》下达以后，它的提倡基本功和认真读书等内容正投合了我的口味，当时我不但完全拥护，而且还说过下面的话："学生的任务本来就是学习知识，当然应该认真读书。结果我们搞了好几年，才总结出一条经验：学生应该掌握知识和认真读书，但愿以后少走一些弯路。"这充分说明我是牢固地站在修正主义教育路线一边，扮演了一个替资产阶级争夺青年、培养资产阶级接班人的可耻角色，对党和人民犯下了严重的罪行。

（据手稿发排）